LIEBE UND TOD IN BLAU

Thomas Lojek schreibt Krimis inmitten seiner spanischen Großfamilie. Sie erzählen die großen und kleinen Schicksale der mediterranen Welt. Südeuropäische Lebensfreude spricht aus ihnen ebenso wie ein ehrlicher Blick auf die Abgründe dieser Region. Für seine Krimis arbeitet Thomas Lojek mit Spezialeinheiten der Polizei zusammen.

Dieses Buch ist ein Roman. Handlungen und Personen sind frei erfunden. Ähnlichkeiten mit lebenden oder toten Personen sind nicht gewollt und rein zufällig.

THOMAS LOJEK

LIEBE UND TOD IN BLAU

Ein Mittelmeerkrimi

emons:

Bibliografische Information der Deutschen Nationalbibliothek
Die Deutsche Nationalbibliothek verzeichnet diese Publikation in der Deutschen Nationalbibliografie; detaillierte bibliografische Daten sind im Internet über http://dnb.d-nb.de abrufbar.

FSC www.fsc.org
MIX
Papier aus verantwortungsvollen Quellen
FSC® C083411

Umschlagmotiv: mauritius images/Richard Bradley/Alamy
Umschlaggestaltung: Nina Schäfer
Gestaltung Innenteil: DÜDE Satz und Grafik, Odenthal
Lektorat: Dr. Marion Heister
Druck und Bindung: CPI – Clausen & Bosse, Leck
Printed in Germany 2021
ISBN 978-3-7408-1286-7
Ein Mittelmeerkrimi
Originalausgabe

Dieser Roman wurde vermittelt durch die Verlagsagentur Lianne Kolf, München.

Für Belén

Dein Lächeln bedeutet mir die Welt.

Te amo.

Eins

1

Hier am Mittelmeer sterben wir an der Liebe, einen süßen, anstrengenden Tod, den man Leben nennt. Das Blau zwischen Himmel und Meer erinnert uns daran, wie schwer es ist, zu lieben. Denn dazu muss man leben. Auch wenn es wehtut.

Bevor sich alles für mich veränderte, schaute ich noch sorglos hinaus in dieses Blau. Mit meinen Freunden im Dorf trank ich Wein. Ging hinein in die Wärme des Abends und zurück zu meinem Haus am Strand. Dann sah ich sie.

Das Mädchen lag im Eingang meines Sommerhauses. Sie bewegte sich nicht. Ich lief zu ihr, drehte sie um. Blut blieb auf meinem Hemd zurück. Sie drückte sich an mich. Ihre Augen waren geschwollen, das Gesicht blutig. Sie flüsterte etwas. Ich verstand es nicht.

»Ruhig, meine Kleine«, sagte ich. »Hier passiert dir nichts.«

Ich hob sie auf und trug sie in mein Haus. Dort legte ich sie auf die Couch im Wohnzimmer. Sie hielt sich an mir fest. So sehr, dass ich sie von mir losmachen musste.

Ich lief in die Küche, nahm ein Handtuch und kehrte zu ihr zurück, setzte mich an ihre Seite. Sie schaute mich an. Ich wischte ihr mit dem Handtuch das Blut vom Gesicht.

»Wie heißt du?«, fragte ich.

Ihr Blick wich mir aus.

Ich tupfte ihr Blut von der Nase.

»Scheiße, lass das. Das tut weh!«

»Gebrochen ist nichts«, sagte ich und gab ihr das Handtuch. »Drück das jetzt für eine Weile auf die Wunde an deiner Lippe.«

Sie nahm das Handtuch und presste es gegen ihren Mund.

»Wen soll ich anrufen?«, fragte ich.

Keine Antwort.

»Wenn du mir nichts sagen willst, muss ich die Polizei anrufen!«

Sie griff meinen Arm. »Bitte nicht …«

»Hast du etwas angestellt?«
Sie schüttelte den Kopf.
»Hast du Ärger?«
Sie machte eine Bewegung. Ich verstand.
Zurück in der Küche kramte ich im Medizinschrank, fand Medikamente, Pflaster und Jodsalbe. Ich warf eine Tablette Paracetamol in ein Glas Wasser. Dann nahm ich alles an mich und ging zurück ins Wohnzimmer.
»Hier, trink das.« Ich hielt ihr das Glas mit Paracetamol hin.
Sie trank und verzog das Gesicht.
»Warum willst du nicht, dass ich jemanden anrufe?«, fragte ich.
»Bitte nicht. Morgen.«
Ich schaute sie an. Unschlüssig, was ich tun sollte.
»Wie alt bist du?«, fragte ich.
»Zwanzig!«
»Du lügst doch!«
»Okay, achtzehn!«
»Hör auf, mich zu verarschen!«
»Schon gut, schon gut. Ich bin siebzehn. Ehrlich. Im Oktober werde ich achtzehn.«
Das Mädchen war außergewöhnlich hübsch. Die langen schwarzen Haare lagen ihr über den Schultern. Ihre braunen Augen hatten einen rebellischen Ausdruck.
»Zumindest deinen Vornamen könntest du mir sagen. Wie soll ich dich sonst ansprechen?«
»Elena.«
»Elena ... und wie weiter?«
»Morgen, bitte? Mir tut alles weh, wenn ich spreche. Bitte ... nur etwas ausruhen. Morgen, dann erzähle ich Ihnen alles.«
Ich hielt ihr eine Schachtel hin.
»Valium. Dann merkst du die Schmerzen nicht so sehr, und du kannst etwas schlafen.«

Elena zögerte.

»Keine Angst. Ich tue dir nichts. Schlafende Minderjährige mit blutigen Lippen sind nicht mein Typ.«

»Ja, ich weiß ...«

»Ach, ja? Woher?«

»Ich kenne Sie. Sie sind Manuel Rivera.«

»Und woher weißt du das?«

»Autsch, das tut weh, verdammt!« Sie tastete nach der Wunde an ihrer Lippe.

Ich legte die Schachtel Valium auf den Schrank. »Hier, falls du es dir anders überlegst! Und jetzt beiß die Zähne zusammen, das wird wehtun!«

Ich tupfte Jodsalbe auf ihre Wunden. Sie fluchte. Das ging eine Weile so, bis ich mich zurücklehnte. Ich betrachtete mein Werk. Ihr Gesicht war nun sauber, und die Wunden waren behandelt. Ihr Blick ruhte auf mir. Sie hatte keine Angst.

»Du ruhst dich jetzt aus«, sagte ich. »Versuche zu schlafen.«

»Okay, danke.«

»Ich bleibe hier, dort im Sessel neben dir«, sagte ich. »Du kannst beruhigt schlafen. Dir passiert hier nichts.«

Sie nickte.

Ich nahm das blutige Handtuch und ging in die Küche. Dort ließ ich es in der Spüle zurück und schaute für einen Moment durch das Fenster. Die Nacht lag über dem Mittelmeer. Die Palmen in meinem Vorgarten wiegten sich im Wind.

Ich öffnete eine Schublade und nahm eine Pistole heraus.

Meine Glock 17. Ich war seit Jahren nicht mehr im Dienst. Ich wusste nicht, was dem Mädchen passiert war. Aber falls jemand nach ihr suchte, um die Sache zu Ende zu bringen, war ich lieber vorbereitet. Ich ließ die Pistole im Hosenbund und unter meinem Hemd verschwinden.

Ich ging zur Hintertür, schloss sie ab und stellte einen Blumentopf auf den Boden, direkt vor die Tür. Sollte jemand versuchen, auf diese Weise ins Haus zu kommen, würde der Topf Lärm machen.

Ich ging zur Vordertür und schloss sie ebenfalls ab, legte den Riegel vor.

Im Wohnzimmer lag Elena auf der Couch und schnarchte leise. Die Schachtel mit Valium lag neben ihr. Ich überprüfte den Inhalt. Zwei Tabletten fehlten. Das war okay. Die Dosierung der Tabletten war gering, und das Mädchen konnte den Schlaf gebrauchen.

Ich setzte mich in einen Sessel. Von hier aus konnte ich die Haustür sehen und die Hintertür schnell erreichen. Ich spürte den Druck der Pistole in meinem Gürtel. Ein vertrautes Gefühl. Wie damals. Nach einiger Zeit schlief ich ein.

2

Der Blumentopf! Jemand versuchte ins Haus zu kommen. Ich erwachte, sprang auf. Es war Morgen.

Mit der Pistole in der Hand lief ich zur Hintertür. Meine Mutter und meine Schwester Ángela standen dort, starrten mich an.

»Sag mal, bist du verrückt geworden?«, fuhr meine Schwester mich an. »Du kannst doch nicht mit einer Waffe durchs Haus rennen!«

Ángela und meine Mutter tauchten ständig unangekündigt in meinem Strandhaus auf. So wie heute. Ángela war ein paar Jahre älter als ich und ließ mich das gerne wissen.

»Es hätte wer weiß was passieren können.« Ihr Blick war wütend.

»Es tut mir leid. Es hat Einbrüche gegeben. Erst gestern, ein paar Häuser weiter«, sagte ich.

Das stimmte nicht. Doch ich hoffte, dass ich so aus der Sache herauskam, ohne weitere Fragen. Bis mir einfiel, dass ein junges Mädchen auf meinem Sofa lag.

Ich lief ins Wohnzimmer. Das Sofa war leer. Elena war

weg. Sie hatte mir einen Zettel zurückgelassen. *»Sofía Morell Gómez – Un besito, Elena«*.

Ich nahm den Zettel an mich. Ángela und Mama brauchten nichts davon zu wissen. Die Sache mit der Pistole war schon Aufregung genug.

»Und das? Was ist das, Manuel?« Ángela hatte das blutige Handtuch in der Spüle gefunden.

»Ach, ja … Ein Jogger ist gestern gestürzt. Draußen auf dem Weg zum Dorf. Ich habe ihm geholfen. Seine Wunden versorgt.«

Ángela musterte mich. Sie glaubte mir kein Wort.

Mutter griff sich das Handtuch. »Das gehört in die Wäsche!«

»Warum seid ihr eigentlich zur Hintertür rein?«, fragte ich.

»Deswegen!« Ángela stieß den Riegel der Vordertür etwas zu laut auf.

Dann war Elena vielleicht noch hier? Beide Türen waren verschlossen gewesen.

Ich lief die Treppe hinauf, um in meinem Schlafzimmer nachzusehen. Leer. Gästezimmer. Niemand. Ich ging nach unten ins Bad. Dort stand das Fenster offen. Das Mädchen wusste sich zu helfen, das musste ich ihr lassen.

Vorne an der Haustür hörte ich Rufe und Gelächter. Paco und Enzo. Meine Freunde aus dem Dorf. Sie kamen oft vorbei, einfach so.

Paco war Mitte sechzig, Witwer und verbrachte die meiste Zeit mit Fischen. Er war sein Leben lang Polizist gewesen und genoss nun seinen Ruhestand.

Enzo war halb so alt wie Paco, dennoch waren die beiden unzertrennlich. Enzo war ein charmanter Taugenichts, der mal hier, mal dort arbeitete. Wenn Paco zum Fischen ging, war er meistens dabei.

»Manuel! Wie siehst du denn aus?«, rief Paco, kniff mir in die Wange. »Du hast wohl nicht gut geschlafen, oder?«

»Zu viel Wein gestern, was?«, rief Enzo.

»Siehst du, Mama?«, hörte ich Ángela aus der Küche. »Er hat getrunken. Ich habe es dir doch gesagt!«

Paco trug einen Korb mit Doradas und Calamares.

»Los, ab in die Pfanne damit!«, rief er.

»Das hier habe ich nur für dich gefangen!«, sagte Enzo zu meiner Schwester und hielt ihr eine Dorada hin. »Wann verlässt du endlich deinen Mann für mich?«

»Deine Alba wird mich umbringen, mein Lieber!«, sagte sie.

Enzo war verheiratet und hatte zwei Kinder. Trotzdem lebte er sein Leben weiter in jugendlicher Unbeschwertheit. Ganz zum Missfallen seiner Frau Alba, die ihn ständig vor die Tür setzte, nur um ihn zwei Stunden später wieder aufzunehmen.

»Sag mal, hast du etwa in deiner Kleidung geschlafen?«, fragte mich meine Mutter. »Du riechst ja fürchterlich!«

»Du warst also betrunken?« Ángela stand in der Küchentür.

»Natürlich war er betrunken. Wir alle waren es!«, rief Enzo. »Wo ist die Pfanne? Ich will Calamares in Olivenöl sehen!«

»Hallo, Manuel«, hörte ich hinter mir.

Vanessa, meine Nachbarin, stand in der Haustür. Wir hatten eine Affäre. Oder eine Art Beziehung. Oder irgendetwas dazwischen. Ich wusste es nicht.

»Hast du dich im Haus geirrt?«, rief Enzo aus der Küche. »Du gehörst zu mir, Vanessa. Das weißt du doch.«

»Pass mal auf, dass dich deine Alba nicht so hört. Ich wette, dann bist du auf einmal ganz kleinlaut«, sagte Ángela.

»Natürlich. Darum bin ich doch immer hier!«

»Aber mir Versprechungen machen, was, Enzo?«, knurrte Vanessa. Sie hatte Humor. Das mochte ich.

Sie übernachtete regelmäßig bei mir. Dennoch war es nie mehr als das. Wir sprachen nie darüber.

Sie schlang ihre Arme um mich und gab mir einen Kuss. In der Küche wechselten Blicke zwischen Mama und Ángela.

»Ich bin über Nacht in Castellón. Bei meinem Bruder. Ich wollte dir nur Bescheid sagen.«

»Bleibst du nicht zum Frühstück, Vanessa?«, rief Paco aus der Küche. »Wir haben frischen Calamar!«

»Nein danke, Paco. Ich muss weiter«, sagte Vanessa. »Wollte nur eben Hallo sagen!«

»Ich bitte dich ... Frischer Calamar!«, beharrte Paco.

»Nein wirklich. Es geht nicht. Termine!«

»Diese Jugend!«, beschwerte sich Paco. Und er sagte zu Mama: »Wir waren damals ganz anders, oder?«

»Ich ganz sicher nicht«, sagte sie. »Fünf Kinder. Ein Haus. Ein Mann, der nur seine Arbeit kannte. Ich musste mich immer um alles allein kümmern. Ihr Männer macht ja doch nichts!«

»Ja, ja, schon gut«, murmelte Paco. Er konzentrierte sich lieber wieder darauf, einen Calamar zu säubern.

»Du solltest vielleicht duschen?«, sagte Vanessa zu mir.

»Ja, das sollte er! Und zwar sofort!« Mama schlug mit einem Geschirrtuch nach mir und drängte mich damit in Richtung Bad.

»Wir sprechen ...?«, rief Vanessa.

Sie warf mir einen Kuss zu. Ich nickte, wusste nicht so recht, was ich sagen sollte. Sie ging, winkte allen noch einmal zu, verließ das Haus.

»Los, Mama, sag ihm, dass er sich endlich duschen soll!«, keifte Ángela aus der Küche.

»Beeil dich, Manuel!«, schimpfte Enzo. »Das Essen ist fast fertig. Wir warten nicht auf dich!«

»Ach, lasst mich doch alle in Ruhe, ihr Nervensägen!«, rief ich. »Wenn ich aus dem Bad komme, will ich euch hier nicht mehr sehen!«

Natürlich war das ein Bluff. Und natürlich würden sie danach immer noch hier sein. Das Frühstück würde draußen auf der Terrasse im Garten stehen. Wir würden essen, streiten, trinken. Und natürlich würde ich sie ertragen. So wie sie mich ertrugen.

Ich drehte die Dusche auf, versuchte die Gedanken an Elena unter den Strahlen des warmen Wassers zu vergessen. Während es aus der Küche nach Tortilla, Calamar, frischem Brot und Kaffee roch.

3

Ich saß auf der Terrasse hinter meinem Haus im Sonnenschein.

Auf dem Tisch standen die Reste des Frühstücks. Gemeinsam hatten Paco und Ángela die Calamares zubereitet. Mit Knoblauch, Petersilie und einem Hauch Zitrone. Meine Mutter hatte eine riesige Tortilla de Patatas aufgetragen. Der Duft lag noch in der Luft. Es gab frisches Brot aus dem Dorf. Dazu Jamón Ibérico, Queso Manchego, Altramuces, gesalzene Mandeln und Oliven. Wir hatten gegessen, geredet, getrunken. Ich hatte zwei Flaschen Marqués de Riscal Reserva spendiert. Viel war von dem Wein nicht übrig geblieben.

Ich hing meinen Gedanken nach. Ángela war irgendwo mit meiner Mutter im Haus verschwunden. Enzo kümmerte sich um den Garten. Das machte er regelmäßig. Ich legte ihm dafür ein paar Scheine in ein Glas neben der Mikrowelle, und er nahm sie an sich, wenn er ging. Auf diese Weise musste ich ihn nicht damit beschämen, dass ich ihm Geld gab. Und seine Familie konnte es gebrauchen.

Paco trat hinaus auf die Terrasse, stellte mir ein Glas Mistela con Anís hin, einen süßen Weißwein, gemischt mit Anisschnaps.

»Alles in Ordnung mit dir?«, fragte er. »Du wirkst, als würde dich etwas beschäftigen.«

Ich erzählte Paco von Elena.

»Du solltest vorsichtiger sein«, sagte er. »Du hast immer noch viele Feinde. Von damals!«

Da hatte er nicht ganz unrecht.

»Ein minderjähriges Mädchen in deinem Haus«, meinte er. »Du wärst nicht der erste Mann, dem man damit eine Falle stellt.«

Daran hatte ich noch gar nicht gedacht. Ich war unvorsichtig gewesen.

»Was hältst du davon?«, fragte ich Paco und holte den Zettel hervor, den Elena mir zurückgelassen hatte.

»Sagt mir nichts«, antwortete er nach einem Blick auf den Namen.

Aus unserem Dorf war das Mädchen also nicht. Paco kannte hier alles und jeden.

Mein Sommerhaus lag in El Palonet, etwas südlich von Altea. Ein Dorf ohne Bedeutung. Tourismus gab es hier kaum. Der Hafen war klein, und in der Bucht standen nur einige Ferienhäuser von wohlhabenden Familien aus Valencia, die Ruhe suchten.

»Vielleicht finden wir etwas«, sagte ich und tippte auf meinem Handy in Google den Namen ein.

Die ersten Suchergebnisse erschienen.

Ich klickte auf einen der Links und überflog die Seite.

»Hm«, machte ich.

»Was ist?«, fragte Paco.

Ich reichte ihm das Handy.

Er setzte seine Brille auf und las vor: »Der Körper eines toten Mädchens wurde in der Nacht zum Donnerstag am Strand von Baixa gefunden. Ein Nachbar fand den reglosen Körper zwischen vier und fünf Uhr morgens und benachrichtigte die Polizei. Die lokalen Ermittler bestätigten den Namen der Toten: Sofía Morell Gómez, siebzehn. Die Polizei erklärte der Presse, dass es sich um Selbstmord handele. Nach ersten Erkenntnissen hatte Sofía eine Überdosis Schlaftabletten genommen und war danach aufs Meer hinausgeschwommen, um zu sterben. Nur wenige Stunden später wurde sie von der Strömung an den Strand von Baixa getragen. Die Polizei schließt ein Verbrechen aus. Es gab keine Hinweise auf Fremdeinwirkung. Wir trauern mit der Familie und drücken unser aufrichtiges Beileid aus.«

Paco schaute mich an. »Hm … Das Datum … Das war vor etwa drei Wochen. Warum lässt dir diese Elena den Namen eines toten Mädchens aus Baixa zurück?«

Baixa war nur zwei, drei Kilometer von El Palonet entfernt. Ein verschlafenes kleines Städtchen. Die Gegend bestand aus Orangenplantagen, Feldern mit Olivenbäumen, staubigen Wegen, Fincas und Campos. Der Ort selbst hatte einen schönen alten Stadtkern, aber es gab dort nichts von Bedeutung. Der Hafen war klein, der Strand kaum mehr als ein Sandstreifen.

Baixa war das alte Spanien. Staubig, still und beherrscht von einigen Familien mit Geld, Einfluss und Ländereien.

Paco legte das Handy vor mir auf den Tisch. Ich blickte auf das Bild von Sofía unter dem Artikel. Sie wirkte nett, war hübsch. Aber etwas unscheinbar. Kein Vergleich zu Elena, die diesen rebellischen Funken von zu viel Leben in sich trug.

»Das gefällt mir nicht«, sagte Paco. »Und mir gefällt auch dein Gesichtsausdruck nicht.«

»Welcher Gesichtsausdruck?«

»Du machst dir Gedanken dazu. Mir machst du nichts vor.«

»Du irrst dich. Das Letzte, was ich im Moment gebrauchen kann, ist Ärger mit irgendwelchen Teenagerdramen. Nein danke!«

Er glaubte mir kein Wort. Ich sah es ihm an. Und tatsächlich fühlte ich eine seltsame Unruhe in mir.

»Was wirst du tun?«, fragte Paco.

»Das hier trinken«, sagte ich und kippte den Mistela in einem Schluck hinunter.

4

Ich fuhr durch Baixa. Die Sonne stand in den Gassen. Blau der Himmel. Aus einer Bar drang der Duft von Olivenöl. Es roch nach Brot aus der Pfanne, Tomaten, Sepia und Wein.

Zwei Männer saßen an einem Tisch vor der Bar.

»Gibt es hier so etwas wie einen Park?«, rief ich.

»Nach rechts. Immer geradeaus. Über den Marktplatz. Dann wieder nach rechts. Da ist der Park.«

»Danke«, sagte ich und fuhr weiter.

Ich folgte der Beschreibung und erreichte den Park. Ich ließ meinen Wagen stehen, betrat das Gelände und schaute mich um. Meine Überlegung war einfach. In einem Ort wie Baixa gab es für Jugendliche nur zwei Möglichkeiten, sich die Zeit zu vertreiben: Park oder Strand. Also fing ich hier an, im Park.

An einer Bank hatten sich ein paar Jungs versammelt. Sie hörten Musik. Es roch nach Marihuana.

Ich ging hinüber zu ihnen.

»Kennt jemand von euch eine Elena?«

Kopfschütteln. »Nein!«

Ich ging weiter, zur nächsten Bank. Die gleiche Reaktion. Wahrscheinlich logen sie, aber was sollte ich machen? Ich war kein Offizieller. Und selbst dann würden sie mir nicht die Wahrheit sagen. Eher im Gegenteil.

Ich überlegte. Elena hatte Ärger. Öffentlichkeit würde das Mädchen meiden. Wenn sie hier war, dann nicht in den Gruppen von Jugendlichen, die hier überall herumstanden. Ich musste umdenken. Der Park war zu groß, ich brauchte einen Überblick.

Am anderen Ende des Parks sah ich ein Gebäude. Ich ging hinüber, um mich von dort aus weiter umzusehen.

Neben dem Gebäude entdeckte ich eine Treppe, die hinab zur Straße führte. Dort saß Elena. Ein Mädchen hatte sich an sie gelehnt und weinte.

»Elena«, sagte ich.

Die beiden sprangen auf.

Auf Elenas Gesicht sah ich noch deutlich die Wunden der letzten Nacht. Das zweite Mädchen war hübsch, zierlich, hatte langes brünettes Haar und strahlend blaue Augen. Sie schien etwas älter zu sein. Auch sie hatte jemand verprügelt. Unter ihrem rechten Auge war ein frischer Bluterguss, die Wange geschwollen und die Lippe blutig.

»Manuel …?«, sagte Elena.

»Sind wir schon beim Du?«

Sie antwortete nicht.

»Das ist Julia«, sagte sie dann.

Ich reichte dem Mädchen ein Taschentuch. Sie nahm es und wischte sich die Tränen aus dem Gesicht.

»Wer hat das getan?«

»Derselbe Scheißkerl, der mich auch verprügelt hat«, antwortete Elena. »Jorge Morell, ihr Freund.«

»Jorge und sein Bruder Juan haben nach Elena gesucht«, sagte Julia. »Ich habe ihnen gesagt, dass ich nicht weiß, wo sie ist. Da ist Jorge ausgerastet. Hat mich geschlagen. Dann ist er abgehauen, Elena suchen.«

»Und du?«

»Bin von zu Hause raus. Einfach weg. Hatte Angst, dass er zurückkommt.«

»Sie hat mich angerufen. Und ich bin hierher«, sagte Elena.

»Was soll ich denn jetzt tun?« Julia wischte sich erneut die Tränen vom Gesicht.

»Kannst du nicht nach Sevilla? Zu deiner Schwester?«, fragte Elena. »Nur für ein paar Tage, wenn es sein muss.«

»Ja, aber ich kann doch nicht einfach so hier weg.«

»Elena«, sagte ich. »Würdest du mir jetzt bitte erklären, was das alles zu bedeuten hat? Warum suchen dich diese Jungs?«

»Da ist alles meine Schuld«, sagte Elena und streichelte Julia. »Ich hab angefangen, mich im Dorf umzuhören. Das wollten sie nicht.«

»Etwa wegen Sofía?« Ich holte den Zettel aus meiner Tasche.

Sie nickte. »Juan und Jorge sind Sofías Brüder. Sie und ein Cousin haben mir gestern Abend aufgelauert. Sie wollten mir eine Abreibung verpassen.«

»Abreibung? Für was?«

»Ich solle mich nicht in ihre Familienangelegenheiten einmischen, haben sie gesagt. Ich würde den Namen ihrer Familie beschmutzen. Und die Ehre ihrer toten Schwester. Die sind doch total durchgeknallt.«

»Was hast du für Fragen gestellt?«

»Na, wegen Sofía. Weil das, was die Leute hier sagen, nicht stimmt!«

»Was stimmt nicht?«

»Dass sie Selbstmord begangen hat. Man hat sie umgebracht.«

Ein Wagen bremste, unten auf der Straße. Es war ein BMW, schon etwas älter, aber gut gepflegt. Julia machte einen Laut, wich zurück. Ein junger Kerl stieg aus. Kräftig, breitbeinig, kurze Haare und wütende Augen. Anfang zwanzig, schätzte ich.

»Julia, du verdammte Schlampe!«, schrie er. »Komm sofort hierher!«

Und tatsächlich machte Julia einen Schritt vorwärts, den ich ganz schnell ausbremste.

Ich stellte mich vor das Mädchen.

»Jorge …«, flüsterte sie.

Der junge Mann kam zu uns.

»Wer bist du denn, Opa?«, sagte er.

»Setz dich mal besser in deinen Wagen und hau ab«, sagte ich zu ihm.

Er stutzte einen Moment, war wohl nicht gewohnt, dass ihm jemand so antwortete. Dann übernahm die Wut. Er schnellte vor, packte mich am Hals. Ein grober Angriff. Das machte es mir leicht. Ich hebelte seinen Arm. Die Unterseite meiner rechten Faust schlug in sein Gesicht, brach ihm die Nase. Mein linkes Bein zog ihm die Füße weg. Er knallte auf die Treppe.

Dann war ich über dem Jungen. Ich bog sein Armgelenk zurück. Mit meiner anderen Hand presste ich seinen Kehlkopf zusammen, und er röchelte.

Ich flüsterte in sein Ohr: »Wenn du dich noch einmal in die Nähe der beiden Mädchen wagst, dann finde ich dich. Und ich bringe dich um.«

Ich schlug ihm gegen den Kehlkopf. Das würde ihn über einige Minuten beschäftigt halten. Vor allem die Schwierigkeit, zu atmen.

»Los, zum Auto!«, fuhr ich die Mädchen an.

Sie zuckten zusammen und folgten mir ohne ein Wort. Ich führte sie zu meinem Wagen. Sie setzten sich auf die Rückbank. Sie sagten nichts. Ich fuhr los.

5

Zu Hause angekommen richtete ich Julia das Bad im Obergeschoss her. Sie wirkte erschöpft. Eine Dusche würde helfen.

Ich reichte ihr eines meiner T-Shirts und eine Jogginghose.

»Wahrscheinlich zu groß, aber für den Moment sollte es reichen. Wenigstens riecht es gut und ist frisch gewaschen«, sagte ich.

»Danke.«

Ich goss ihr ein Glas Wasser ein und gab ihr ein Paracetamol gegen die Schmerzen. Während sie trank, schaute sie mich an.

»Sie sind sehr nett!«, sagte sie.

Ich hob die Schultern und öffnete die Dusche. »Hier, warmes Wasser, Duschgel, und da drüben sind Handtücher. Danach ruh dich etwas aus.«

Sie wirkte unschlüssig.

»Keine Sorge. Ich bin unten. Mit Elena. Du kannst beruhigt duschen. Niemand ist hier. Und es schaut auch keiner zu.«

Sie lächelte.

Ich verließ das Bad und schloss die Tür hinter mir.

Ich ging hinab in die Küche. Mama und Ángela hatten mir Arroz al Horno dagelassen, gebackenen Reis mit Gemüse, Fleisch und Gewürzen. Wir hatten mehr als genug für drei.

Ich stellte den Reis in den Ofen und bereitete einen Salat zu: Eisberg, Blattsalat, Rucola und Tomaten. Dazu Ziegenkäse und einige Oliven. Etwas Salz und reichlich Olivenöl.

Ich griff nach einer Flasche Rotwein. El Miracle, ein einfacher Wein aus der Region von Valencia, der zu jedem Anlass passte. Für heute Abend war das ausreichend.

Dann schaute ich in den Kühlschrank und bemerkte, dass ein Bier fehlte. Ich holte den Arroz al Horno aus dem Ofen und trug ihn hinaus auf die Terrasse.

Dort saß Elena, das fehlende Bier in der Hand, und schaute hinaus auf das Meer.

»Hast du heute schon etwas gegessen?«

»Nein.«

»Hier … Arroz al Horno. Hat meine Mutter gemacht. Etwas Besseres wirst du kaum finden!«

Ich stellte die Schüssel vor sie auf den Tisch. Es duftete nach Gewürzen.

Ich hielt Elena die Flasche Wein hin. Sie schüttelte den Kopf und hob das Bier in ihrer Hand.

Ich nickte. Und reichte ihr das Brot.

Dann ging ich wieder hinein und holte den Salat, etwas Käse, Jamón Ibérico und Oliven. Damit setzte mich zu Elena an den Tisch.

»Wissen deine Eltern, wo du bist?«

Sie zuckte mit den Schultern. Ihre Augen wirkten müde.

»Ich weiß nicht, wo sie sind. In der Krise hat mein Vater alles verloren. Sich mit Hypotheken übernommen und so Zeugs. Eines Morgens waren sie einfach weg.«

»Und deine Familie? Gibt es irgendjemanden?«

»Nur eine Tante. Manchmal schlafe ich bei ihr. Aber sie hat einen kranken Sohn, ich kann da nicht bleiben. Eigentlich bin ich im Heim Nuestra Virgen drüben in Tossador.«

»Wir müssen da anrufen.«

Sie lachte. Es klang bitter, viel zu erwachsen für ihr Alter.

»Im Heim interessiert sich niemand für mich. Ob ich da bin oder nicht, spielt überhaupt keine Rolle. Ich kann kommen und gehen, wie es mir gefällt.«

»Einfach so?«

»Du weißt doch selbst, wie das läuft. Du bist doch Polizist?«

»Nicht mehr.«

»Na egal. Im Heim interessiert es niemanden, wo wir uns herumtreiben. Sind wir weg – umso besser. Weniger Arbeit.«

»Tja, ich hatte gehofft, das hätte sich etwas gebessert.«

»Nein. Niemand fragt danach. Jedenfalls nicht, solange wir nicht von der Polizei zurückgebracht werden.«

»Hm ...«

»Manchmal bleibe ich tagelang weg, und die merken das nicht einmal. Die meiste Zeit bin ich draußen.«

»Wo draußen?«

»Unterwegs. Mit Freunden. Irgendwas machen. Nur nicht im Heim abhängen. Sobald ich achtzehn bin, sehen die mich da nie wieder.«

»Und warum bist du ausgerechnet zu mir gekommen? Du kennst mich doch gar nicht.«

»Doch, natürlich kenne ich dich. Du bist doch überall im Internet. Du bist der Typ, der die Altea Hills Connection hat auffliegen lassen.«

»Ja, und?«

»Hier kennt dich jeder!«

»Trotzdem legen sich verprügelte Mädchen normalerweise nicht in meinen Hauseingang. Was sollte das?«

»Ich war schon vorher hier.«

»Was?«

»Ich war schon ein paarmal hier!«

»Warum?«

»Hab dich gesucht. Einmal warst du nicht da. Und die anderen Male hattest du Besuch. Deine Nachbarin sieht nett aus. Wie ist sie denn so?«

»Das geht dich nichts an. Komm auf den Punkt. Zuerst verprügelt man dich, und dann du kommst einfach hierher zu mir. Warum?«

Sie stocherte im Essen herum.

»Sofía?«

»Sie hat sich nicht umgebracht!«, sagte sie und starrte weiter in ihr Essen, um mich nicht ansehen zu müssen.

Ich sagte nichts, ließ ihr etwas Zeit. Ich wollte nicht in den Schmerz hinein fragen, den ich ihr jetzt ansah.

Sie begann zu essen. Trotzig. Stolz. Elena konnte Schmerz fühlen, aber musste ihm nicht nachgeben. Das imponierte mir.

Es ging eine Weile so, bis sie sich gefasst hatte.

Dann hob sie ihr Kinn und schaute mich an.

Tränen lagen auf ihren Wangen.

»Jemand hat meine beste Freundin umgebracht. Und ich werde ihn finden.«

»Wirst du?«

»Ja, und darum war ich bei dir.«

»Du musst damit zur Polizei gehen. Ich bin seit Jahren nicht mehr im Dienst.«

»Zur Polizei? Ist das dein Ernst? Die hängen doch alle mit drin. Vergiss es. Und außerdem du bist der beste Ermittler, den Spanien hat!«, sagte sie.

»Wie kommst du denn darauf?«

»Es steht überall im Internet. Wirst du mir nun helfen oder nicht?« Elena funkelte mich an. »Ansonsten sparen wir uns das hier doch besser, oder? Und ich gehe gleich wieder. Einfacher für uns beide!«

Ich lehnte mich zurück und betrachtete sie.

So hübsch sie auch war, so sehr lag ein Ausdruck von Schmerz und Verlorenheit in ihren Gesichtszügen.

»Sie war meine Freundin, verdammt«, sagte sie.

Ich griff nach meinem Glas Wein und nahm einen tiefen Schluck. Und dann noch einen.

»Wie kommst du darauf, dass es kein Selbstmord war?«, fragte ich.

»Weil es keinen Sinn macht. Sie war glücklich. Sie hatte Pläne. Sie wollte hier raus.«

»Wo raus?«

»Na, raus aus diesem Kaff. Weg von ihrer Familie. Weg von ihren bescheuerten Brüdern. Du hast doch selbst gesehen, wie sie sind.«

Ich nickte.

»Sie wollte etwas aus ihrem Leben machen«, sagte Elena.

»Ging sie zur Schule?«

»Ja. Sie hatte jetzt wieder gute Noten. Und einen Praktikumsplatz. Danach wollte sie weg. Studieren.«

»Und vorher? Was war da los?«

»Na ja. Wir haben es etwas übertrieben.«

»Und was genau?«

»Na, Feiern halt. Jungs. Kiffen. Das ganze Zeugs halt. Was man so macht. Aber wir haben irgendwann begriffen, dass das scheiße ist. Dass das nichts bringt.«

»Und dann?«

»Wir haben uns versprochen, es anders zu machen. Nicht so wie die ganzen Kifferkinder da draußen, die nichts gebacken bekommen und dann noch mit dreißig bei ihren Eltern wohnen. Wir haben uns geschworen, dass uns das nicht passiert. Dass wir da rauskommen.«

»Du, Sofía und Julia?«

»Nee, Julia war schon immer gut in der Schule. Um die muss sich niemand Sorgen machen. Die bekommt immer alles auf die Reihe. Die ist klüger als wir alle zusammen.«

»Und du? Gute Noten?«

Sie stocherte in ihrem Essen herum. »Es wird besser. Ich muss da raus. Aus dem Heim. Da läuft nur Scheiße.«

Ich nickte. »Wahrscheinlich.«

»Sobald ich achtzehn bin, gehe ich hier weg. Ich suche mir eine Wohnung, mache Bachillerato. Und dann studieren. Ich bin nicht so dumm, wie du vielleicht denkst!«

»Red keinen Unsinn. Ich denke ganz sicher nicht, dass du dumm bist.«

»Kann ich noch eines haben?« Sie hielt mir die leere Bierflasche hin.

Ich antwortete nicht.

Sie verstand mich auch ohne Worte.

»Okay, okay … schon gut. Aber ich meine es wirklich ernst mit der Schule. Und mit dem Was-aus-meinem-Leben-Machen und so. Ich werde hier nicht enden wie die anderen. Kellnern, putzen und dann den Guiris den Hintern küssen. Ich werde jemand sein. Geld haben, reisen, das werde ich, egal, was du auch jetzt von mir denkst.«

»Ich bin mir sicher, dass du deinen Weg machen wirst, also reg dich ab. Aber was ist denn nun genau mit Sofía? Wieso bist du dir sicher, dass es kein Selbstmord war?«

»Weil es keiner war. Ich weiß es einfach.«

»Beweise?«

Sie verzog den Mund. Ihre Hand verkrampfte sich um die Gabel. Eine Antwort hatte sie nicht.

»Elena, das wird nicht ausreichen, um die Polizei zu überzeugen, neue Ermittlungen aufzunehmen. Da braucht es ein bisschen mehr als dein ›Ich weiß es einfach‹.«

»Sie hat niemals davon gesprochen, sterben zu wollen oder so was. Als ich sie das letzte Mal gesehen hab, war sie völlig okay. Und dann liegt sie den nächsten Morgen plötzlich tot am Strand?«

»Kann es sein, dass sie dir etwas verheimlicht hat? Depressionen?«

Sie schüttelte den Kopf. »Nein, auf keinen Fall. Unmöglich. Wir waren wirklich gute Freundinnen. Ich hätte etwas gemerkt.«

»Und die ganze Kifferei?«

»Mensch, wir waren auf Feierei und Jungs aus. Deswegen schwimmt man doch nicht gleich mit einer Überdosis Schlaftabletten aufs Meer raus?«

Ich überlegte.

»Du musst mir helfen, bitte«, sagte sie. »Die lügen doch alle. Wirklich, die lügen alle.«

»Wer lügt?«

»Na, die Polizei, Anwälte, Politiker, einfach alle. Du kennst das doch. Das ist doch hier in Spanien nichts Neues.«

»Dass es einige Leute in unserem Land nicht immer so genau nehmen, bedeutet nicht, dass deine Freundin ermordet wurde.«

»Ach ja? Dann hör mal zu: Ich wollte mit denen reden. Mit der Polizei. Sie haben mich einfach weggeschickt. Sagten mir, der Fall sei längst abgeschlossen. Nichts zu machen.«

»Was hattest du denn erwartet? Nach drei Wochen? Und dann ohne Beweise?«

»Ich solle mich um meine Angelegenheiten kümmern, haben sie gesagt. Dann haben sie mich einfach vor die Tür gesetzt. Diese Arschlöcher.«

Sie war wütend.

»Du findest in jedem Ort faule und unfreundliche Polizisten. Das sagt mir nicht, dass die Polizei hier etwas zu verbergen hat oder korrupt ist. Du hast keinerlei Beweise für deine Behauptungen. Das ist zu wenig.«

»Das ist mir egal. Ich will wissen, was wirklich passiert ist. Und ich will wissen: Warum vertuschen die den Mord an Sofía?«

»Immer langsam. Vertuschung hat gewisse Regeln. Und korrupten Polizisten geht es immer um Geld oder um politische Verbindungen. Deine Freundin hatte weder das eine noch das andere. Also, welchen Sinn macht das? Und bei der

Polizei, die ich kenne, würde niemand ein totes Mädchen einfach so unter den Teppich kehren.«

»Dann kennst du deine Scheißpolizei aber schlecht. Oder zumindest die von Baixa. Die haben alle etwas zu verbergen, das sage ich dir.«

»Warum sollten sie? Sofía war ein siebzehnjähriges Schulmädchen, keine Politikerin oder Industrielle. Wer in der Polizei hier vor Ort hätte ein Interesse daran, einen Mord an einem einfachen Schulmädchen zu vertuschen? Welchen Sinn ergibt das?«

»Woher soll ich das wissen? Wäre doch nicht das erste Mal, dass man einem siebzehnjährigen Mädchen etwas angetan hätte, oder? Es gibt genug dreckige alte Männer mit viel Geld, die sich so was nicht entgehen lassen.«

Da hatte sie leider recht.

»Und du glaubst, die Polizei von Baixa würde so etwas decken?«

Sie lachte. Etwas zu bitter. »Vielleicht stecken sie ja alle mit drin? Vielleicht hält jemand die Hand auf? Vielleicht war jemand dabei, den sie kennen? Vielleicht sogar einer von ihnen? Was weiß ich? Verrückte gibt es hier genug. Und Leute, die wegschauen, noch viel mehr.«

»Das ist alles sehr vage, Elena.«

»Wie wäre es dann damit: Wusstest du, dass der Leichenbestatter die Todesursache offiziell vor der Presse bekannt gegeben hat – und nicht die Polizei?«

»Was?«

»Ich bin keine Expertin für Polizeiarbeit, aber ich bin auch nicht doof. So was sollte doch eigentlich Sache der Polizei sein, oder? Stattdessen hat sich der örtliche Leichenbestatter einfach hingestellt und den Reportern von der Lokalpresse erklärt, dass der Fall ein Selbstmord gewesen sei. Einfach so. Von den Polizisten der Stadt war dabei weit und breit niemand zu sehen. Erklär mir das mal!«, sagte sie.

Das war tatsächlich ungewöhnlich.

Ich nickte. »Das dürfte so nicht sein. Da hast du recht!«

»In Baixa ist nicht immer alles ganz sauber, das sage ich dir. Da gibt es genügend Dreck hinter den anständigen Fassaden: Drogen, Diebstahl, Schmuggel, Banden. Politiker, die die Hand aufhalten. Von den Puffs und den Nutten auf den Landwegen und was da so alles in den Fincas auf den Campos abgeht, will ich gar nicht erst anfangen. Die Stadt sieht fein und sauber aus. Das ist sie aber nicht. Hier gibt es genug zu verbergen.«

»Und Sofía hatte mit alldem zu tun?«

»Nein, eigentlich nicht. Aber sie liegt eines Morgens ohne Vorwarnung tot am Strand vom Baixa. Reicht das nicht?«

»Hm.«

»Sofía ging nicht anschaffen. Und sie hat auch keine alten reichen Männer gevögelt. Falls du das jetzt denkst. Sie war ein ganz normales, gutes Mädchen. Und vielleicht hat das schon gereicht, hier in Baixa. Wundern würde es mich jedenfalls nicht.«

Ich musterte sie. Elena hielt meinem Blick stand, ihre Augen aufrichtig und ehrlich. Das reichte mir.

»Also gut, ich werde nachfragen«, sagte ich. »Ich habe noch einige Kontakte in der Polizei rund um Altea. Die kann ich ansprechen. Und dann sehen wir weiter.«

»Danke«, sagte sie. Dann widmete sie sich wieder ihrem Essen, um mich nicht anschauen zu müssen. Sie weinte. Und ich ließ sie.

Ich erhob mich und ging in die Küche, stellte meinen Teller in die Spüle.

Julia stand in der Tür. Sie trug nun mein T-Shirt und die Jogginghose. Alles etwas zu weit. Aber sie hatte sich offensichtlich damit arrangiert.

»Es riecht gut hier …«, sagte sie.

»Das Essen steht auf der Terrasse. Ich bringe dir einen Teller.«

»Danke.« Sie lächelte.

Ich öffnete den Kühlschrank, nahm ein Bier.

»Achtzehn?«, fragte ich.

Sie nickte.

Ich warf ihr das Bier zu, und sie ging damit auf die Terrasse. Ich nahm einen Teller aus dem Schrank und folgte ihr.

6

Ich richtete Julia das Gästezimmer her. Wir hatten zusammen gegessen, Julia, Elena und ich. Die Unterhaltung mit den Mädchen war angenehm gewesen. Wir lachten viel, plauderten über das Essen. Die beiden stritten sich über Fußball und erzählten mir Peinlichkeiten aus der Schule. Über Sofía sprachen wir nicht. Irgendwann war es dunkel, und die Mädchen wurden müde.

Ich legte Julia eine Decke über das Bett. Für den Fall, dass es in der Nacht etwas kühler werden würde.

»Danke«, sagte sie, legte ihre Hand auf meinen Arm.

»Kein Problem.«

»Gute Nacht, Manuel.«

Ich nickte, ließ sie allein und schloss die Tür hinter mir.

Elena lag im Wohnzimmer. Auf der Couch. Wie letzte Nacht. Der Fernseher lief. Wahrscheinlich war sie einfach davor eingeschlafen. Wieder schnarchte sie leise.

Ich hob sie vorsichtig auf, und sie schlang ihre Arme um mich. So trug ich sie hinauf in mein Schlafzimmer. Dort legte ich sie behutsam aufs Bett, deckte sie zu. Sie brabbelte irgendetwas im Halbschlaf. Ich löschte das Licht und ging zurück nach unten ins Wohnzimmer.

Mir blieb nur die Couch. Das war in Ordnung. Ich schlief oft dort ein. Also störte es mich auch nicht besonders, hier die Nacht zu verbringen. Ich legte mich hin und starrte auf das Fernsehprogramm, ohne ihm zu folgen. Eine Weile lang dachte ich darüber nach, was mir Elena gesagt hatte. Irgendwann schlief ich ein.

Julia weckte mich nachts. Sie trug nur mein T-Shirt. Ich sah ihre Beine im Licht des Fernsehers, der immer noch lief.

Sie setzte sich an meine Seite, zu mir auf das Sofa.

»Ich kann nicht schlafen«, sagte sie.

Ich konnte und wollte schlafen. Aber ich sagte nichts.

Sie schaute hinüber zum Fernseher. Eine Strähne ihres Haars legte sich über ihren Nacken.

»Warum hast du das getan?«, fragte sie.

»Was?«

»Du hast uns geholfen. Einfach so. Du kennst uns doch gar nicht.«

Sie drehte sich zu mir um. Die Wunden in ihrem Gesicht gaben mir einen Stich.

»Zu helfen ist doch normal. Nichts Besonderes«, sagte ich.

»Für mich schon.« Sie legte sich neben mich. »Für mich hat das noch nie jemand getan.«

»Was?«

»Niemand setzt sich für mich ein.«

»Dann wird es vielleicht mal Zeit.«

Sie legte ihre Hand auf meinen Bauch. »Kann ich etwas hierbleiben?«, flüsterte sie.

»Oben im Bett bist du besser aufgehoben«, sagte ich.

»Aber ich kann nicht schlafen.«

Ich griff neben mich. Dort lag von gestern Nacht noch die Schachtel mit Valium.

Ich drückte sie ihr in die Hand. »Da, nimm das und du schläfst. Garantiert.«

Julia verzog das Gesicht, nahm die Schachtel an sich und verschwand ohne ein weiteres Wort nach oben.

Ich schlief wieder ein.

7

Es war Morgen. Ich öffnete die Augen. Elena stand vor mir.

»Ich mache Frühstück«, sagte sie.

Ich setzte mich auf, benommen vom Schlaf, schaute umher und gähnte.

»Julia ist nicht da«, sagte Elena. »Sie ist auf dem Weg zu ihrer Schwester nach Sevilla. Ich soll dich grüßen.«

»Ah, okay«, gähnte ich.

»Das soll ich dir geben«, sagte Elena und hielt mir einen Zettel hin.

Ich nahm ihn an mich, öffnete ihn. *»Gracias.«* Und ein Herz.

Elena ließ mich nicht aus den Augen.

»Alles okay?«, fragte sie.

»Natürlich. Warum denn auch nicht?«, sagte ich.

Sie musterte mich.

»Kaffee?«, fragte ich hoffnungsvoll.

»Natürlich. Ist schon warm. Aber bitte zuerst duschen!« Sie ging zurück in die Küche.

Um den missmutigen Gedanken zu vertreiben, dass Elena wie meine großen Schwestern klang, rappelte ich mich auf und ging ins Badezimmer.

Dort stellte ich mich unter das warme Wasser der Dusche. Der Duft von Kaffee, frischem Brot und Tortilla erreichte mich. Ich duschte so schnell wie möglich, zog mich an und verließ das Bad.

Elena hatte eine Tortilla mit Auberginen und Käse zubereitet. Wir aßen auf der Terrasse. Das Meer schimmerte blau.

Elena hielt mir den Rotwein hin. Für einen Moment überlegte ich, ob ich damit ein gutes Vorbild war, doch dann hob ich das Glas an und nickte ihr zu. Sie goss mir ein. Ein Javi Revert Simeta 2017. Ein eleganter Kontrast zum Käse in der Tortilla. Sie hatte gut gewählt. Wir aßen und plauderten. Sie erzählte mir einige Dinge, die sie am Morgen in den Nachrichten gesehen hatte und über die sie sich wunderte. Elena war eine aufgeweckte Persönlichkeit. Klug und kritisch im Denken. Das gefiel mir. Heute wirkte sie entspannter. Die Wunden in ihrem Gesicht sahen etwas besser aus. Doch sie erinnerten mich daran, warum dieses Mädchen bei mir war. Ich würde mich darum kümmern müssen. Um die Wunden und den eigentlichen Grund, warum sie hier vor mir saß.

Ich stand auf. In der Küche holte ich alles Notwendige aus dem Medizinschank.

Als ich damit auf der Terrasse auftauchte, verzog Elena das Gesicht. »Muss das sein?«

»Allerdings«, sagte ich und setzte mich auf den Stuhl neben sie.

Ich betrachtete ihr Gesicht. Die Schwellung an ihrer Oberlippe war verschwunden. Einige Pflaster konnte ich bereits abnehmen. Das Hämatom unter ihrem Auge ließ nach. Das Mädchen hatte gute Abwehrkräfte, das musste ich ihr lassen.

»Was genau ist an dem Abend passiert, als du zu mir gekommen bist?«, fragte ich sie.

»Jorge, den kennst du ja schon, und sein Bruder Juan und ihr idiotischer Cousin Adrián haben mir aufgelauert. Die zwei hielten mich fest, und Jorge schlug auf mich ein. Da steht er drauf, wie du vielleicht schon bemerkt hast.«

Allerdings. Und ich hoffte, dass ihn sein Kehlkopf noch einige Tage lang schmerzlich beschäftigen würde.

»Und das alles wegen deinen Fragen im Dorf? Wegen Sofía?«

Sie nickte. »Die Morells sind etwas altmodisch. Lassen kaum jemanden von außen an sich heran. Alles ist nur für die Familie und so.«

»Und dann? Wie bist du hierhergekommen?«

»Nach ein paar Schlägen habe ich Jorge erwischt. Mit einem Tritt in die Eier. Die beiden anderen haben mich vor Schreck losgelassen. Ich hab sofort auf die eingeschlagen. Dann bin ich gerannt. Ich bin schneller als sie.«

Ich lächelte. Das konnte ich mir vorstellen. Elena wirkte energetisch, athletisch, stark. Sie war keines der Mädchen, die sich leicht unterkriegen ließen.

Ich nahm die Flasche mit dem Jod. »Stillhalten!«

»Aua, Scheiße, pass doch auf«, sagte Elena und zuckte, als das Jod eine ihrer Wunden berührte.

»Und dann bist du zu mir?«

»Ja.«

»Und wie genau? Baixa ist nicht gerade einen Fußmarsch entfernt für ein verprügeltes Mädchen, oder?«

»Eine Vespa.«

»Du hast eine Vespa?«

Ich wunderte mich. Dass ein Heimkind eine eigene Vespa hatte, konnte ich mir nur schwer vorstellen.

»Hm … Na ja …«

»Du hast eine gestohlen?«

»Was sollte ich denn machen? Mir ging es wirklich schlecht.«

Ich schaute sie an. Sie hatte Grübchen um den Mund, wenn sie sich aufregte oder lächelte. Ihre Augen blitzten. Den Blick senkte sie nicht.

»Wieso weißt du, wie man ein Motorrad stiehlt?«, fragte ich.

Sie zuckte mit den Achseln. »Lernt man halt!«

Um sie an das Gebot »Du sollst nicht stehlen« zu erinnern, träufelte ich noch etwas mehr Jod auf eine ihrer Wunden.

Sie fluchte. Ihre Augen ließen nicht von mir ab.

»Und diese Familie? Die Morells? Was machen die?«, fragte ich.

»Die haben eine Firma. Nichts Großes. Halt so An- und Verkauf von Autos. Reparaturen. Halb Schrottplatz, halb Autohandel. Irgendwas in der Art. In Baixa. Am Stadtrand.«

»Wie viele sind es? Schwestern, Brüder, Eltern?«

Elena überlegte kurz. »Neun. Also neun Geschwister insgesamt, einschließlich Sofía. Sie war die Jüngste. Die arbeiten alle zusammen in der Firma der Familie. Nur eine der Schwestern nicht. Sie hat mit ihrem Mann einen kleinen Elektroladen im Dorf. Auch so An- und Verkauf.«

»Eine der Schwestern? Wie viele Schwestern hatte Sofía?«

»Sofía hatte zwei Schwestern. Und sechs Brüder.«

»Und die Eltern?«

»Die Mutter ist tot. Und der Vater alt und krank. Verlässt kaum noch das Haus.«

»Und die Firma, dieser Autohandel, gehört der Familie?«

Elena nickte. »Antonio leitet ihn. Er ist der Älteste von ihnen. Zusammen mit seiner Schwester Vera. Sie ist die älteste der Schwestern.«

»Wie alt sind die beiden?« Ich säuberte ihr eine der Wunden, und sie drehte den Kopf weg. Ich drehte ihn wieder zu mir.

»Na ja, die sind halt schon älter. So wie du.«

»Danke, sehr nett«, sagte ich und übertrieb es etwas mit dem Jod. Elena sog die Luft zwischen den Zähnen ein, aber rührte sich diesmal nicht.

»Und der Rest der Brüder?«

»Halt so Schlägertypen. Arbeiten alle dort in der Firma der Familie. Pablo und Mario, die sind so Ende dreißig. Sind die Mechaniker. Und die machen mir mehr Sorgen als Jorge.«

»Wieso?«

»Ich glaub, die fackeln nicht lange. Die beiden jüngeren Brüder, Jorge und Juan, das sind nur Großmäuler. Okay, wenn du nicht aufpasst, dann hauen sie dir eine rein, das schon. Aber Pablo und Mario sind anders. Krasser. Mit denen will ich keinen Ärger.«

»Also, der Älteste ist Antonio. Dann die beiden Mechaniker Pablo und Mario. Und die beiden Möchtegerngangster Jorge und Juan. Das sind dann fünf. Fehlt noch einer«, sagte ich.

»Álvaro. Der Jüngste. Der ist in Ordnung. Der ist nicht so ein Arschloch wie die anderen. Der Einzige, dem Sofía und ich vertrauen konnten. Kein Macho oder so.«

»Und die eine Schwester? Sie arbeitet nicht in der Firma? Warum?« Ich entfernte ein Pflaster.

»Clara? Keine Ahnung. Die hat halt früh geheiratet. Ihr Mann hatte schon immer diesen Laden im Dorf. Also lebt sie dort.«

»Und die andere Schwester, Vera, die älteste, die leitet die Firma?«

»Ja, zusammen mit Antonio. Er ist der Chef. Und Vera macht die Buchhaltung und alles, was so anfällt. Ich mag sie nicht. Sie ist eine falsche Schlange.«

»Okay, aber was könnte das alles mit Sofía zu tun haben? Wenn es Mord war, muss es einen Grund dafür geben.«

Ich strich Elena das Haar aus dem Gesicht, um eine Wunde besser sehen zu können.

»Tu mir nicht weh, ja?«, sagte sie.

Ich wusste nicht genau, was sie meinte. Ihr Blick war jetzt anders. Verletzlich. Mehr als den Kopf zu schütteln fiel mir nicht ein.

Dann deutete sie auf die Flasche Jod. »Etwas weniger ist auch okay.«

Ich fing mich wieder. »Natürlich«, sagte ich und fuhr fort, ihre Wunden zu versorgen.

»Und du hast Angst vor den Brüdern? Vor den beiden älteren?«

»Nicht direkt. Aber die sind halt alle auch nicht ganz sauber, weißt du, was ich meine?«

»Nein«, sagte ich, weil ich noch mehr von ihr hören wollte.

»Na ja, ich glaube, allein von der Firma kann die Familie nicht leben. Die paar Autos, die die verkaufen. Ein paar Reparaturen. Also machen die bestimmt noch so Sachen nebenbei. Da bin ich mir sicher.«

»Was heißt das?« Ich lehnte mich zurück und stellte die Flasche Jod auf den Tisch.

»Na, die verkaufen auch schon mal so Zeugs, das sicherlich nicht nur von ihnen ist.«

»Was meinst du?«

»Die haben immer so Kisten hinten in der Werkstatt. Die sind voll mit Elektrowaren, Klamotten, Zigaretten, Alkohol, allem Möglichen.«

»Hehlerware?«

»Glaub schon. Und wo die Autos immer alle herkommen, weiß ich auch nicht so genau. Da ist bestimmt mal das ein oder andere dabei, das nicht ganz legal ist.«

Ich nickte.

Die Morells waren ganz sicher nicht die einzige Familie im Land, die versuchte, auf diese Weise besser über die Runden zu kommen.

»Wie viel weißt du davon?«

»Auch nicht mehr, als man so mitbekommt. Man erzählt halt so. Im Dorf. Im Grunde weiß jeder Bescheid. Und macht doch eigentlich auch jeder so, oder nicht? Ist halt so.«

»Drogen?«, fragte ich.

»Nein. Auf keinen Fall! Antonio würde das nie zulassen. Der hasst Drogen. Einmal hat er Jorge dabei erwischt, wie er etwas verticken wollte. Da hat er den windelweich geprügelt.«

»Könnte irgendjemand von der Familie etwas mit Sofías Tod zu tun haben?«

»Glaube ich nicht. Untereinander sind die unzertrennlich. Sie streiten zwar ständig, aber am Ende halten die doch alle zusammen. Und wenn jemand mal schlecht über ihre Familie redet, im Dorf oder so, dann regeln sie das.«

»So wie mit dir?«

Sie nickte und verzog das Gesicht.

»Du siehst etwas besser aus. Es heilt gut.«

»Danke. Ich halte was aus.«

»Du bist also Elena, wenn ich mich nicht irre?« Paco stand plötzlich hinter uns auf der Terrasse. Er trug einen Korb.

»Das ist Paco«, sagte ich zu Elena. »Ein Freund.«

Elena wirkte unsicher, doch ich nickte ihr zu. Sie stand auf, um Paco zu begrüßen. Küsschen rechts, links. Er musterte sie.

»Hat man die Jungs erwischt, die dir das angetan haben?«

»Einem von ihnen ging es nicht mehr so gut, als wir ihn das letzte Mal sahen.«

»Das freut mich.«

Paco stellte den Korb auf den Tisch und schenkte sich ein Glas Rotwein ein.

»Magst du Boquerón, Elena? Weiße Sardellen?« Er nahm einen Schluck Wein.

»Ich liebe Boquerón! Am besten frisch aus der Pfanne!«

»Sehr gut. Dann hilfst du mir jetzt, und wir machen zusammen den großartigsten Boquerón, den du je gegessen hast.« Er klopfte auf den Korb.

Elena klatschte in die Hände. »Olé, sehr gerne. Ich mache ein ein paar Bravas dazu!«

»Du bleibst also noch etwas, oder?«, fragte er.

Seine Frage war mehr an mich gerichtet als an das Mädchen. Elenas Augen wanderten zu mir.

Ich nickte. »Ja, ich glaube, bis alles geregelt ist, bleibt sie noch etwas.«

Elena lächelte.

»Ich stelle schon mal das Öl auf den Herd«, rief sie und lief ins Haus.

Paco musterte mich. Doch ich kannte ihn. Weder er noch ich, keiner von uns beiden, würde Elena wegschicken. Das würde Paco niemals zulassen. Doch er machte sich seine Gedanken.

Ich wich seinem Blick aus, nahm die Teller vom Tisch und ging in die Küche.

Er folgte mir.

Wenig später schmorten die Sardellen in der Pfanne. Paco und Elena standen zusammen am Herd, bereiteten die Bravas zu und diskutierten darüber, wie viel Knoblauch ein gutes Aioli brauchte. Pacos Herz hatte die Führung übernommen.

Ich ging zurück auf die Terrasse und schaute auf das Meer hinaus. Hinter mir hörte ich Elena lachen. Es war ein fröhlicher Klang. Es roch nach Boquerones, Bravas und Oliven.

8

Ich stand noch auf der Terrasse im Garten, als ich das Geräusch hörte. Glas splitterte. Dann die Rufe: »Komm raus, du Arschloch. Komm raus, damit ich dir auf die Fresse hauen kann!«

Ich lief zurück ins Haus, in die Küche. Das Fenster zur Vorderseite war gesplittert. Paco, der das Geschirr versorgte, schaute mich an. Elena stand in der Ecke und zitterte.

Vor dem Haus hatten sich zwei Typen aufgebaut. Jorge, der Schläger von gestern. Und ein anderer Junge, etwa gleiches Alter. Wahrscheinlich war das sein Bruder Juan.

Ich beruhigte Elena und Paco mit einer Geste und ging nach draußen.

»Da bist du ja, Opa. Komm her! Zeit, dir 'ne Abreibung abzuholen!«, schrie Jorge. Sein Gesicht war rot vor Wut, die Nase geschient, noch blau von meinem Schlag gestern, und in seinen Augen glänzte die Lust auf Gewalt.

Sein Bruder Juan gockelte mit aufgeblähter Brust neben ihm her, aber ich schätzte ihn nicht als besonders gefährlich ein. Er war wohl einfach nur dabei.

»Was willst du?«, rief ich.

»Komm her, Alter. Ich polier dir die Fresse.«

»Lass uns das vergessen, okay? Ist dumm gelaufen, aber kein Grund, sich aufzuregen. Das von gestern tut mir leid!«, sagte ich, um ihn zu beruhigen.

»Schieb dir deine Entschuldigung sonst wohin, Opa! Los, komm her! Ich geb dir aufs Maul, Alter. Aufs Maul!« Jorge war in Rage.

Ich ging auf die beiden zu, weg von der Haustür. Ich hob meine Arme, um zu beschwichtigen. Aber Jorge war zu aufgebracht. Er rannte auf mich zu und holte aus. Ich tauchte weg und umkreiste ihn. Das machte ihn nur noch wütender.

»Ich stech dich ab, Alter!« Er zog ein Messer.

Jetzt wurde die Sache heikel.

»Was soll die Scheiße?«, schrie jemand.

Es war Enzo. Er lief in den Vorgarten. Offensichtlich kam er gerade vom Fischen. Er trug seine Angel und schwenkte sie wie einen Schlagstock vor sich her. Natürlich würde er damit nichts ausrichten. Dennoch wurde mir warm ums Herz. Der gute Enzo. In solchen Momenten erkannte man seine wahren Freunde.

Doch sein Auftauchen bedeutete erst einmal nur zusätzlichen Ärger für mich. Ich war darin ausgebildet, mit einer solchen Situation fertigzuwerden. Enzo nicht.

»Enzo!«, rief ich. »Halt dich da raus!«

»Ja, du Spinner, halt dich da raus«, kreischte Jorge.

Und nun stand auch noch Paco in der Tür, bewaffnet mit einem Spaten, den er aus dem Garten geholt hatte.

»Du verziehst dich besser, Kleiner!«, schrie Paco den Jungen an und hob den Spaten hoch wie einen Knüppel.

»Wir beruhigen uns jetzt alle mal, okay?«, warf ich ein.

»Einen Scheißdreck werden wir«, schrie Jorge. »Wo ist Julia?«

»Julia ist nicht hier«, sagte ich.

»Wo ist sie? Hast du sie gefickt, Alter? Ich mach dich kalt!«

Enzo und Paco kamen näher, doch ich winkte sie zurück.

Jorge stürzte vor. Sein Angriff war plump. Ich wich aus. Doch ich musste mich vorsehen.

»Jorge, du verdammter Idiot. Hör sofort auf mit dem Scheiß«, dröhnte eine Stimme zu uns herüber.

Ein Audi stand vor meiner Einfahrt. Ein Mann stieg aus. Er schritt auf uns zu, als habe er alle Zeit der Welt.

Die Statur des Mannes war kräftig. Er musste etwa Ende

vierzig sein. Vielleicht auch so alt wie ich. Aber größer, eindrucksvoll. Er bewegte sich sicher und selbstbewusst.

Jorge fing an zu zittern. Er ließ das Messer sinken und starrte den Mann an. Der baute sich vor ihm auf. Ein Blick. Dann gab er ihm eine Ohrfeige.

Das Geräusch schallte durch meinen Vorgarten.

Er blickte auf das Messer in Jorges Hand. Der ließ es in seiner Tasche verschwinden.

»Du gehst jetzt besser«, sagte der Mann.

Jorge nickte. »Aber woher weißt du …?«

Sein Blick wanderte zum Audi hinüber. Dort hatte ein Junge den Wagen verlassen und schaute uns an. Ich schätzte ihn auf sechzehn Jahre. Er hatte dunkles Haar, war dünn und wirkte blass.

»Álvaro, natürlich … Den werd ich –«, begann Jorge, doch der Mann packte ihn am Kragen und schüttelte ihn.

»Du wirst gar nichts! Du hältst jetzt erst mal die Fresse!« Er wandte seinen Blick mir zu, ohne Jorge loszulassen. »Señor, würden Sie mir bitte sagen, was hier los ist?«

»Diese beiden Jungs haben etwas lose Fäuste, wenn es um die Gesichter von jungen Mädchen geht. Und dagegen habe ich persönlich etwas.«

»Was soll das heißen?«

»Vielleicht sollten Sie einmal Elena fragen«, sagte ich.

Elena kam aus der Tür und stellte sich neben Paco. Sie trug ihre Verletzungen mit Stolz und Würde in die Sonne des Morgens hinaus. Den Rücken gerade, das Kinn erhoben.

»Was ist dir passiert, Elena?«, fragte der Mann.

»Deine Scheißbrüder sind mir passiert, Antonio. Sie meinten, mir eine Lektion erteilen zu müssen«

Das war also Antonio. Der Älteste der Morells. Ich hatte es mir fast schon gedacht.

Antonio zog Jorge jetzt ganz nah an sein Gesicht heran. »Ist das wahr?«

Jorge wich seinem Blick aus.

»Zum Wagen. Wir reden später!« Er stieß den Jungen davon, als wäre er ein stinkender Hund, vor dem er sich ekeln würde.

Jorge verließ mit hängenden Schultern meinen Garten. Juan folgte ihm

Antonio wandte sich mir zu.

»Señor, es tut mir leid. Bitte verzeihen Sie mir. Und meinen missratenen Brüdern. Und der Schaden dort …« Er deutete auf das Fenster. »Das werden wir ersetzen und alle Kosten übernehmen. Keine Sorge.«

»Meine Sorge sind eher junge Männer, die Frauen schlagen. Die Fenster sind mir egal«, sagte ich.

Er ging zu Elena hinüber. Er nahm ihr Gesicht in die Hände, um sie anzuschauen. Sie erwiderte seinen Blick mit einer Mischung aus Stolz und Trotz.

»Das werden Juan und Jorge noch bereuen, Elena«, sagte er. »Das verspreche ich dir.«

»Das hoffe ich«, sagte sie. »Und dein bescheuerter Cousin Adrián war auch dabei!«

»Ich kümmere mich darum.«

Elenas Augen wurden milde. Sie mochte den Mann vor sich vielleicht nicht besonders, aber sie respektierte ihn.

Am Gartentor trotteten die beiden Brüder an Álvaro vorbei und drohten ihm mit einer Geste. Álvaro zuckte zurück und verzog sich in das Innere des Audi.

Ein weiteres Auto fuhr vor. Ein roter Golf. Eine Frau sprang heraus. Sie lief auf uns zu.

»Was ist hier los? Was macht ihr hier?«, rief sie.

Vera, die älteste Schwester von Sofía, das war mir sofort klar. Sie brauchte sich gar nicht erst vorzustellen, ich wusste es auch so.

Vera war Mitte dreißig. Sie wirkte energisch. Ihre Präsenz vermittelte Stärke und Wärme. Langes schwarzes Haar wallte ihren Körper herab, der geschaffen war, um alle Frauen in seiner Umgebung mit Neid und Missgunst zu strafen.

Sie schritt an mir vorbei, ohne mich anzuschauen. Ihr Blick lag auf Elena. »Elena? Was ist dir passiert?«, rief sie und schlug die Hand vor den Mund.

»Juan, Jorge und Adrián sind mir passiert!«

»Oh mein Gott, Elena …« Sie umarmte das Mädchen. »Wie schrecklich. Das muss unbedingt versorgt werden.«

Antonio zog ein Bündel Geldscheine aus der Tasche. »Hier, Elena … geh zum Arzt … Und wenn du mehr brauchst …?« Er hielt ihr die Geldscheine hin.

Elena steckte das Geld wortlos ein. Antonio hatte ihr deutlich mehr als fünfhundert Euro in die Hand gedrückt. Einfach so.

»Komm, Kleines. Ich schau mir das an«, sagte Vera und manövrierte Elena auf meinen Hauseingang zu.

Sie wandte sich kurz mir zu. »Wenn Sie erlauben …?«

Es war das erste Mal, dass sie mich beachtete. Ich kam mir ertappt vor, weil ich sie angestarrt hatte. Ich nickte nur, bekam kein Wort heraus.

»Danke«, sagte Vera und verschwand mit Elena im Haus.

»Ich werde jemanden schicken, der Ihnen die Fenster ersetzt«, sagte Antonio neben mir.

Ich schüttelte den Kopf. »Keine Umstände«, sagte ich. »Ich habe jemanden für so was. Das ist schnell erledigt.«

Antonio fischte wieder Geld aus der Tasche und hielt es mir hin.

Ich winkte ab. »Kein Geld. Ich will nur, dass das nicht noch einmal passiert.«

Er nickte. »Es wäre mir lieb, wenn wir das unter uns regeln«, sagte er.

»Keine Polizei, meinen Sie?«

»Es sind doch noch Jungs …«

»Solange Sie mir Ihr Wort geben, dass die beiden hier nie wiederauftauchen. Und sich nie wieder in die Nähe von Elena oder Julia wagen.«

»Sie haben mein Wort.«

»Und bringen Sie den Jungs bitte bei, dass man Frauen nicht schlägt.«

»Natürlich, haben Sie vielen Dank!«

»Wenn es Ihnen nichts ausmacht: Ich möchte jetzt wieder zurück in mein Haus.«

»Und ich muss zurück zur Arbeit. Hier meine Karte: Antonio Morell, Automobile. An- und Verkauf, Reparaturen. Wenn Sie irgendetwas brauchen, rufen Sie mich an. Ich stehe in Ihrer Schuld.«

»Danke«, sagte ich, nahm die Karte und ging zurück zum Haus. Antonio stieg in sein Auto und fuhr davon.

»Ich hab dir gleich gesagt, dass uns Ärger erwartet«, murmelte Paco, immer noch die Schaufel in den Händen. Neben ihm stand Enzo mit seiner Angel.

»Seit wann hat uns das jemals abgehalten?«, sagte ich und klopfte ihm auf die Schulter. »Kommt, wir gehen ins Haus.«

Und kaum im Flur, brandete uns das laute Geschrei von zwei weiblichen Stimmen entgegen.

9

In der Küche schrien sich Vera und Elena gegenseitig an. Zum Glück waren sie noch nicht mit dem Geschirr aufeinander losgegangen, denn von draußen hatte es fast danach geklungen.

Ich trat zwischen die beiden.

Elena drückte sich an mich, um an mir vorbei Vera ins Gesicht zu schreien: »Du hast dich doch nie für Sofía interessiert! Du warst doch nie für sie da!«

»Was weißt du denn schon, du verkommenes Straßenkind? Du hast uns doch immer nur Schwierigkeiten gemacht!«

»Schwierigkeiten macht ihr euch doch nur selbst! Auf Sofía hat jedenfalls niemand von euch geachtet.«

»Sprich nicht in diesem Ton über meine tote Schwester!«

»Ich spreche über meine beste Freundin, wie mir es passt!«

Das war der Moment, in dem sie aufeinander losgingen. Elenas Körper drückte sich gegen mich, und ich spürte Veras Fingernägel in meinen Schultern.

»Ruhe!«, rief ich. »Das hört jetzt auf!«

Tatsächlich, sie beruhigten sich etwas.

»Sie hat angefangen!«, sagte Elena.

»Sei nicht kindisch«, erwiderte Vera.

»Bitte, kein Streit in meinem Haus!«, sagte ich und legte so viel Autorität wie möglich in meine Stimme.

Es wirkte.

Die beiden Frauen dachten einen Moment lang nach und besannen sich dann auf einen Friedensschluss.

»Komm, ich mache dir die Wunden sauber«, sagte Vera, als sei nichts gewesen, und griff sich ein Wattestäbchen.

Elena schmollte einen Moment, doch dann nickte sie. Die beiden Frauen schoben mich einfach zur Seite, und Vera streichelte Elena über das Gesicht.

Was mich an unseren spanischen Frauen immer wieder erstaunte: wie schnell sie in einen Streit verfallen konnten, der selbst gestandene Männer in Angst und Schrecken versetzen mochte, und nur wenige Augenblicke später war alles vergeben und vergessen.

Vera kümmerte sich mit einer Geduld und Sorgfalt um die Wunden von Elena, zu der ich als Mann wohl nie fähig sein würde. Ihre schlanken Finger glitten über Elenas Gesicht, und ich konnte meinen Blick nicht von ihr lassen. Elena bemerkte es. Sie hob eine Augenbraue. Verlegen wandte ich mich der Spüle hinter mir zu, nahm dort einige Scherben des zerschlagenen Fensters heraus.

»Es tut mir wirklich wahnsinnig leid, Señor …«

»Manuel …«, sagte Elena für mich.

»Manuel.« Ich nickte Vera zu.

»Vera Morell.« Sie kam zu mir, gab mir ein Küsschen links und rechts auf die Wange.

Elena musterte mich weiter. Das machte mich wütend. Konnte sie nicht etwas anderes anstarren? Ich drehte mich wieder dem Spülbecken hinter mir zu und suchte dort weiter nach Scherben.

»Wir werden das natürlich ersetzen«, sagte Vera und deutete auf das zerbrochene Fenster.

»Das ist schon erledigt. Machen Sie sich keine Sorgen.«

Später würde ich Enzo beauftragen, sich darum zu kümmern. Enzo war ein guter Handwerker, fleißig und zuverlässig – wenn er es sein wollte. Für mich war er das meistens.

»Jorge und Juan sind solche Idioten!«, sagte Vera und begutachtete eine Wunde unter einem Pflaster im Gesicht des Mädchens. Dann schloss sie es sanft wieder. Anscheinend hatte ich Elenas Wunden gar nicht so schlecht versorgt.

»Dein Cousin war auch dabei. Das solltest du nicht vergessen«, sagte Elena.

»Dieser Schwachkopf. Von dem hätte ich auch nichts anderes erwartet.«

»Ach, und von deinen idiotischen Brüdern etwa nicht?«, knurrte Elena.

Vera schwieg. Sie kannte die beiden wahrscheinlich nur zu gut.

»Wann geht ihr zur Polizei und sagt endlich die Wahrheit?«, fragte Elena. Kampfeslust stand wieder in ihren Augen.

Und tatsächlich reagierte Vera sofort.

Sie reckte sich empor. »Was für eine Wahrheit?«

»Dass Sofía ermordet wurde!«

»Halt die Klappe!«, schrie Vera. »Halt endlich die Klappe!«

»Das würde euch so passen! Dass ich die Klappe halte! Das ganze beschissene Dorf weiß es! Nur die Polizei vertuscht alles. Sag mir endlich, warum!«

»Lass uns endlich damit in Ruhe, Elena! Lass uns einfach in Ruhe!«

»Sie war meine beste Freundin, verdammt!« Elena schrie,

und Tränen rollten ihr über die Wangen. »Wann tut ihr endlich was?«

»Und genau darum passiert dir, was dir jetzt passiert ist. Das hast du dir doch alles nur selbst eingebrockt.«

»Scheiße habe ich. Du bist doch genauso wie deine Brüder. Nur dass du nicht zuschlägst!«

»Siehst du nicht, was du machst? Du bringst alles und jeden gegen dich auf. Und am Ende sind wir an allem schuld, oder was? Weißt du was? Scher dich dahin zurück, wo du hergekommen bist, Elena. Aber selbst dort will dich ja niemand haben!«

Jetzt sagte Elena nichts mehr. Auch Vera schwieg.

»Ach, verdammt!«, fluchte Vera und rannte aus dem Haus.

Ich lief ihr hinterher.

»Vera …«, rief ich.

»Lass mich!«

Sie lief durch meinen Vorgarten.

Ich hielt sie fest. »Kannst du mir bitte sagen, was das alles bedeutet?«

»Was das bedeutet? Frag doch Elena. Sie hört einfach nicht auf.« Vera weinte. »Sie verbreitet überall Lügen und Gerüchte. Über uns. Über Sofía. Als wären wir noch nicht gestraft genug.«

»Das tut mir leid«, sagte ich.

»Ich will meine Brüder nicht in Schutz nehmen, aber Elena ist wirklich nicht ganz unschuldig an der ganzen Sache. Sie bohrt einfach ständig weiter und bringt alle gegen sich auf. Wir können das nicht mehr. Wir haben unsere Schwester verloren, verdammt!«

Sie drehte sich von mir weg, schluchzte. Ich wusste nicht, was ich tun sollte. In den Arm konnte ich sie nicht nehmen. Ich kannte sie doch kaum. Also griff ich nur leicht ihre Hand und drückte sie. Vera erwiderte den Druck, aber schaute weiter zur Seite, um sich die Tränen aus dem Gesicht zu wischen.

Dann blickte sie wieder auf, stolz wie zuvor. Die Tränen auf ihren Wangen machten diese Frau noch schöner. Hinter Vera schimmerte das Blau des Mittelmeeres, als gehörte beides zusammen, die Frau und das Meer. Das eine schien nicht ohne das andere möglich zu sein. Ich wusste plötzlich, dass ich Vera wiedersehen musste.

»Sei meiner Familie bitte nicht böse, Manuel. Das hier hätte nie passieren dürfen. Es tut mir alles so leid.«

»Schon in Ordnung, mach dir keine Sorgen.«

»Richte Elena bitte eine Entschuldigung von mir aus, ja? Was ich gesagt habe, war schrecklich. Sagst du ihr das von mir?«

Ich nickte.

»Aber nimm dich vor ihr in Acht«, meinte sie. »Sie ist hübsch, und sie weiß, was sie will. Sie kann manipulieren. Glaub ihr nicht alles, was sie sagt. Sei auf der Hut …«

Vera drehte sich um, wollte gehen. Dann stoppte sie und schaute mich an. »Woher kennst du Elena eigentlich, Manuel? Und wieso ist sie hier bei dir in deinem Haus?«

»Ich kannte ihre Eltern«, sagte ich.

Warum ich Vera anlog, wusste ich in dem Moment selbst nicht so genau. Ich wollte nicht, dass sie sofort wusste, wer ich war. Oder dass sie so von meiner Vergangenheit bei der Polizei und dem Militär erfuhr. Sie musste das alles nicht wissen. Jetzt noch nicht.

»Ihre Eltern? Oh, das wusste ich nicht.« Sie musterte mich. »Dann kennst du Elena ja schon länger. Vielleicht sogar besser als ich. Also nimm dich in Acht, wenn du kannst. Und verzeih bitte meiner Familie und mir. Wir haben schwere Zeiten hinter uns.«

Ich nickte. Sie ging. Ich schaute ihr nach. Vera drehte sich nicht mehr um. Sie stieg in ihr Auto und fuhr davon.

10

Ich ging zurück ins Haus. Elena lag auf dem Sofa und hatte den Fernseher eingeschaltet. Ich konnte ihr ansehen, dass sie immer noch wütend war.

»Ist sie weg?«, fragte sie, ohne vom Fernseher aufzusehen.

»Ja.«

»Besser so.« Sie schaltete auf einen anderen Kanal um. »Ich mag sie nicht.«

»Sie hat sich entschuldigt.«

»Ist mir egal.«

»Sie macht sich Sorgen um dich.«

»Trau ihr nicht, egal, was sie sagt. Sie ist eine falsche Schlange.«

»Auch wenn es dir nicht passt: Mit einer Sache hat sie recht.«

»Und die wäre?«

»Du darfst auf keinen Fall weiter hier durch die Dörfer rennen und einfach so deine Vermutungen hinausposaunen. Natürlich handelst du dir damit Ärger ein.«

»Ah, bist du jetzt auf ihrer Seite, oder was?«

»Nein, aber ich will, dass du nachdenkst.«

»Brauch ich nicht.«

»Du musst vorsichtiger sein.«

»Warum?«

»Weil das zu gefährlich für dich ist.«

»Du übertreibst doch.«

»Keine Vermutungen mehr. Keine Fragen. Nichts davon öffentlich.«

»Sagt wer?«

»Wenn du nicht aufpasst, passiert dir wieder etwas. Oder noch Schlimmeres.«

»Ach, dann ist das jetzt alles meine Schuld?«

»Nein, aber du musst vorsichtiger sein!«

»Sag mal, bist du auch so einer, der meint, wenn eine Frau

verprügelt wird, dann hat sie das im Grunde selbst provoziert, oder so? Bist du auch so ein Arsch?«

»Natürlich nicht, Elena. Rede keinen Mist. Was du tust, ist gefährlich. Ich will, dass du das verstehst.«

»Warum?«

»Denk doch bitte mal nach: Wenn Sofía tatsächlich ermordet wurde, dann wird deine Fragerei irgendwann denjenigen aufschrecken, der dafür verantwortlich ist.«

»Umso besser. Dann nehme ich ihn mir vor.«

Ich seufzte. Das Mädchen war so arrogant wie mutig. Und ich wusste nicht, ob das wirklich gut für sie war.

»Du bringst dich in Gefahr damit«, sagte ich.

»Mir egal. Ich lass mir nichts verbieten.«

Ich musste mir jetzt wirklich ein »Solange du unter meinem Dach lebst …« verbeißen. Aber das würde wahrscheinlich alles nur noch schlimmer machen. Sie war nicht meine Tochter. Allerdings brauchte sie das auch nicht zu sein, um mir klarzumachen, dass sie jetzt im Modus bockiger Teenager war und ich wahrscheinlich gar nichts bei ihr erreichen würde.

Ich stand auf. »Wir reden später«, sagte ich.

»Ja, vielleicht …«, murmelte sie, die Augen weiter auf den Fernseher gerichtet.

Ich ging hinaus auf die Terrasse, winkte Enzo, der im Garten arbeitete. Paco saß am Tisch, goss sich noch ein Glas Wein ein.

»Enzo, kannst du dich um das kaputte Fenster kümmern?«, fragte ich.

Er nickte. »Natürlich. Ich fahr gleich los und besorge Ersatz.«

»Paco, kannst du vielleicht eine Weile hierbleiben? Ich bin jetzt einige Stunden unterwegs.« Dabei deutete ich hinter mich, wo Elena immer noch auf dem Sofa lag und in den Fernseher starrte.

Paco verstand. »Kein Problem«, nickte er.

»Danke!«, sagte ich und kehrte zurück ins Wohnzimmer.

»Elena …«

»Hm …?« Sie hatte offensichtlich immer noch keine Lust auf Konversation.

»Ich fahre jetzt nach Altea.«

»Okay, ich komme mit.«

»Das geht nicht.«

»Warum?«

»Ich möchte zur Polizei fahren. In die Zentrale. Da gibt es noch ein paar alte Freunde von mir, die ich nach Sofía fragen kann.«

»Okay, dann lass uns los.«

»Ich glaube, du verstehst mich nicht richtig. Ich fahre in die Polizeizentrale einer Sonderbehörde. Dort spaziert man nicht einfach so rein.«

»Machst du doch auch.«

»Ich kenne die Leute da.«

»Na und? Ich kenne dich. Das reicht doch wohl.«

Ich versuchte, nicht wütend zu werden.

»Glaubst du wirklich, du marschierst da einfach rein mit deinen siebzehn Jahren und die werden mit dir über einen vertraulichen Ermittlungsfall reden?«

»Du redest. Ich bin nur dabei.«

»Nein, das geht nicht.«

»Ich dachte, wir sind ein Team?«

»Sind wir das? Seit wann?«

Sie schwieg und schaute wieder in den Fernseher.

»Hör zu, Elena. Das ist Polizeiarbeit, und mit viel Glück versorgen mich alte Kontakte mit einigen Informationen. Aber dazu muss ich allein fahren. Das ist auch so schon heikel genug.«

»Na gut. Mir egal. Dann fahr halt eben.«

Anscheinend war das Gespräch damit für sie beendet, und mir war es nur recht. Ich griff mir meine Autoschlüssel und verließ das Haus.

Die kommende Hitze des Tages lag bereits deutlich über der Küste. Das Meer schimmerte im Sonnenschein.

»Manuel … warte …« Ich hörte Elena hinter mir. Sie lief mir nach.

»Ich habe dir doch gesagt …«

»Lass mich bitte in Almasset raus. Ich hab da Freunde«, sagte sie.

Ich überlegte, ob das ein Trick war.

Dann winkte ich ihr zu. »Dann komm halt mit!«

11

Ich stand vor einem Gebäude, das mir einmal viel bedeutet hatte. Die Zentrale für Sonderermittlungsgruppen der Region Altea. Villen, Hotels, Bauprojekte und Yachthäfen – all das zog das das Geld aus organisiertem Verbrechen, korrupter Politik und doppelter Buchführung an. Die Polizisten in diesem Gebäude behielten ein Auge darauf, dass das an unserer Küste nicht überhandnahm. Sechs Jahre lang war ich einer von ihnen gewesen. Es waren gute Jahre. Gute, ehrliche Polizeiarbeit. Bis zu dem Fall, der alles verändert hatte.

Ich betrat die Zentrale. Metalldetektoren vor den Eingängen. Wachpersonal in den Gängen. Ich reichte der Beamtin am Empfang meinen Ausweis.

»Ich möchte zu Isabel Durán Ruiz.«

Sie nickte und griff zum Telefon.

Es dauerte einen Moment, dann winkte sie mich durch.

Ich passierte den Metalldetektor und ging zum Aufzug. Ich hatte Isabel lange nicht gesehen. Wie schlimm könnte es schon werden?

Der Aufzug setzte sich in Bewegung. Auf der zweiten Etage hielt er, und ein Mann trat ein. Er stutzte.

»Verdammte Scheiße, Manuel Rivera!«

Marco Alonso Gutiérrez, ein ehemaliger Kollege. Und ganz sicher kein Freund von mir.

Die Tür schloss sich. Der Aufzug fuhr wieder.

»Aus welchem Loch bist du denn gekrochen, Riviera?«, fragte Alonso. »Ganz schön mutig, dich hier wieder blicken zu lassen.«

Marco Alonso war, wie viele andere lokale Beamte, ebenfalls in die Altea Hills Connection verwickelt gewesen, die ich vor einigen Jahren aufgedeckt hatte. Eine Reihe einflussreicher Beamter und Politiker hatten damals ihren Posten verloren.

Auch Marco Alonso hatte die Sache einige Schwierigkeiten bereitet. Es hatte ihn zwar nicht den Job gekostet, aber für einige unangenehme Fragen vor einem Untersuchungsausschuss war die Sache dennoch gut genug gewesen.

»Alonso«, antwortete ich. »Ich hatte gehofft, mit der letzten Renovierung hätte man den ganzen Dreck aus dem Gebäude geschafft. Sieht nicht danach aus.«

»Du hältst dich wohl immer noch für eine ganz große Nummer, was, Rivera? Was willst du hier?«

»Seit wann bin ich dir Auskünfte schuldig?«

Er starrte mich an. Ich ignorierte seinen Versuch, mich einzuschüchtern.

»Du hast hier nichts zu suchen.«

»Ich glaube, mit deinem Dienstgrad entscheidest du das nicht mehr«, sagte ich.

»Arschloch!«

Der Aufzug hielt, die Tür ging auf.

»Wir sehen uns noch, Riviera. Verlass dich darauf!«

»Freu mich drauf. Gruß an deine Frau!«

Er zeigte mir den Mittelfinger, und die Tür schloss sich. Ich hatte seine Frau gevögelt. Betrunken auf der Geburtstagsfeier eines Kollegen. Ob er es wusste? Es war mir egal.

Der Aufzug fuhr weiter, zwei Etagen nach oben. Dann stand ich in meiner alten Abteilung. Ich folgte dem Flur. Eine

Tür, ein Namensschild, immer noch das gleiche wie damals: »Isabel Durán Ruiz«.

Mein Herz klopfte.

Ich trat ein.

12

Isabel saß vor mir. Sie war attraktiv, klug. Mit ihren Fäusten war sie effektiv und skrupellos.

Eine außergewöhnliche Frau, eine gute Polizistin.

»Manuel, wie schön, dich zu sehen!«

Ich nahm einen Stuhl und setzte mich.

»Hast du immer noch keinen Job?«, fragte sie.

»Wozu?«, sagte ich.

Tatsächlich, ich hatte mehr als genug Geld. Die Tantiemen und Rechte aus den Büchern und Dokumentarfilmen, die ich zusammen mit dem Journalisten David Herrera über die Altea Hills Connection in ganz Spanien veröffentlicht hatte, machten mich zwar nicht zu einem reichen, aber immerhin wohlhabenden Mann.

Meine Enthüllungen hatten einige der einflussreichsten Politiker und Parlamentarier bis in die Zentralregierung von Madrid und in die Kreise des Königshauses hinein erheblich unter Druck gesetzt. Viele bekannte Gesichter hatten sich damals den Ermittlungen stellen oder vor Gericht aussagen müssen.

Entsprechend groß war das öffentliche Interesse. Die Bücher und eine Serie von Dokumentarfilmen über die Ermittlungen machten ein kleines Vermögen.

Ich verließ den Polizeidienst, kaufte mir draußen in El Palonet mein Sommerhaus und zog mich zurück. Ich war müde, hatte zu viel gesehen.

Isabel musterte mich. »Du solltest nicht dort draußen einsam in deinem Strandhaus herumhängen und nichts tun. Du bist Mitte vierzig. Du bist zu jung für den Ruhestand.«

»Im Moment geht es«, sagte ich. Meine Stimme klang nicht so überzeugt, wie ich es mir gewünscht hätte.

Die Affäre zwischen Isabel und mir war ein Geheimnis gewesen. Viele Jahre lang. Denn sie war verheiratet. Mit Darío, einem Architekten aus Valencia. Sie hatten Kinder. Isabel liebte ihn und ihre Familie, war immer ehrlich zu mir. Trotzdem konnten wir nie voneinander lassen. Doch wäre das zwischen uns bekannt geworden, hätten wir nicht nur unseren Posten, sondern Isabel auch ihre Familie riskiert. Dazu war sie nicht bereit. Und auch ich wusste, dass eine wirkliche Beziehung, mit einem gemeinsamen Leben, einer gemeinsamen Wohnung und all dem, was dazugehörte, nicht unbedingt meine Stärke war. Es ist eine Sache, sich verzweifelt zu lieben, und eine andere, verzweifelt miteinander zu leben. Ich kannte den Unterschied. Und respektierte ihn.

»Ich brauche deine Hilfe«, sagte ich.

»Ah ja … Und was brauchst du?«

»Kannst du für mich die Akte eines Selbstmordes einsehen?«

Ihre Augen wurden schmal. »Was ist los?«, fragte sie.

»Sofía Morell Gómez ist der Name«, sagte ich, und sie notierte sich den Namen. »Vielleicht ist bei der Untersuchung nicht alles ganz sauber gelaufen.«

»Was heißt das?«

»Es gibt Zweifel.«

»Von wem?«

»Das ist etwas schwierig«, sagte ich.

»Ist es immer.«

»Eine ihrer Freundinnen glaubt nicht daran, dass sie sich umgebracht hat.«

»Und das reicht uns schon, um eine offiziell geschlossene polizeiliche Untersuchung neu aufzulegen?«

»Tja …«, setzte ich an.

»Also die Zweifel einer Freundin? Wie alt?«
»Siebzehn.«
»Das ist nicht dein Ernst?«
Ich zuckte mit den Schultern.
»Wenn diese Freundin, von der du sprichst, Zweifel an der Richtigkeit einer Untersuchung hat, warum wendet sie sich nicht ganz offiziell an die Polizei?«
»Es ist etwas komplizierter.«
»Manuel, du erzählst mir jetzt besser ganz offen und klar, was los ist, oder ich setze dich vor die Tür.«
»Die Familie des toten Mädchens hat wahrscheinlich Verbindungen zum kriminellen Milieu.«
»Wo?«
»In Baixa.«
»Hm. Kleines Dorf. Nicht besonders kriminell.«
»Jeder Ort hat seine Schatten.«
»Das reicht mir nicht.«
»Das Mädchen wollte offensichtlich da raus. Aus der Stadt, aus dem Umfeld.«
»Wer will das nicht mit siebzehn?«
»Irgendetwas stimmt an der ganzen Sache nicht, Isabel. Es passt einfach nicht.«
»Geht es auch präziser?«
»Seit wann erklärt der private Leichenbestatter eines kleinen Dorfes die offizielle Todesursache als Abschluss einer eigentlich polizeilichen Untersuchung?«
»Was?«
»Nicht die Polizei der Stadt hat eine Erklärung zu den Ergebnissen der Untersuchung abgegeben, sondern ein Inoffizieller. Vor der gesamten Presse. Die Polizei war nicht anwesend.«
Ihre Finger klopften auf dem Tisch. Leise. Sie dachte nach.
»Bist du sicher, dass das so gelaufen ist?«, fragte sie.
»Schau im Internet nach. Oder in eurer Datenbank. Und wir reden hier nicht über ein gestohlenes Auto, sondern über ein totes Mädchen am Strand.«

»Und wenn ich nichts finde? Eine Menge Arbeit für nichts?«

»Dann lade ich dich zu einem sehr guten und sehr teuren Abendessen ein. Versprochen.«

»Das hättest du auch so ab und zu mal tun können.«

Ich sagte nichts.

»Du hättest anrufen können«, meinte Isabel.

»Hm ... Na ja ... Es ist ...« Mehr bekam ich nicht heraus.

»Ach, halt die Klappe, Manuel.«

»Es tut mir leid.«

»Tut es dir nicht.«

Wir schwiegen.

»Gibt es jemanden?«, fragte sie.

»Was meinst du?«

»Jetzt stell dich doch nicht so doof an. Hast du eine Freundin? Beziehung? Irgendwas? Irgendjemanden?«

»Na ja. Nicht wirklich.«

»Sondern?«

»Ich weiß es nicht.«

»Du änderst dich nie.«

»Schaust du für mich nach?«

»Ich überleg's mir.«

Die Tür sprang auf. Ein dicker, bärtiger Mann drängte sich in Isabels Büro. Alberto Méndez Castillo. Er glühte vor Wut.

»Rivera ... Du verdammtes Schwein, was hast du hier zu suchen?«, schrie er mich an.

Méndez war einer der dienstältesten und bekanntesten Polizisten der Region. Er war damals bis zum Hals in die Korruption rund um die Altea Hills Connection involviert gewesen.

»Du Verräter«, brüllte Méndez. »Nach all dem, was du uns angetan hast, kommst du tatsächlich noch einmal hierher?«

»Méndez!«, schrie Isabel ihn an, doch er hörte sie nicht.

»Hier kommst du nicht lebend raus, du Verräter«, schrie er und walzte auf mich zu.

Ich erhob mich. Hinter ihm sah ich Alonso im Flur. Damit war mir klar, wem ich diesen Auftritt zu verdanken hatte.

»Raus hier, Rivera. Oder wir tragen dich mit den Füßen voran aus diesem Gebäude.«

»Du hast mir gar nichts zu sagen, Méndez«, schrie ich ihn an. »Du korrupter Drecksbulle. Du kannst froh sein, dass du nicht im Gefängnis sitzt.«

»Du …!«, schrie er und stürzte auf mich zu.

Isabel schob mit einem Tritt unter ihrem Schreibtisch einen leeren Stuhl in seine Laufbahn, und der dicke Polizist stolperte darüber. Er stürzte zu Boden.

Schnell war Isabel um ihren eigenen Tisch herum, und sie kam über ihn wie das Gericht Gottes. Sie drückte ihm das Knie auf die Brust und fauchte ihn an: »Méndez, du vergisst deinen Dienstgrad. Du verlässt jetzt sofort dieses Büro, oder du kannst etwas erleben.«

Er ächzte, wehrte sich. Isabel erhöhte den Druck mit ihrem Knie auf seinem Brustbein, und er röchelte.

»Tätlicher Angriff auf eine ranghöhere Beamtin? Willst du das wirklich riskieren, Méndez? Wirklich?«, fragte sie leise. Sehr leise.

Er verstummte.

Dann nickte er. »Okay, okay. Es tut mir leid!«

Sie stand auf und half ihm hoch. Mich schaute er nicht mehr an. Alonso war draußen im Flur längst verschwunden.

»Raus jetzt!«, fuhr Isabel Méndez an, und er ging.

An der Tür drehte er sich um. »Das ist noch nicht vorbei, Rivera!«

»Méndez!«, schrie Isabel, und der alte Polizist schlug die Tür hinter sich zu.

Sie sah mich an. »Du hältst auch besser die Klappe!«

Ich widersprach ihr nicht.

Den Stuhl stellte ich auf, und Isabel setzte sich hinter ihren Schreibtisch. Sie strich sich eine Strähne aus dem Gesicht.

»Ich suche die Akte raus. Wenn ich was finde, rufe ich dich

an«, sagte sie zu mir, ignorierte mich jedoch und schaute nur in ihren Computer.

Ich stand vor ihr, rang um die richtigen Worte.

»Ist noch was?«, fragte sie.

»Es tut mir leid.«

»Halt die Klappe!«

»Que Tomás ist ein gutes Restaurant. Wie steht es mit Pulpo a la Brasa und einem guten Wein?

»Ich überlege es mir.«

Ich nickte.

»Geh jetzt, Manuel. Hier ist nicht mehr dein Platz.«

Ich ging. Und ich wusste nicht, ob sie die Polizei meinte oder uns beide.

13

Ich drückte die Klingel. Meine Finger trommelten auf der Fassade im Hauseingang vor mir. Sie fühlte sich warm an in der hellen Mittagssonne.

Ich fing an zu zweifeln, ob mein Besuch eine gute Idee war. Viel zu lange war ich nicht mehr hier gewesen. Und ich war mir ziemlich sicher, dass man mich das auch wissen lassen würde.

Die Tür öffnete sich. Ein groß gewachsener alter Mann mit weißem Haar und streitlustigen Augen öffnete mir. Er war noch immer attraktiv, auch wenn man ihm das Alter mittlerweile ansah. Seine Kleidung war ohne jede Falte. Das Hemd ganz klassisch in der Stoffhose. Und die Ärmel korrekt hochgekrempelt.

»Was führt dich denn hierher?«, fragte er.

»Ich war in der Gegend.«

»Offensichtlich«, sagte er.

Fast wirkte es so, als wollte er die Tür einfach wieder schließen. Doch dann drang wohl die Erkenntnis zu ihm durch, dass ich zu einem Besuch gekommen war. Also öffnete er mir und trat zurück in den Hausflur. Ich folgte ihm.

»María!«, rief er. »Dein Sohn ist da!«

Mein Vater war ein Griesgram, und der Ruhestand hatte es nicht besser gemacht. Ich ärgerte mich jetzt schon über ihn. Dabei stand ich noch nicht einmal eine Minute im Haus meiner Eltern.

Meine Mutter kam und nahm mich in den Arm. »Manuel! Wie schön, dass du hier mal vorbeikommst.«

»Ja, wie schön«, murmelte mein Vater. »Wenn sich das jetzt noch auf alle zwei bis drei Jahre einspielt, könnte man fast schon von einer Regelmäßigkeit sprechen.«

»José, sei ruhig. Gib deinem Sohn einen Kuss.«

Er starrte mich an. Ich starrte ihn an. Dann klopfte er mir auf die Schulter und ging ins Wohnzimmer.

»Nimm es ihm nicht übel, mein Sohn«, sagte Mama. »Er freut sich, dich zu sehen!«

Wahrscheinlich hatte sie damit sogar recht. Immerhin hatte er mir auf die Schulter geklopft. Das hatte ich seit meinem letzten Schultag nicht mehr erlebt.

»Ja, sicher«, sagte ich.

»Der Ruhestand bekommt ihm gar nicht. Entweder liest er dreimal am Tag die Zeitung oder ist die ganze Zeit draußen im Garten. Ohne sich einzucremen. Und er trinkt viel zu wenig Wasser. Ach, was sag ich dir. Du kennst ihn ja.«

»Allerdings.«

»Komm, wir bereiten gerade das Essen vor. Du isst natürlich mit uns.«

Sie begleitete mich ins Wohnzimmer, wo mein Vater jetzt vor dem Fernseher saß und gleichzeitig in der Zeitung las. Und als wäre alles nicht schon schlimm genug – am Esstisch saß Raúl, der Mann meiner Schwester Nora. Dann war sie also auch hier. Ein Mittagessen mit ihr, Raúl und meinem Vater – das konnte ja heiter werden.

»Komm, setz dich. Hier, trink etwas Wasser, bevor wir essen. Du musst viel trinken, weißt du?«

Ich nickte. »Ich weiß, Mama. Danke.«

Mama lief wieder in die Küche. Raúl saß mir gegenüber. Wir starrten uns an. Zu sagen hatten wir uns nichts. Noch nie gehabt.

Ich hasste ihn, und er hasste mich. Wir saßen einfach nur da. Hinter uns lärmte der Fernseher, und die Zeitung meines Vaters raschelte hin und wieder. Ich konnte dieses Schweigen zwischen uns stundenlang aushalten, aber Raúl konnte es nicht. Er war jemand, der reden musste. Ständig. Und in der Regel zu viel.

»Na, auch mal wieder hier?«, fragte er.

»Offensichtlich.«

»Uns geht's gut.«

Ich nickte. Sagte nichts.

Er schob sein Glas Wasser auf dem Tisch hin und her. Und ich fühlte mich großartig dabei. Er war ein Scheißtyp. Und das sollte er ruhig wissen.

Meine Schwester Nora kam herein. Sie war zwei Jahre jünger als Ángela und drei Jahre älter als ich. Ich liebte sie, aber sie war anstrengend. Ihre Kleidung zeigte keine einzige Falte. Ganz wie Papa. Allerdings noch schlimmer. Sie war so penibel, dass es wehtat. Ich mochte Raúl nicht, aber ich musste zugeben, dass die beiden ein perfektes Paar abgaben. Meine Schwester penibel und anstrengend. Raúl schmierig und dumm. Irgendwie gingen sie sich seit fast zwanzig Jahren damit nicht so sehr auf den Geist, dass ihre Ehe keinen Bestand mehr gehabt hätte. Immerhin ein Erfolg.

»Na, unterhaltet ihr euch schön?«, schnurrte Nora und gab mir zwei Küsschen.

»Natürlich«, sagte ich, und Raúl warf mir einen bitterbösen Blick zu.

Dann explodierte mein Vater vor dem Fernseher. »Faschisten! Verdammte Faschisten. Geht dahin zurück, wo ihr hingehört! Auf den verfluchten Friedhof der Geschichte. Da, wo wir eure Ärsche damals hinverfrachtet haben. Da gehört ihr hin, ihr verfluchten Aasgeier!«

»Papa! Du sollst dich doch nicht aufregen«, rief Nora.

Mein Vater hatte einen Schlaganfall hinter sich. Was seine Launen nicht besser gemacht hatte. Und schon gar nicht seine Meinung über die Politiker unseres Landes.

»Ich rege mich so sehr auf, wie es mir passt, Tochter!«, rief er gegen den Fernseher an. »Vor allem über diese faschistische Pest, die wieder aus allen Ecken und Enden kriecht in diesem verfluchten Europa.«

»Papa, bitte, denke daran, was dein Arzt gesagt hat!«

»Mein Arzt! Ich scheiße auf meinen Arzt. Niemals hätten wir diese verdammten Verträge unterschreiben dürfen! Niemals! Kapitalistische Ausbeuter. Merkel, Sarkozy, Blair, sie haben alle unser Land ausgeraubt. Sieh dir doch an, wie es heute hier aussieht. Alles genommen haben sie uns. Diese Verbrecher.«

»Papa, bitte, schalte doch einfach um. Schau etwas Fußball oder so was!«

»Fußball? Fußball? Ist das alles, was dir dazu einfällt? Bist du meine Tochter? Bist du wirklich meine Tochter? Ich erkenne dich nicht wieder!«

»Papa …«

»José, an den Tisch! Und schalte den Kanal um. Keine Nachrichten, während wir essen!«

Zum Glück kam Mama herein und rief ihren Mann zur Räson. Wer wusste schon, wohin das sonst noch geführt hätte?

Tatsächlich verstummte mein Vater ohne Widerspruch, schaltete auf Sport um und schlurfte an den Esstisch. Meine Mutter war ein Wunder. Sie hatte diesen Mann nicht nur ausgehalten, sondern auch erzogen. Und uns Kinder natürlich. Ich wollte gar nicht darüber nachdenken, was diese Frau in ihrem Herzen mit sich tragen musste an Geduld und Nachsicht.

Wir setzten uns an den Tisch. Es gab Linsen. Niemand kochte Linseneintopf wie meine Mutter. Ihr Geheimnis war eine Süßkartoffel im Sud. Ich fühlte mich wie ein Kind, als der Duft vom Teller zu mir aufstieg.

Meine Mutter bestand auf ein Gebet. Wir taten ihr den Gefallen. Niemand von uns war gläubig, aber das war ihre Bedingung am Tisch. Ansonsten gab es kein Essen. Also hörten wir ihr zu und griffen danach erleichtert nach unserem Besteck.

Mein Vater schenkte mir etwas Wein ein. So wie meine Mutter auf das Gebet bestand, so bestand mein Vater auf den Wein am Tisch.

Ich nickte ihm zu. »Danke!«

»Also?«, fragte mein Vater.

»Was also?«, meinte ich.

»Irgendwelche Terroristen, die wir töten können? Irgendwo auf der Welt?«

»José!«, rief Mama. »Lass das. Wir essen. Keine Politik!«

Mein Vater hatte mir nie verziehen, dass ich zuerst zum Militär und später zur Polizei gegangen war. Er war Anwalt, ein Sozialist durch und durch, ausgestattet mit einem tiefen Misstrauen gegen alles, was Uniform trug. Seit seiner Jugend hatte er sich für die Rechte der Arbeiterklasse eingesetzt. Unter Franco hatte ihm das kein leichtes Leben beschert. Entsprechend traute er niemandem in Uniform. Das schloss mich mit ein.

»Wir waren gestern bei Hublot«, sagte Raúl. »Wir haben uns einige interessante Modelle angeschaut. Niemand macht Uhren wie die Schweizer. Es ist einfach unglaublich. Diese Eleganz. Ich wünschte, wir Spanier hätten etwas mehr von ihnen, was den Stil angeht.«

»Ich wünschte, du hättest etwas mehr davon, was es braucht, sich eine Hublot auch wirklich leisten zu können«, sagte ich. Es war ein Fehler, das wusste ich sofort. Doch ich ertrug diesen Kerl einfach nicht.

Raúl klammerte sich an seinem Löffel fest, eine Linse tropfte zurück auf seinen Teller, und er starrte mich an. »Was … soll … das … heißen …?«

»Manuel!«, kreischte Nora.

Meine Mutter starrte mich fassungslos an.

Mein Vater lehnte sich zurück und schien nun auf ein Schauspiel zu warten, das ihm mehr liefern würde als nur das ständige Fernsehprogramm im Haus.

»Ach, nichts, vergiss es«, sagte ich.

»Nein, nein, Manuel … komm schon, raus mit der Sprache. Was willst du uns sagen?«

»Ich will dir sagen, dass ich lieber meine Linsen essen würde.«

»Bist du dir sicher? Ist dir unsere Gegenwart denn auch gut genug, während du deine exquisiten Linsen verspeisen möchtest?«

»Exquisit genug für dich scheinen sie ja zu sein. Du bezahlst sie ja nicht.«

Das war's. Der Krieg war eröffnet.

Raúl sprang auf. Linsen schwappten von seinem Teller über den Tisch. »Was meinst du damit?«, schrie er, das Gesicht rot wie eine Handvoll Gambas in heißem Wasser.

»Manuel«, kreischten sowohl meine Mutter als auch Nora gleichzeitig, vielleicht in der Hoffnung, doch noch irgendetwas retten zu können. Mein Vater verschluckte sich an den Linsen.

»Ich meine damit, dass ihr beiden ruhig mal etwas Geld auf den Tisch legen könntet, wenn ihr hier jeden Tag zum Essen kommt. Und was weiß ich, was ihr danach noch alles mit nach Hause nehmt!«

»Manuel!« Meine Mutter starrte mich an, aber ich winkte ab.

»Wenn ich mich richtig erinnere, Mama, ist eure Rente auch nicht gerade so, dass ihr noch zwei zusätzliche Dauergäste durchfüttern könnt!«

»Es reicht! Das muss ich mir nicht anhören!«, kreischte Raúl.

Die Adern in seinem Hals schwollen beachtlich an. Auf diese Weise würde er meinen Vater in Sachen Schlaganfall vielleicht noch überholen. Mir wäre es nur recht. Einer weniger.

»Manuel, du entschuldigst dich jetzt sofort bei Raúl«, mahnte mich Nora.

»Ich denke ja gar nicht daran. Und wer bist du, dass du mir sagen kannst, was ich tun und lassen soll? Seit wann?«, schnauzte ich meine Schwester an. »Und schon gar nicht, wenn es um deinen Versagerehemann geht, verdammt!«

Nora entgleisten die Gesichtszüge. Ich sah die Tränen in ihren Augen. Sie sprang auf und rannte ins Bad. Sie schloss sich dort ein.

»Scheißkerl!«, zischte Raúl. Er griff sich seine Jacke und verließ das Haus. Die Tür knallte.

Meine Mutter saß am Tisch und weinte. Mein Vater sah mich mal wieder an, als trüge ich die Gesamtschuld für beide Weltkriege inklusive der gesamten Franco-Diktatur danach.

»Es ist jetzt besser, wenn du gehst«, sagte er. »Ich dulde so etwas nicht in meinem Haus.«

»Papa, ist doch wahr.«

»Was wir mit unserem Geld und für unsere Tochter machen, ist unsere Sache, hast du verstanden? Hier und in meinem Haus entscheide ich das.«

»Papa ...«

»Du entschuldigst dich, und dann gehst du für heute. Verstanden?«

Ich saß da. Hilflos. Und verärgert. Dann stand ich auf, streichelte meiner Mutter über den Kopf und ging zum Bad.

Ich klopfte.

»Nora?«

Doch ich hörte nur ihr Schluchzen.

»Es tut mir leid. Entschuldige.«

Sie schluchzte weiter, antwortete mir nicht.

Also ging ich.

An der Haustür stand mein Vater. »Lernt man das im Militär, Manuel? Auf den Schwachen herumzuhacken?«

»Raúl ist nicht schwach. Er ist ein Scheißkerl.«

»Kann sein. Aber er ist der Mann deiner Schwester.«

»Keinen einzigen Cent mehr auf dem Konto haben, aber meine Schwester in so einer Farce durch einen Hublot-Laden schleifen. Was erwartest du denn von mir? Dass ich Beifall klatsche?«

»Ich erwarte, dass du diese Familie respektierst.«

»Raúl gehört nicht zur Familie.«

»Er gehört zur Familie, solange deine Schwester der Meinung ist, dass er zur Familie gehört. Und so lange ist er unter meinem Dach willkommen, auch wenn wir ihm helfen müssen, wieder auf die Beine zu kommen.«

Ich sagte nichts.

»Denk mal darüber nach, mein Sohn. Familie besteht nicht aus Dienstgraden, vielleicht lernst du das irgendwann.«

Ich hatte genug. An meinem Vater vorbei und ohne ein weiteres Wort ging ich hinaus in die Sonne.

Das Haus meiner Eltern lag in einem Außenbezirk von Altea. Nichts Besonderes, aber auch nicht schlecht. Das ganze Leben hatten mein Vater und meine Mutter dafür gearbeitet, was sie jetzt hatten. Und dieser Versager von Ehemann, den meine Schwester sich da ausgesucht hatte, schnorrte sich jetzt auf ihre Kosten durch.

Natürlich war ich wütend. Natürlich wollte ich meine Eltern und selbst meine liebe, aber manchmal etwas einfältige Schwester vor Raúls schlechtem Einfluss beschützen. Konnten sie das denn nicht sehen? Doch jetzt war ich mal wieder der Dumme in diesem Spiel. Ach, Scheiße, ich ging wütend zu meinem Wagen.

Die Sache war die: Noras Mann Raúl hatte vor der Krise in Spanien ein kleines Vermögen mit Computern und IT-Bedarf gemacht und das auch die ganze Welt wissen lassen. Ich hielt ihn vom ersten Moment an für blasiert. Er war ein arroganter Großkotz, der sich nur dann besser fühlte, wenn er anderen zeigen konnte, dass er mehr erreicht hatte als sie. Seine Art, die ganze Welt, inklusive meiner Familie, von oben herab wie seine Angestellten zu behandeln, ging mir schon damals erheblich gegen den Strich.

Zu dumm, dass der gute Raúl während der Krise fast alles verloren hatte und meine Schwester und er nun auf einem Berg Schulden saßen und nur noch in einem kleinen Apartment in einem der staubigen Dörfer am Stadtrand lebten und nicht mehr in einer Villa am Strand wie zuvor.

Aber irgendwie war dieser soziale Abstieg noch nicht so ganz bei Raúl und Nora angekommen, denn sie redeten immer noch die ganze Zeit über Gucci, Hermès, Hublot und Maserati, ganz so, als würden sie sich das alles noch leisten können. Doch davon waren sie heute weit entfernt. Raúl konnte froh sein, wenn es für das Abendessen auf dem Tisch reichte und sie die Miete aufbrachten.

Aber all das änderte nichts daran, dass es für die gesamte Familie keine Lösung war, dass die beiden nun schon seit Jahren meinen Eltern auf der Tasche lagen. Und ohne Versuche, irgendetwas daran zu ändern. Daran, sich Arbeit zu suchen, dachte Raúl ganz offensichtlich nicht. Nora putzte mal hier und mal da für wenig Geld. Noch mehr Zeit und Energie verwendete sie allerdings darauf, das vor uns allen möglichst geheim zu halten. Es war so bizarr wie tragisch.

Und ich verstand meinen Vater nicht, dass er seine Hand darüber hielt. So wie heute. Mich, seinen Sohn, setzte er vor die Tür, und diesen Versager ließ er schon morgen wieder an seinen Tisch. Ich war stinksauer.

Ich setzte mich hinter das Steuer meines Wagens und schaute auf mein Handy. Keine Nachricht von Elena. Das steigerte nicht unbedingt meine Laune, denn ich begann mir Sorgen um sie zu machen.

Ich versuchte sie anzurufen. Keine Antwort. Dann erreichte mich eine Nachricht. Doch sie kam von Vanessa. Sie schickte mir zwei Herzchen und ein Küsschen. Ich verstand wirklich nicht, was Frauen an diesem ganzen Herzchen-und-Küsschen-Getue auf ihren Handys fanden. Mir war das unerträglich. Vor allem in der Laune, die ich jetzt gerade hatte. Also schaltete ich mein Handy einfach ab und fuhr los.

14

Am Ende aß ich mein Mittagessen in einem kleinen Restaurant am Strand. Einen Teller Arroz Caldoso, einen Salat und ein Glas Wasser. Wein wollte ich nicht trinken. Ich war zu gereizt von dem Streit mit meiner Familie.

Danach vertrieb ich mir die Zeit in einem Einkaufszentrum.

Gegen Abend machte mich auf den Weg nach Hause. Von Elena hatte ich nichts gehört.

Auf der Fahrt von Altea zu meinem Strandhaus in El Palonet versuchte ich, nicht mehr an meine Familie zu denken. Es machte mich nur mürrisch. Und die Begegnung mit Isabel hatte mich innerlich mehr Kraft gekostet, als ich zugeben wollte.

Ich dachte an Vera.

Dann griff ich zum Telefon, während ich von der Autobahn abbog. Ich wählte. Es klingelte eine Weile. Niemand hob ab. Elena antwortete nicht. Wollte sie nach unserem Streit nichts mehr von mir wissen? Eigentlich konnte mir das nur recht sein, trotzdem gab mir der Gedanke einen Stich.

Ich erreichte den Parkplatz vor meinem Haus, stellte den Wagen ab und blickte hinaus auf die See. Mein Mittelmeer. Der einzige Ort, an dem ich mich wirklich zu Hause fühlte.

Lange bevor ich Polizist in der Region von Altea geworden war, war ich Mitglied in einem geheimen Kommando gewesen, unter der Aufsicht des spanischen Geheimdienstes. Wir hatten Terrorismus und organisiertes Verbrechen bekämpft.

Nicht immer mit den Mitteln, die ein demokratischer Staat wie Spanien gerne publik machen würde, dafür sehr effizient. Wir waren die Schattenmänner des spanischen Staates und seiner internationalen Verbündeten gewesen. Viele Jahre lang.

Als ich die Einheit verließ, erfand man für mich einen Lebenslauf mit einer weitgehend fiktiven Karriere. Man gab mir einen neuen Posten. Hier in Altea. Als Polizist. Es war eine gute Zeit, und ich war glücklich damit. Trotzdem gehörte ich nie wirklich dazu.

Ich glaube, nur Isabel verstand mich damals wirklich. Sie wusste nichts von meiner Vergangenheit, und ich würde nie darüber reden können. Aber sie war viel zu klug, als dass sie keine Vermutungen angestellt hätte. Ich war gerne Polizist. Es war gute Arbeit. Aber im Herzen war ich wahrscheinlich immer noch einer der Schattenmänner. Einer von denen, die in der Nacht kamen und keine Spuren hinterließen. Man verlor nie den Sinn dafür.

Ein Hauch von Jasminblüte zog an mir vorbei, vermischte sich mit dem Duft des Meeres. Der Sommer kündigte sich an. Zeit, die Vergangenheit ruhen zu lassen. Und so ging ich hinüber zu meinem Haus.

15

Vanessa saß zusammen mit Paco in der Küche. Vor ihnen auf dem Tisch standen Brot, Wein und Käse. Im Ofen garte eine Dorada con Sal.

»Hallo, mein Schatz!«, strahlte Vanessa, küsste mich. »Ich habe dich vermisst.«

»Die Dorada ist von mir«, sagte Paco. »Aber ich lasse euch jetzt allein, keine Sorge.«

Er klopfte mir auf die Schulter

Ich sagte nur: »Danke!«

Er nickte und ging.

Paco war ein guter alter Mann. Ein echter Freund. Aber als Kuppler zwischen mir und Vanessa ging er mir auf den Geist. Er sah in ihr die perfekte Frau für mich. Mich selbst hatte er noch nie gefragt, ob es mir genauso ging. Entsprechend reagierte ich gereizt auf seine Versuche, uns zusammenzuhalten. Es gab auch so schon genügend Leute, die meinten, sich ständig in mein Leben einmischen zu müssen. Er meinte es gut, aber es nervte mich einfach. Das hier war meine Sache.

Das Fenster in der Küche war repariert. Ich legte Enzo hundert Euro in das Glas neben der Mikrowelle. Später würde er es sich irgendwann nehmen.

Vanessa holte die Dorada aus dem Ofen.

»Ich nehme dir das ab!«, sagte ich und übernahm mit einem Handtuch die heiße Backform, in der der Fisch unter einer dicken Schicht von Salz lag.

»Auf der Terrasse ist alles vorbereitet. Essen wir dort?«, fragte Vanessa.

Ich nickte und folgte ihr hinaus in den Garten.

Der Fisch war köstlich. Dazu ein kühler Weißwein.

Vanessa sah hinreißend aus und war heute Abend so charmant, dass mir schlecht davon wurde.

»Was hältst du davon, wenn wir nächste Woche zusammen nach Saragossa fahren?«, fragte sie.

In Saragossa lebte ihre Familie.

Ich sagte nichts.

Das Telefon klingelte. Es war Isabel.

Ich bat Vanessa mit einer Geste, zu warten, und ging etwas abseits in den Garten hinein.

»Was hast du, Isabel?«, fragte ich.

»Der Fall Sofía Morell ist die schlampigste Akte, die ich in meinem ganzen Leben gesehen habe. Unvollständiger Bericht, unscharfe Fotos, leere Seiten. Die Autopsie ist wenig mehr als ein leeres Blatt, das ein Dorfarzt abgestempelt hat. Ich glaube fast schon, dass gar keine gemacht wurde.«

»Dann gibt es eigentlich keine offizielle Todesursache?«

»Unter dem Stempel des Dorfarztes steht der Missbrauch von Ketamin und GBL vermerkt. In der Absicht, Suizid durch Ertrinken im Meer herbeizuführen.«

»Also K.o.-Tropfen?«

»Anscheinend.«

»Nach dieser Version ist Sofía also einfach mit einem Fläschchen hinaus aufs Meer geschwommen, hat sich dort eine Überdosis K.o.-Tropfen eingeworfen und dann darauf gewartet, dass sie ertrinkt?«

»Das ist wohl die Version, die uns das Dokument nahelegen möchte.«

»Glaubst du das?«

»Denkbar ist es. Wenn Ketamin die Motorik lähmt, dann ist an Zurückschwimmen kaum zu denken. Dann ist alles nach zwei, drei Minuten vorbei.«

»Ist Sofía denn tatsächlich ertrunken? Oder wurde sie schon tot ins Wasser geworfen?«

»Ich habe mir die Fotos angeschaut. Sie ist ertrunken. Die Leiche hat alle Merkmale von Ertrinken. Das Mädchen starb im Meer.«

»Anzeichen von Gewalt?«

»Nein. Die Bilder der Toten am Fundort sind schlecht gemacht, entsprechen nicht unseren Standards. Wahrscheinlich mit einem Handy fotografiert. Dennoch sehe ich keine Anzeichen von Gewalt an dem Mädchen.«

Ich wanderte im Garten umher, während Isabel sprach. »Trotzdem, ich glaube die Geschichte vom Selbstmord nicht.«

»Und warum nicht?«

»Weil uns jeder genau diese Geschichte glauben machen will. Und zwar so angestrengt, dass ich einfach hellhörig werden muss, oder ich bin nie Polizist gewesen.«

»Selbst wenn das der Fall sein sollte: Wie willst du eine neue Ermittlung erreichen? Wir haben keine Beweise.«

»Die werden wir bekommen.«

»Manuel, mach keinen Unsinn, ja? Es gibt eine Menge Leute, die dich liebend gern über irgendetwas stolpern sehen würden.«

»Das hat schon vorher nicht geklappt. Keine Sorge.«

Ich blickte hinüber zur Terrasse, Vanessa wartete dort.

»Könnte das Mädchen irgendetwas gesehen haben? Oder an irgendetwas teilgenommen haben, von dem man später nicht mehr wollte, dass es publik wird?«, fragte ich Isabel.

»Woher soll ich das wissen? Wie kommst du darauf?«

»Ihre Freundin hat etwas davon gesagt, dass es dort draußen in Baixa, vor allen auf den Fincas und in den Schlafzimmern reicher Männer, nicht immer ganz sauber zugeht.«

»Das ist ja auch generell nichts Neues. Natürlich könnte das sein. Und dass man sie dann von dort aus betäubt weggeschafft hat, ohne groß Spuren zu hinterlassen. Denkbar, ja. Aber wo ist der Beweis?«

»Den werden wir suchen!«

»Du wirst gar nichts. Ich kann eine interne Untersuchung anfordern. Und dann nimmt der Fall seinen geregelten Weg. So wie sich das gehört.«

»Bitte, tu mir einen Gefallen. Warte noch etwas damit!«

»Warum sollte ich?«

»Weil ich nicht möchte, dass das durch die Gänge und die Büros der Polizei hier in der Gegend wandert. Nicht so, nicht jetzt.«

»Mir gefällt das nicht, Manuel.«

»Ich weiß. Aber ein totes Mädchen am Strand, und jeder tut so, als sei nichts gewesen – das gefällt mir noch weniger.«

Ich schaute hinaus auf das Meer.

»Was willst du? Du hast doch was vor?«, sagte Isabel.

»Gib mir zwei, drei Tage, mich umzuhören.«

Sie schwieg.

»Zwei Tage?«

Sie sagte nichts.

»Die Akte liegt nun schon einige Wochen auf diese Weise

im System. Zwei Tage mehr oder weniger werden nicht viel verändern. Vertraust du mir?«

»Nein, ich vertraue dir nicht. Aber ich gebe dir zwei Tage. Vielleicht drei.«

»Danke.«

»Ich will, dass du vorsichtig bist.«

»Mach dir keine Sorgen. Wir sprechen morgen, okay?«

»Sieh dich vor, Manuel. Ich meine es ernst.«

»Ich rufe dich an.«

»Das wäre mal was Neues!«

Sie legte auf.

Ich ging zurück zu Vanessa.

Sie musterte mich. »Ist alles in Ordnung?«, fragte sie.

»Ja, nur ein Anruf aus der Stadt.«

»Sorgen?«

»Nein. Nur alte Bekannte.«

»Dann ist es ja gut.« Sie schlang ihre Arme um mich und küsste mich. »Lass uns nach oben gehen«, hauchte sie.

Ich trug sie hinauf in mein Schlafzimmer, und wir liebten uns die ganze Nacht lang. Ein schlechtes Gewissen hatte ich nicht.

Zwei

1

Ein Schatten fiel über mich. Die Wärme der Morgensonne, die zuvor noch durch das Fenster auf mein Gesicht gefallen war, verschwand. Ich blinzelte. Im Halbschlaf erkannte ich zuerst nicht, was mir die Sonne genommen hatte. Doch dann sah ich das Gesicht vor mir. Es war hübsch und umgeben von langen Haaren, die einen sanften Duft verströmten.

»Wie wäre es, wenn du aufstehst?« Die Frage hallte unangenehm in meinem Kopf nach. Zu viel Wein. Viel zu viel Wein. Und Vanessa, natürlich. Die gemeinsame Nacht. Langsam erinnerte ich mich. Warum mussten Liebe und Wein nur so oft Hand in Hand gehen? Beides brachte nur Kopfschmerzen am Morgen.

»Hmmpf ...«, grummelte ich.

Langsam kam ich zu mir. Ein Gefühl von Erleichterung und Freude, als ich sah, wer mich geweckt hatte. Es war Elena. Sie stand vor mir am Bett und schaute mich an.

Scham stieg in mir auf. Wo war Vanessa? Ich war nackt, wenn auch komplett in meine Bettdecke eingehüllt. Ich setzte mich auf. Vanessa war nicht da. Elena musterte mich mit einem Blick, von dem ich nicht wusste, ob aus ihm Belustigung oder Missfallen sprach.

Ich rieb mir müde über das Gesicht. »Was machst du hier?«

»Wir haben zu tun!«

»Du kannst nicht einfach so hier reinmarschieren!«

»Warum nicht?«

»Weil ... weil ... das geht nicht!«

»Ich mache das Frühstück. Ich warte auf der Terrasse.«

Und weg war sie.

Anscheinend konnte hier tatsächlich jeder neuerdings so rein- und rausspazieren, wie es ihm passte, egal, wie ich darüber dachte. Und jeder machte ganz offensichtlich ausgiebig Gebrauch davon. Ich seufzte. Was nützte es, wenn ich mich jetzt darüber aufregte? Ich erhob mich und schleppte mich unter die Dusche.

Auf meinem Handy war eine Nachricht von Vanessa. Sie war auf dem Weg nach Saragossa und kam in zwei Tagen zurück. Sie schrieb, dass sie mich jetzt schon vermisste. Und schickte mir dazu zwei Herzchen. Ich wusste nicht so recht, was ich antworten sollte.

Die Nacht war wundervoll gewesen. Aber das machte die Sache nicht besser. Ich liebte sie nicht. Wann würde ich das endlich zugeben können? Ich sendete ihr ein Herzchen und einen Kuss und hoffte, dass es reichen würde. Für den Moment.

Ich duschte ausgiebig und ging nach unten zu Elena. Das Frühstück stand auf der Terrasse. Tortilla. Diesmal ganz klassisch nur mit Zwiebeln. Dazu frisches Brot. Anchoas. Käse. Etwas Weißwein, einige Oliven und gesalzene Mandeln.

Wir aßen. Zuerst schweigend. Dann schaute sie mich an und fing an zu lachen. Einfach so. Ich stutzte zuerst und wunderte mich. Wusste sie irgendetwas, das ich nicht wusste? Aber dann wurde mir klar, dass sie einfach lachte, weil sie ein junges Mädchen war. Junge Mädchen lachten nun mal gerne. Wir alten Säcke vergaßen das irgendwann.

Sie lachte, weil sie hier bei mir war, zusammen mit einem guten Frühstück auf einer Terrasse am Meer. Das Mädchen hatte wahrscheinlich einige weitaus üblere Orte in den letzten Jahren gesehen. Also lachte sie. Und ich stimmte in ihr Lachen mit ein, schob ihr das Brot entgegen, das sie dick mit Tortilla belegte und dann mit viel Energie verspeiste.

Wir aßen, und es fühlte sich gut an. Das Meer schimmerte vor uns in einem sanften Blau, und die Palmen in meinem Garten wiegten sich leicht im Wind.

»Und?«, fragte Elena schließlich.

»Was ›und‹?«, antwortete ich, obwohl ich natürlich wusste, worauf sie hinauswollte.

»Na, die Polizei. Gestern.«

»Es sieht so aus, als hätten wir einen Fall!«, sagte ich, und sie lehnte sich zurück. Sie wirkte erleichtert. Verletzt von der Wahrheit, weil es bedeutete, dass sehr wahrscheinlich jemand ihre beste Freundin umgebracht hatte. Aber dennoch erleichtert, weil sie nun wusste, dass sie sich das alles nicht nur eingebildet hatte.

»Hilfst du mir?«, fragte sie.

Ich nickte. »Wir werden ihn finden. Wenn es einen Mörder gibt, wird er dafür bezahlen, was er Sofía angetan hat.«

Sie schaute zur Seite. Und weinte. Tränen aus Schmerz und Erleichterung. Ich ließ sie, schaute über das Meer hinaus.

Irgendjemand hatte ein junges Mädchen umgebracht und dem Mädchen, das nun hier vor mir saß und weinte, dadurch ebenfalls großes Leid zugefügt. Dafür würde er bezahlen.

Ich schob Elena eine Serviette und noch etwas Wein hin.

Sie nahm beides und schaute mich an. »Danke«, sagte sie, wischte sich die Tränen ab und nahm einen Schluck aus dem Glas.

Ich nickte. »Fangen wir an.«

2

Ich hatte eine alte Pinnwand im Abstellraum gefunden und im Wohnzimmer aufgebaut. Elena stöberte in ihrem Handy nach Fotos von Sofía. Sie hatte eines davon an meinen Computer geschickt und dort ausgedruckt. Nun hing das Bild von Sofía in der Mitte der Pinnwand, und wir standen davor.

»Das hier ist Arbeit, Elena. Das ist dir doch sicher klar, oder?«

Elena nickte. Sie wirkte ernst.

»Polizeiarbeit«, sagte ich, und wieder nickte Elena. »Also gut, fangen wir an. Das Erste, nach dem du suchen musst, wenn du ein Verbrechen aufklären willst, ist was?«

Elena hob die Schultern und sagte: »Fingerabdrücke?«

»Nein. Aber ein guter erster Versuch. Hast du einen zweiten?« Elena wirkte verlegen, und ich wollte es ihr nicht zu schwer machen. »Denk nach. Was machen wir hier?«

»Den Mord an Sofía aufklären.«

»Und was haben alle Morde gemeinsam?«

»Ein Motiv!«

»Richtig. Finde das Motiv, und du findest den Täter. Die erste und wichtigste Frage einer guten Ermittlung lautet daher immer: Was verbindet das Opfer und den Täter? Und diese Verbindung ist immer: das Motiv!«

Ich schrieb das Wort auf ein Blatt Papier, kreiste es ein und befestigte es unter dem Bild von Sofía auf der Pinnwand.

»Und jetzt bist du dran. Denn du kennst deine Freundin am besten. Wer könnte ein Motiv haben, Sofía umzubringen?«

»Ich weiß es nicht. Deswegen bin ich doch zu dir gekommen«, sagte sie.

»Was hast du gedacht? Dass ich den Mörder hier in einer Kiste unter einem Bett verstecke für den Fall, dass du bei mir vorbeikommst? Denk nach, Elena.«

»Mache ich doch …«

»Hat Sofía in den Tagen vor ihrem Tod mit dir gesprochen?«

»Natürlich. Wir haben jeden Tag gesprochen oder geschrieben.«

»Hatte sie in diesen Tagen, vor ihrem Tod, vor irgendjemandem oder irgendetwas Angst?«

»Ja. Vor ihrem Freund. Sie wollte Schluss machen. Er passte nicht mehr zu ihr. Und er ist, na ja … auch nicht ganz sauber, verstehst du?«

»Nein. Was heißt das?«

»Er dealt mit Drogen. Nicht im großen Stil oder so. Er vertickt halt. Mal hier, mal da.«

»Sag mal, habt ihr Mädchen auch vernünftigen Umgang?«

»Ich hab dir doch gesagt, dass wir früher etwas neben der Spur waren. Und die Jungs kennen wir noch von damals.«

»Es gibt auch vernünftige Jungs, weißt du das?«

»Ja, ja, ja ... willst du mir jetzt eine Standpauke halten, oder finden wir den Mörder von Sofía, oder was?«

»Wie heißt ihr Freund?«

»Ricardo.«

»Okay, schreib ihn hier auf den Zettel.«

»Hast du ein Foto?«

Sie suchte in ihrem Handy. Ich sah, dass es ein ganz neues iPhone war. Das hatte sie gestern noch nicht. Zuerst wunderte es mich, doch dann erinnerte ich mich an das ganze Geld, das ihr Antonio gestern zugesteckt hatte. Anscheinend hatte Elena nicht lange gebraucht, um es auszugeben.

»Hier, das ist er«, sagte sie und hielt mir das Handydisplay hin.

»Ausdrucken!«, sagte ich.

Sie lief zum Computer und kam wenig später mit dem Bild wieder. Es zeigte einen typischen spanischen Straßenjungen: Anfang zwanzig, arrogant, durchaus attraktiv, aber verloren. Ich kannte diese Typen. Ich hoffte, dass Elena und ihre Freundinnen mir nicht noch mehr von dieser Sorte anschleppten. Das würde ich auf Dauer nicht ertragen.

Ich deutete auf die Pinnwand, und Elena heftete das Bild unter das Blatt, auf dem »Motiv« stand. Dann schrieb sie darunter: »Ex-Freund«.

Ich nickte ihr zu. »Sehr gut. Aus dir wird noch eine richtig gute Polizistin.«

Sie freute sich. »Meinst du?«, strahlte sie mich an. »Ich schaue das immer im Fernsehen. Versuche zu lernen.«

»Sehr gut. Überlegen wir mal: Welches Motiv könnte ihr Freund haben, sie umzubringen?«

»Eifersucht. Er hat sie immer genervt. Wegen anderen Typen und so.«

»Hat er sie geschlagen?«

»Nicht wirklich. Er hatte zu viel Angst vor ihren Brüdern. Von einer Ohrfeige weiß ich. Aber richtig verprügelt hat er sie nie. Das hätte er sich nicht getraut.«

»Auch nicht nach einem richtigen Streit? Oder wenn sie Schluss macht oder fremdgegangen wäre?«

»Hm. Dann vielleicht schon. Dem geht schon mal die Sicherung durch. Prügelt sich oft. Typischer Scheißkerl.«

»Traust du ihm zu, dass er sie umgebracht haben könnte?«

»Weiß nicht. Vielleicht, wenn er wirklich, wirklich wütend wird. Ja, dann schon.«

»Könnten seine Drogengeschäfte irgendetwas mit ihrem Tod zu tun haben?«

»Kann schon sein. Aber eigentlich dreht er kein großes Rad. Er ist eher so Gelegenheitsdealer. Macht ein bisschen Geld und gibt dann alles wieder aus. Ein totaler Versager.«

»Hatte sie einen anderen Jungen nebenbei? Einen Geliebten oder einen neuen Freund, für den sie ihn vielleicht verlassen wollte?«

»Nein. Sie wollte einfach ihre Ruhe haben. Sie hatte vor, sich auf ihr Praktikum und die Schule zu konzentrieren. Außerdem war sie ihn leid. Er war ständig eifersüchtig.«

»Auf wen war er eifersüchtig?«

»Auf alle. Ein Blick reichte, und der Streit ging los. Der tickt nicht ganz sauber. Lag ihr ständig in den Ohren deswegen. Und wegen dem Anwalt. Natürlich, auf den war er richtig sauer.«

»Welcher Anwalt?«

»Der hat ihr das Praktikum im Rathaus besorgt. Der ist ein Freund der Familie Morell, macht ihre Buchhaltung und so, glaub ich.«

»Und weiter?«

»Über seine Kontakte hat er ihr ein Praktikum im Rathaus besorgt.«

»Ein Praktikum? Im Rathaus?«

»Ja. Sofía wollte doch wieder was aus sich machen. Und

vielleicht sogar studieren. Er wusste wohl davon und hat ihr deswegen ein Praktikum in der Stadtverwaltung besorgt. Das würde ihr später helfen, hat er gesagt.«

»Und ihr Freund war deswegen eifersüchtig?«

»Ja, natürlich. Und der Anwalt hat sich danach auch etwas aufgespielt.«

»Was heißt das genau?«

»Er hat sie jeden Morgen von zu Hause abgeholt und zum Praktikum gefahren. Und dann gegen Abend wieder dort abgeholt und nach Hause gebracht.«

»Hatten Sofía und der Anwalt eine Beziehung?«

»Nein. Iiieh. Was denkst du eigentlich? Klar war er scharf auf sie. Das weiß ich von ihr. Wie jeder Mann. Ein alter geiler Bock halt. Hat sie immer so unauffällig angefasst im Wagen, wenn er sie zur Arbeit gefahren hat. Widerlich.«

»Hat sie sich nicht dagegen geweht? Oder beschwert?«

»Nein, wieso auch? Er hat es ja nicht wirklich direkt gemacht. Eher so in Andeutungen und zufälligen Berührungen. Du weißt schon. Wie alte Männer das eben machen, wenn sie was wollen.«

»Wie alt ist der Anwalt?«

»Irgendwas über vierzig. Oder Mitte vierzig. Halt so wie du. Schon älter.«

»Danke«, sagte ich. »Hat er dich auch belästigt?«

»Er kennt mich nicht. Vielleicht hat er mich ab und zu mal bei den Morells gesehen und wusste, dass ich ihre Freundin bin. Mehr aber auch nicht. Besser so. Würde er mich anfassen, würde ich ihm zuerst die Finger brechen und dann die Nase in den Schädel rammen. Ekliger Typ. Ich mag ihn nicht.«

»Könnte er sie umgebracht haben?«

»Schon möglich. Zutrauen würde ich es ihm. Ist so ein schmieriger Typ, weißt du? Die Sorte, die man sieht und man fühlt sich eklig und schlecht, nur weil sie einen anschauen. Schmeißt sich gerne an junge Mädchen ran, so einer ist das. Die sind doch zu allem fähig.«

»Okay, dann gehört er mit auf die Liste. Hast du ein Bild?«
Sie tippte in ihr Handy.

»Hast du ihn fotografiert?«, fragte ich überrascht.

Sie schaute mich an, »Google?«, und ich kam mir auf einmal schrecklich alt und dumm vor.

»Natürlich«, sagte ich und tat so, als würde ich einige Papiere auf dem Wohnzimmertisch sortieren.

Elena lief zum Computer und kam dann mit einem Ausdruck von dem Bild zurück. Sie hatte recht. Es war ein schmieriger Typ. Daran änderten auch Anzug und Krawatte nichts. Ich kannte die Sorte. Jetzt klemmte Elena das Bild an die Pinnwand unter Sofías Ex-Freund und schrieb: »Anwalt Víctor García Gonzáles«.

»Fällt dir noch jemand ein?«

Elena überlegte.

»Der Nachbar.«

»Wer?«

»Na, der Nachbar. Er lebt etwas abseits, neben dem Grundstück, auf dem Sofías Familie das Haus und die Firma hat. Scheußlicher Kerl. Total abgefuckt.«

»Was weißt du über ihn?«

»Der war ein paarmal im Gefängnis. Ist ein Junkie, ein Perverser. Lungert immer in den Straßen herum und schaut uns Mädchen nach. Ich hasse ihn.«

»Er kannte Sofía?«

»Natürlich. Sind doch Nachbarn.«

»Das ist alles?«

»Sie hatte Angst vor ihm. Die Brüder sind sogar einmal zu ihm gegangen und haben ihn verprügelt, weil er sie auf der Straße angequatscht hat. Der ist pervers, ich schwöre!«

»Könnte er sie umgebracht haben?«

»Klar. Das ist doch ein Perverser. War schon im Knast deswegen. Und wegen Drogen. Der ist voll drauf. Heroin, ganz sicher.«

»Schreib ihn mit auf die Liste.«

»Ich weiß seinen Namen nicht.«

»Schreib einfach: ›Der Nachbar‹.«

»Okay.«

Sie nahm ein Blatt, zeichnete ein Rechteck, füllte es mit einem Fragezeichen, schrieb darunter: »Der Nachbar«, und heftete es unter das Blatt mit dem Anwalt.

Unsere erste Liste. Drei Verdächtige.

»Fällt dir sonst noch jemand ein?«

»Weiß nicht ...«

»Hatte sie irgendwelche Feinde?«

»Nein, eigentlich nicht. Sie tratschte über niemanden. Sie fing niemals etwas mit den Freunden anderer Mädchen an. Machte einfach immer nur ihr eigenes Ding. Es gab keinen Grund, sie zu hassen.«

»Denk gut nach. Jedes Detail ist wichtig.«

»Na ja, es gab da dieses Mädchen in ihrer Klasse. Die konnte sie nicht leiden. Tatjana, eine Russin. Die hasse ich aber auch. Die hasst eigentlich jeder.«

»Warum?«

»Die hat voll die große Fresse. Die war wohl neidisch auf Sofía und mich oder so. Deswegen stressten sich die beiden manchmal.«

»Genug für einen Mord?«

»Glaub ich nicht. Aber man weiß ja nie, oder?«

»Okay, hast du ein Bild?«

Wieder das gleiche Ritual. Elena stöberte in ihrem Handy, und ich fragte schon gar nicht mehr. Sie kam dann von meinem Computer mit einem Bild zurück.

Tatjana war ein fülliges Mädchen, etwas zu groß geraten und mit riesigen Brillengläsern. Sie wirkte reichlich schlecht gelaunt für ihr Alter, da gab ich Elena recht. Aber reichte das für einen Mord? Wir schauten uns an und schüttelten beide den Kopf.

»Es passt nicht«, sagte Elena.

»Stimmt. Doch wir sammeln erst mal. Manchmal sind es die verrücktesten Ideen, die dich weiterbringen.«

Also heftete Elena das Bild unter die Liste, nur für alle Fälle.

Ich schaute auf unsere Sammlung. »In den meisten Fällen ist der Mörder ein Mann, wenn es um den Tod von jungen Mädchen geht«, sagte ich, während wir gemeinsam unser Werk betrachteten. »Oft ist der Mörder jemand, den das Opfer direkt kannte. Und mit dem es – in irgendeiner Form – eine direkte Beziehung hatte: Familie, Arbeitskollegen, Nachbarn, der Partner, Bekannte. Dort müssen wir anfangen.«

»Drei Männer auf unserer Liste. Und alle drei haben ein Motiv«, sagte Elena.

»Und das wäre?«

»Leidenschaft. Eifersucht. Obsession. Sind das nicht die häufigsten Motive für einen Mord?«

Ich nickte ihr zu. Sie schlug sich gut. Ich mochte, wie sie dachte. Sie bemühte sich.

»Auf wen würdest du als Erstes tippen? Ganz instinktiv?«, fragte ich.

Elena überlegte. Sie kaute an der Unterseite des Stiftes herum, mit dem sie die Fotos an der Pinnwand beschriftet hatte.

Dann tippte sie auf »Der Nachbar«.

»Den halte ich für gefährlich«, sagte sie.

»Begründung?«

»Der ist total durchgeknallt. Wenn Obsession und Leidenschaft das Motiv sind, dann ist der pervers genug, um durch die Gegend zu schleichen und junge Mädchen umzubringen.«

»Was noch? Wo ist die Verbindung für einen Mord?«

»Sofía lebte direkt nebenan. Die perfekte Verbindung, oder nicht?«

»Und warum denkst du das?«

»Man begehrt, was man häufig sieht. Vielleicht stellte er ihr häufiger nach, als Sofía es bemerkte? Vielleicht beobachtete er sie, war besessen von ihr und wichste sich einen ab, wenn er sie sah und so. Bis ihm das alles nicht mehr reichte und er sie ganz für sich wollte.«

Sie schüttelte sich bei dem Gedanken. Doch sie dachte erstaunlich erwachsen und logisch. Elena hatte nicht ganz unrecht. Es wäre nicht das erste Mal, dass sich ein Triebtäter in die Obsession für ein junges Mädchen in seiner Nachbarschaft verrannt hatte, nur um am Ende als ihr Mörder vor Gericht zu stehen.

»Okay, dann werde ich diesem Nachbarn jetzt mal einen Besuch abstatten.«

»Ist nicht dein Ernst? Der ist wirklich total durchgeknallt.«

»Macht nichts. Ich hab schon Schlimmeres erlebt.«

»Was willst du denn sagen?«

»Mir fällt schon was ein.«

Sie nagte an ihrer Unterlippe. Dann ging ein Ruck durch sie. »Okay, dann lass uns los.«

»Moment mal. Wer hat denn gesagt, dass wir beide fahren?«

»Natürlich fahren wir beide. Du weißt doch gar nicht, wo der wohnt.«

»Kann nicht so schwer sein, wenn es ihr Nachbar ist.«

»Wir sind doch ein Team. Hast du selbst gesagt.«

»Wir sind ein Team, wenn wir gemeinsam Überlegungen anstellen, wer für den Tod von Sofía verantwortlich sein könnte. Das heißt aber nicht, dass du dich mit mir zusammen in Situationen begibst, die gefährlich sein könnten.«

»Ich habe keine Angst.«

»Das ist mir egal. Du bleibst hier.«

»Nein, das werde ich nicht.«

»Wie du meinst. Ändern wird sich daran nichts.«

Allerdings hatte ich Elena unterschätzt. Blitzschnell griff sie sich meinen Autoschlüssel, der auf einer Kommode im Wohnzimmer lag. Dort lag er immer. Anscheinend wusste Elena das bereits. Und so verschwand der Autoschlüssel jetzt in ihrem Ausschnitt.

Sie schaute mich an. »Na, mutig genug, zu suchen?«

»Gib mir den Schlüssel.«
»Ich komme mit.«
»Nein.«
»Dann du musst mir den Schlüssel abnehmen. Na, was gefällt dir besser?«
Ich schwieg. Sie lächelte.
Sie wusste ganz genau, dass ich ihr nicht einfach so in den Ausschnitt greifen würde. Das Mädchen war so gerissen wie einfallsreich.
Ich brütete einen wütenden Augenblick lang. Doch was konnte ich schon tun? Sie hatte mich am Wickel.
»Also gut. Dann komm halt mit. Aber du bleibst im Wagen.«
Sie nickte. »Natürlich. Glaubst du, ich will, dass mich dieser Perverse von oben bis unten anstarrt? Nein danke!«
Ich hielt ihr meine offene Hand entgegen. »Die Schlüssel!«
Sie schüttelte den Kopf. »Draußen. Am Wagen.«
Ich grummelte etwas, verließ dann einfach das Haus, und Elena folgte mir.

3

»Du bleibst hier im Wagen!«
»Natürlich.«
»Ich meine es ernst. Keine Tricks.«
»Ich bin doch nicht verrückt. Ich hasse den Kerl.«
»Ernsthaft. Ich will nicht, dass er dich sieht.«
Elena verdrehte die Augen. »Ich bleibe im Wagen. Versprochen.«
Sie nahm ihr neues iPhone und fing an zu chatten.
Gestresst ging ich davon.
Ich konnte das Haus der Morells sehen. Autos standen auf dem Gelände, und es gab eine Werkstatt.

Ich konzentrierte mich auf das Haus des Nachbarn. Es war kaum mehr als eine Ruine. Ein staubiger alter Opel stand in der Einfahrt.

Meine Waffe hatte ich nicht dabei. Ich wollte nicht, dass Elena sie sah. Jetzt ärgerte ich mich darüber.

Ich erreichte die Haustür. Eine Klingel gab es nicht. Ich klopfte. Nichts. Ich klopfte erneut. Wartete. Dann öffnete sich die Tür.

Elena hatte recht gehabt. Der Nachbar war ein Junkie. Die Zähne zeugten von Crystal Meth, seine Gesichtszüge von regelmäßigem Konsum. Er wirkte ausgemergelt, aber kräftig.

»Was wollen Sie?«

Ich sah die Tätowierungen auf seinen Händen und Unterarmen. Die Motive sagten mir, dass er im Gefängnis gewesen war.

»Was?«, knurrte er.

»Die Störung tut mir leid, Señor«, sagte ich und improvisierte. »Ich möchte dort drüben ein Grundstück kaufen.« Ich gestikulierte ohne konkrete Richtung über die Felder.

»Ja und? Was geht mich das an?«

»Also, ich habe keinen Bock auf Stress. Will einfach meine Ruhe haben, verstehen Sie?«

»Ja und?«

»Wenn ich das Grundstück kaufe, dann würde ich schon ganz gerne vorher wissen, was mich hier so erwartet. Also dachte ich mir, ich frage Sie einfach mal. Weil Sie hier doch schon länger wohnen, oder nicht?«

»Is eigentlich ruhig hier«, sagte er und kratzte sich.

»Und das dort drüben?« Ich deutete zum Haus der Morells. »Macht das viel Krach? Die Werkstatt und so?«

»Na ja, ab und zu hört man schon was.«

»Und Kinder? Ich hasse Kinder.«

»Stimmt, Kinder sind nervig«, sagte er. »Zum Glück gibt es hier kaum welche.«

»Und Schlampen?«

»Wie?«

»Na, Sie wissen schon. Junge Mädchen.«

»Weiß nicht.«

»Es ist doch immer das Gleiche mit den jungen Schlampen. Die brezeln sich auf. Und dann fahren die Jungs aus dem Dorf mit Motorrädern vor ihrer Tür herum. Darauf komm ich gar nicht klar, müssen Sie wissen!«

»Weiß nicht. Nee.«

»Und die Morells? Die von dort drüben? Die sehen für mich ein bisschen so aus wie Gitanos.«

»Ich will mit den Morells nichts zu tun haben. Die machen nur Ärger.«

Dann sah ich auf einmal Elena im Flur des Hauses. Hinter dem Nachbarn. Anscheinend war sie durch eines der Fenster auf der Rückseite eingestiegen und stöberte jetzt im Innern umher.

Der Nachbar hatte nichts gemerkt und stierte mich weiter an. Ich dufte mir keinen Fehler erlauben. Der Typ konnte ganz sicher gefährlich werden. Elena verschwand im Wohnzimmer.

»Sie scheinen ein guter Kerl zu sein«, sagte ich.

»Nun ja …«

Ich kramte Geld aus meiner Tasche. »Hier, trinken Sie doch mal einen auf gute Nachbarschaft.«

Ich drückte ihm einen Geldschein in die Hand.

»Werde ich tun«, sagte er und steckte das Geld ein.

Hinter ihm wühlte Elena in der Kleidung, die im Wohnzimmer verstreut lag.

»Wenn ich das Grundstück kaufe, also … Ich brauche ab und zu etwas … na, Sie wissen schon. Ein bisschen … bum, bum … Fiesta … Was wir Männer halt so brauchen.«

Er lachte. »Hehe … schon klar … Das gibt es hier an jeder Ecke. Wenn Sie zum Süden rausfahren, stehen ein paar von denen an der Ausfahrt zur Autobahn. Und zwei Kilometer weiter raus ist ein Puticlub. Der ist geil, aber teuer.«

Elena schlich aus dem Wohnzimmer in den Flur und von dort in ein weiteres Zimmer.

»Und hier im Dorf?«, fragte ich. »Gibt es hier irgendetwas für ein bisschen ... Na, Sie wissen schon?«

»Es gibt hier ein paar Schlampen«, murmelte der Nachbar. »Wenn Sie denen ein Bier kaufen, treiben sie es mit jedem. Aber gehen Sie lieber zu den Nutten. Die Schlampen im Dorf machen nur Ärger. Das ganze Gerede und so.«

»Klar, verstehe. Und wenn ich es ... sagen wir mal ... etwas jünger mag?«

»Weiß nicht.« Er wurde misstrauisch.

Ich kramte erneut Geld aus meiner Tasche und reichte es ihm. Er nahm es. Doch er wirkte nicht mehr so ruhig wie vorher.

Elena verließ das Zimmer, schlich über den Flur und wieder in ein Zimmer hinein. Sie wusste eindeutig nicht, wann Schluss war.

»Keine Sorge«, meinte ich und wedelte mit einem weiteren Schein in der Hand. »Ich bin keiner, der redet.«

Der Nachbar nickte. Doch ich sah ihm an, dass er das Gespräch jetzt gerne beenden würde.

»Ich frag halt nur so. Um Bescheid zu wissen. Was hier so alles abgeht.«

»Keine Ahnung. Ich hab mit so was nichts zu tun.«

Elena verließ das Zimmer und schlich zurück ins Wohnzimmer.

»Schon in Ordnung«, plapperte ich weiter auf den Nachbarn ein. »Gibt ja auch anderes hier im Ort, richtig? Wo man sich keinen Ärger holt, stimmt's?«

»Ich weiß wohl, was Sie meinen. Aber hier im Dorf fragen Sie besser nicht. Gibt nur Ärger.«

»Okay, okay.« Ich reichte ihm meinen letzten Schein. »Ein guter Rat. Manchmal gibt es Missverständnisse. Das will ich hier nicht.«

Er nickte.

Ein Geräusch. Im Wohnzimmer fiel etwas zu Boden. Jetzt wusste er, dass hier irgendetwas vor sich ging.

»Adiós!«, sagte er und schlug die Tür zu.

Elena war allein mit ihm. Ich lief zur Ecke des Hauses. Ich suchte ein Fenster, das ich einschlagen konnte. Ich fluchte, dass ich meine Waffe nicht eingesteckt hatte.

Ich lugte um die Ecke, um zu sehen, ob es eine weitere Tür gab. Von dort aus sah ich Elena über das Feld laufen. Hinüber zu den Bäumen, die zur Auffahrt führten. Sie verschwand hinter einer Hecke und war nicht mehr zu sehen.

Ich lief los, folgte ihr.

4

Ich riss die Autotür auf und schrie Elena an: »Was fällt dir ein? Bist du total verrückt geworden, oder was?«

Sie ignorierte mich und hielt mir ihre Beute entgegen. Pornohefte mit minderjährigen Mädchen.

»Was für eine Drecksau, ich könnte kotzen!«, sagte sie.

Ich sprang in den Wagen und fuhr los.

Elena deutete auf die Sachen, die sie aus dem Haus geholt hatte: Mädchenkleidung, ein paar Schlüpfer, BHs und Pornohefte.

»Wir müssen zur Polizei! Der hat Sofía umgebracht.«

»Und wie willst du das beweisen? Mit einem Pornoheft?« Ich war so unfassbar wütend auf sie.

»Das ist doch strafbar, oder nicht? Das sind doch noch Kinder. Oh Gott ... mir wird schlecht.«

»Der ist in zwei Tagen wieder draußen.«

»Wie kann das sein?«

»Ist halt so«, sagte ich, der Erinnerungen müde. Wenn wir Polizisten damals einen von diesen Schweinen geschnappt hatten, war er nur einige Monate später wieder auf der Straße.

Es war der schlimmste Teil unseres Berufes. Und es war der Teil, den ich ganz sicher nicht vermisste.

»Hör mir jetzt mal zu, Elena. Mach so was nie wieder.«

»Was denn? Hat doch funktioniert.«

»Wenn ich dir sage, dass du im Auto bleiben sollst oder du dich raushalten sollst, dann machst du das, verstanden?«

»Sag mal, bist du bescheuert? Ich hab grad den Mörder von Sofía gefunden. Hier sind die Beweise!«, sagte sie und hielt mir die Schlüpfer entgegen.

»Das sind keine Beweise. Das ist ein Haufen Scheiße!«

Sie sackte in sich zusammen. »Aber …«

»Nichts ›aber‹. Kein Staatsanwalt wird sich das auch nur anschauen. Es gibt Regeln. Es gibt Vorgehensweisen. Und Minderjährige, die in Häuser einbrechen, um Kinderpornos sicherzustellen, gehören nicht dazu, verstehst du das? Geht das in dein Hirn rein?«

»Ich wollte doch nur helfen!«

»Tu mir ein Gefallen: Hilf … mir … nicht! Nicht, bevor du verstehst, was du tust. Und nicht, wenn du dich in Gefahr begibst. Verstanden?«

Sie warf das ganze Zeug vor sich auf den Boden. »Dann eben nicht!«

Und ich musste eine Lösung für Elena finden. Das Mädchen konnte ganz sicher nicht ewig in meinem Haus bleiben. Oder einfach so mit mir durch die Gegend fahren und Ermittlungen anstellen.

Mein Telefon klingelte.

Ich hob ab. »Ja?«

»Hallo, Manuel. Hier ist deine Schwester Ángela.«

»Ángela, ich habe gerade keine Zeit.«

»Vielleicht solltest du dir die Zeit nehmen. Nora hat mir davon erzählt, was du dir da im Haus unserer Eltern erlaubt hast.«

»Ich habe mir gar nichts erlaubt, Ángela.«

»Dein Tonfall gefällt mir nicht, Manuel.

»Ich habe dir doch gesagt, dass ich jetzt nicht sprechen kann.«

»Nora geht es sehr schlecht. Sie fühlt sich sehr verletzt von dir.«

»Ángela, jetzt nicht!«

»Und auf Mama könntest du auch etwas mehr Rücksicht nehmen!«

»Ángela, ich will und kann jetzt nicht sprechen, kommt das bei dir an oder nicht?«, schrie ich in den Hörer.

»Schrei mich nicht an, Manuel, ich bin deine Schwester!«

»Ich lege jetzt auf.«

»Wage es nicht, aufzu–«

Und ich legte auf. Meine Hände krallten sich in das Lenkrad vor mir.

Elena musterte mich. »Probleme?«

»Nein!«, knurrte ich.

5

Wir erreichten mein Sommerhaus. Auf dem Weg zum Vorgarten kam uns eine Frau entgegen.

»Alba«, sagte ich. »Was machst du hier?«

»Was mache ich hier wohl, Manuel? Meinen missratenen Ehemann suchen!«

Alba war eine schöne Frau. Schlank, grüne Augen, kastanienbraune Haare und eine Ausstrahlung von Feuer und Energie. Leider war diese Energie gerade sehr ungehalten.

»Ich weiß nicht, wo Enzo ist«, sagte ich. »Wenn er nicht hinten im Garten arbeitet oder im Hafen ist, dann weiß ich nicht, wo er sich herumtreibt!«

»Ich wette, du weißt sehr wohl, wo er sich herumtreibt. Ihr Männer beredet doch sonst auch immer alles miteinander!«

»Da kennst du uns Männer aber schlecht«, sagte ich.

»Ich kenne euch Männer nur zu gut!«, fauchte sie. »Und überhaupt, wer ist die denn?«

Alba musterte Elena von oben bis unten.

»Ich bin Elena«, sagte sie.

»Ach?«

Dann fiel Albas Blick auf die Unterwäsche und die Hefte aus dem Haus des Nachbarn, die Elena bei sich trug.

»Das darf doch nicht wahr sein!«, schnaubte Alba. »Ihr seid doch alle gleich! Schweine seid ihr! Alle zusammen!«

Sie stampfte davon.

Ich mochte Alba. Sie war eine liebeswerte und wundervolle Frau. Enzo hatte mehr Glück mit ihr, als er wahrscheinlich verdiente. Trotzdem mochte ich Alba vor allem genauso wie jetzt gerade: mir den Rücken zugewandt und auf dem Weg nach Hause.

»Sag Enzo, dass er sich daran erinnern soll, dass er Kinder hat! Eine Frau und eine Familie, verdammt!«, rief sie.

So graziös wie wütend nahm sie den Weg ins Dorf.

»Das ist also Enzos Frau?«, fragte Elena.

»Ja.«

»Sie ist wunderschön.« Elena schaute ihr nach.

»Ich habe Hunger«, sagte ich.

»Ich auch.«

Wir gingen ins Haus.

6

Ich bereitete Sopa de Ajo zu. Man nahm dazu altes, trockenes Brot, Olivenöl und erhitzte es zusammen mit reichlich Knoblauch, gab Wasser dazu, Salz, Paprikapulver und etwas Brühe. Zum Schluss noch einige rohe Eier, die sich auf diese Weise mit den anderen Zutaten vermengten. Fertig war eine aromatische Suppe, die lange satt machte.

Ich griff nach einem Rioja Muga, der von meinem Abendessen mit Vanessa übrig geblieben war.

Elena deutete auf ein Bier im Kühlschank. »Darf ich eines?«

»Du kannst nicht zu jedem Essen ein Bier trinken, Elena!«, sagte ich.

»Warum nicht?«

»Du bist zu jung.«

»Na und?«

»Das ist nicht gut für dich!«

»Du bist über vierzig und ein bisschen füllig. Und du hast ein Glas Wein neben jedem Essen stehen. Macht es das besser?«

Ich wusste nicht so recht, was ich dazu sagen sollte.

Elena deutete auf die Weinflasche in meiner Hand. »Siehst du?«

»Trotzdem, es gehört sich nicht.«

»Stell dich nicht so an.«

»Nein, wirklich nicht, Elena. Ich will das nicht!«

»Und ich will nicht, dass du deinen Blutdruck mit Wein zu jedem Essen gefährdest. Und nun?«

Ich seufzte. »Um Himmels willen, dann nimm dir halt eines!«

Sie lächelte, »Danke!«, und griff sich die Flasche.

»Das nicht!«, sagte ich.

»Wieso nicht?«

»Das nicht!«, wiederholte ich. »Nimm dir ein Turia!«

Turia war ein dunkles Bier aus Valencia. Davon hatte ich nur kleine Flaschen. Wenn Elena schon ein Bier zum Essen trank, dann so wenig wie möglich, dachte ich mir.

»Warum?«

»Das ist besser!«

Sie hob die Schultern und griff sich die kleine Flasche Turia.

Wir gingen hinaus auf die Terrasse.

Dort aßen wir. Die Luft war warm. Sonnenstrahlen begleiteten unser Essen.

Elena verschlang die Suppe geradezu.

»Hmmm, das hat meine Oma immer gemacht!«, sagte sie und wischte sich einen Tropfen der Suppe vom Kinn.

Ich lächelte Elena zu und nickte. Über einen Teller Sopa de Ajo erinnerte sich wohl jeder an seine Kindheit.

Meine Wut auf Elena war längst verschwunden. Mit dem Geschmack der Suppe, dem Aroma des Weines und den Sonnenstrahlen in meinem Nacken hatte ich keine Lust mehr, wütend zu sein.

Trotzdem sagte ich zu ihr: »So was wie das in dem Haus des Nachbarn, mach das bitte nie wieder, Elena. Wirklich, ich meine das sehr ernst.«

Sie nickte und stocherte in der Suppe herum. »Ja, schon gut. Ich will nicht mit dir streiten. Es tut mir leid.«

»Wo warst du eigentlich gestern den ganzen Tag?«, fragte ich.

»Bei Freunden. Mal hier, mal dort.«

»Und das da?« Ich deutete auf das neue iPhone.

»Hab ich mir gekauft.«

»Offensichtlich.«

»Antonio hat mir doch Geld geben.«

»Musstest du gleich alles ausgeben?«

»Was geht dich das an?«

»Ich mein ja nur.«

»Warum ist Alba sauer auf Enzo?«

»Das weiß ich nicht.«

»Ihr seid doch Freunde.«

»Ich bin nicht sein Eheberater.«

»Er ist ein komischer Typ.«

»Da hast du recht.«

»Sie ist sehr schön. Ich mag sie.«

»Das freut mich für dich.«

»Warum ist sie mit ihm zusammen?«

Es war eine gute Frage. Die ich mir auch schon oft gestellt hatte. Enzo war charmant, lustig, aber ein Taugenichts. Trotzdem fand Alba irgendetwas an ihm. Genug, um ihn zu heiraten und ihm zwei Kinder zu schenken. Was Enzo allerdings nicht sonderlich verändert hatte. Er war wie eh und je. Ein Streuner.

Also sagte ich Elena ganz ehrlich, was ich darüber dachte: »Das weiß ich nicht, Elena. Vielleicht liebt sie ihn einfach?«

»Enzo ist auch so einer, das sag ich dir. Der ist lustig. Ich mag ihn. Aber ich glaube, er kümmert sich nicht um sie.«

»Kann sein.«

»Kommt Paco später vorbei?«

»Vielleicht.«

»Er ist wirklich nett. Er ist dein Freund, oder? Also, ich meine, ein richtiger Freund. Jemand, auf den man sich verlassen kann.«

»Ja, das ist er.«

»Hattest du gestern Abend Besuch?«

»Was meinst du?«

»Es standen noch Teller und Weinflaschen herum, als ich heute Morgen vorbeigekommen bin.«

»Ja und?«

»Deine Nachbarin?«

»Was geht dich das an?«

»Du fragst mich doch auch Sachen. Was ich gestern gemacht habe zum Beispiel.«

»Das ist was anderes.«

»Und wieso?«

Unfähig, eine vernünftige Antwort darauf zu geben, griff ich einfach nach ihrem Teller. »Fertig damit?«

Sie nickte.

Ich trug die Teller in die Küche und stellte sie in die Spüle. Wieder einmal schaute ich einen Moment aus dem Fenster hinaus. Es war anscheinend einfacher, ein ohnmächtiges Mädchen ins eigene Haus zu tragen, als sie dann später darin auch dauerhaft auszuhalten.

Ich wandte mich ab und holte zwei Portionen Flan, einen traditionellen Pudding mit Vanillegeschmack und Karamellsoße, aus dem Kühlschrank. Damit ging ich hinaus auf die Terrasse und stellte einen davon vor Elena auf den Tisch. Den anderen aß ich selbst.

»Danke«, sagte sie und machte sich über den Pudding her. Gutes Essen hatte sie wahrscheinlich im Heim seit Monaten nicht bekommen. Wenn überhaupt.

Ich sah ihr zu. Als sie mit ihrem Flan fertig war, fing sie an, von meinem Teller zu essen.

Ich klopfte ihr mit dem Löffel auf die Finger. »Das ist meiner!«

»Bist du ein Einzelkind, oder was?«

»Wie kann ich ein Einzelkind sein, wenn ich drei Schwestern und einen Bruder habe?«

»Kommt mir manchmal so vor.«

»Wieso?«

»Du bist seltsam. Und Teilen ist auch nicht so dein Ding.«

»Was? Ich lasse dich bei mir wohnen!«

»Das ist was anderes!«

Sie löffelte einfach weiter in meinem Flan herum.

Ich schob ihn ihr hin. »Hier, mach dir keine Umstände.«

»Danke.«

Sie lächelte und aß ihn vor meinen Augen auf.

»Und was machen wir jetzt?«, fragte sie danach, schob mir den leeren Teller wieder zurück auf meine Seite des Tisches.

»Ganz einfach: Wir nehmen uns die Nummer zwei auf unserer Liste vor!«

»Ricardo?«

»Richtig.«

»Okay, dann lass uns los!« Sie legte den Löffel beiseite und erhob sich.

»Sag mal, bist du verrückt?«, fragte ich sie.

»Was ist denn jetzt schon wieder?«

»Schau mal auf die Uhr.«

»Ja und?«

»Siesta!«

»Mann, bist du altmodisch.«

»Traditionen müssen gewahrt werden.«

»Ja, schon klar. Ich schau so lange Fernsehen«, sagte sie und verschwand im Wohnzimmer. Ich nahm die beiden Teller und ging ins Haus.

7

»Hey, Manuel. Wach auf. Hörst du mich?«

Ich blinzelte. Enzo stand vor mir. Er wedelte mit den hundert Euro, die ich ihm in das Glas gelegt hatte.

»Kannst du mir noch fünfzig Euro leihen?«, fragte er.

Ich nickte benommen, griff nach meiner Brieftasche. Anscheinend war ich einfach auf meinem Sessel im Wohnzimmer eingeschlafen.

Elena lag quer über dem Sofa und schnarchte. Der Fernseher lief. Wir hatten beide eine Zeit lang ziellos durch die Programme gezappt, bis wir in der Wärme des Nachmittags eingeschlafen waren.

Nun lag sie dort auf dem Sofa, und Speichel tropfte ihr aus dem Mund bis auf den Stoff des Sofas. So viel zu »altmodisch«. Die Siesta hatte sie anscheinend mehr gebraucht als ich.

»Was treibst du eigentlich, Enzo?«, murmelte ich, kramte nach dem Geld.

»Ich muss was besorgen.«

»Alba war hier. Stinksauer.«

»Sie ist immer stinksauer.«

»Du warst die ganze Nacht nicht zu Hause, hat sie gesagt.«

»Na und? Bin ich ein Kind, oder was?«

»Manchmal schon.«

»Leihst du mir was? Bitte … Du hast es in zwei Tagen wieder.«

»Ach, das interessiert mich nicht.« Ich reichte ihm das

Geld. »Aber bring deine Sachen in Ordnung. Alba macht sich Sorgen.«

»Ja, ja, schon gut. Ich kümmere mich bald darum.«

»Wie wäre es mit jetzt sofort? Dann haben wir alle Ruhe.«

»Das geht nicht. Ich habe zu tun.«

»Wenn sie hier wieder auftaucht, dann schicke ich sie einfach weg. Ich will keinen Ärger.«

»Den hast du sowieso schon.«

»Seit ich dich kenne, ja!«

»Sag ihr, dass ich sie liebe.«

»Wie wäre es, wenn du ihr das selbst sagst?«

Er antwortete nicht. Verschwand einfach durch die Tür nach draußen. Ich schüttelte müde den Kopf. Dieser Typ war einfach eine Kategorie für sich.

Elena machte einen leisen Grunzlaut auf dem Sofa und zog dann im Schlaf die Nase hoch. Ich ließ mich zurück in meinem Sessel fallen und schlief wieder ein.

8

Elena und ich standen im Park von Baixa. Wir schauten uns um. Jugendliche auf den Bänken. Das gewohnte Bild.

Elena entdeckte ein Mädchen, das sie kannte.

»Lidia!«

»Elena!« Das Mädchen lief ihr entgegen und umarmte sie.

Lidia hatte langes blondiertes Haar. Sie war hübsch, hatte dunkle Augen und einen wachsamen Zug an sich. Sie trug ein bauchfreies Top, unter dem ein Tattoo hervorragte.

»Ist alles in Ordnung mit dir?«, fragte Lidia. »Ich hab davon gehört.« Sie streichelte Elena, betrachtete deren Wunden. »Was für Arschlöcher«, sagte sie.

»Ja, voll, ey! Aber du kennst sie ja«, meinte Elena.

Lidia nickte. Dann schaute sie mich an.

»Und der? Wer is ’n der da?«

»Ein Kollege.«

»Aha.«

»Der ist in Ordnung«, sagte Elena.

»Wenn du meinst.« Lidias Aufmerksamkeitsspanne schien nicht besonders ausgeprägt zu sein. Sie hatte bereits das Interesse an mir verloren.

»Hör mal, Lidia, hast du Ricardo gesehen?«

»Klar, der Spinner ist da drüben.«

Lidia deutete auf eine Bank am anderen Ende des Parks.

»Cool, danke.«

»Kein Ding. Ich muss auch gleich weiter. Pass auf dich auf, Elena, Schatz!«

»Klar, du auch!«

»Ruf mich an!«

»Klar. Bis bald. Küsschen!«

Elena umarmte sie.

Das blonde Mädchen mit dem Tattoo musterte mich noch einen Moment lang und schien dann zu der Überzeugung zu gelangen, dass ich weder besonders gefährlich noch besonders interessant war. Sie ging zurück zu einer Gruppe von Mädchen, die Musik hörten und einen Joint rauchten.

Wir folgten dem Weg über eine Palmenallee. Ich erkannte Ricardo sofort. Breitbeinig stand er inmitten einer Gruppe von anderen Jungs.

»Hey, Ricardo …«

»Was willst du denn hier, Elena? Verpiss dich!«, rief er.

»Komm mal her … Nur einen Moment!«

»Keine Zeit.«

»Du siehst nicht sehr beschäftigt aus«, sagte ich.

»Wer bist du denn, Opa? Verpiss dich! Und du auch, Elena. Ich hab es satt, dass du hier ständig Ärger machst. Verpiss dich und geh sterben!«

»So wie Sofía?«, fragte ich.

»Was soll das denn heißen, du Spinner?«

Er kam auf mich zu.

»Na … geh sterben … ist doch ziemlich eindeutig«, sagte ich, während er sich mir näherte. »Hast du das auch zu Sofía gesagt, damals?«

»Sag mal, bist du lebensmüde, Alter?«

Er baute sich vor mir auf.

»War sie nicht deine Freundin?«, fragte ich.

»Alter, du verpisst dich jetzt besser, oder du kannst hier gleich deine Zähne vom Boden aufsammeln.«

»Hast du ihr dabei geholfen?«

»Was meinst du?«

»Hast du ihr dabei geholfen, zu sterben? Vielleicht mit ein paar Pillen oder so? Sind dir ein paar Sicherungen durchgebrannt? Kann schon mal passieren, oder?«

Der Junge starrte mir jetzt direkt ins Gesicht. Sein Atem roch nach Marihuana und Alkohol.

»Wer bist du? Einer von diesen Kinderfickern, Opa? Bläst Elena dir einen, bis dir einer abgeht, oder was?«

»Wenigstens geht mir einer ab. Sofía hat uns erzählt, du hättest da so deine Schwierigkeiten.«

Seine Reaktion kam. Sofort. Er stieß mich weg und holte aus. Leicht zu kontern. Mit meiner Linken blockte ich den Schlag. Ein Schritt vor. Rechte Hand flach in sein Gesicht. Mit meinem rechten Bein zog ich ihm die Füße weg. Er knallte zu Boden.

Ich war über ihm. Drückte ihm das Knie gegen die Brust, und zwei meiner Finger gruben sich in die Senke unter seinem Kehlkopf. Das erzeugte Panik und Schmerz, war aber im Grunde harmlos.

»Hast du Sofía umgebracht?«, fuhr ich ihn an.

Er krächzte etwas. Ich blickte ihm in die Augen. Sie waren leer. Dieser Junge war so dumm wie einfältig. Wenn er Sofía umgebracht hätte, dann ganz sicher nicht mit komplizierten Betäubungsmitteln. Totgeschlagen hätte er sie, vielleicht. Mehr hatte er nicht drauf. Sein Blick sagte mir alles.

Ich sprang auf, weg von ihm. Seine Freunde kamen angerannt. Vier Jungs. Einer hatte einen Teleskopstab. Die Waffe machte klack-klack, als er sie ausfuhr.

»Hey, du Arschloch, was machst du da …?«, schrie einer der Jungs.

Ich musste deeskalieren. Auch wegen Elena. Sie stand hinter mir. Vier aggressive Jugendliche waren zu viel für mich. Ich war nicht mehr in Form. Und ganz sicher trugen sie Messer bei sich.

Ich hob mein Hemd an.

»Hey, keinen Ärger …«, kam als Antwort. Die Jungs wichen zurück. Ich trug meine Glock im Gürtel. Diesmal hatte ich das Haus nicht ohne sie verlassen. Der Anblick reichte. Das war für die jungen Kleinstadtschläger eine Nummer zu groß. Es hatte funktioniert.

»Ganz recht. Keinen Ärger. Ihr geht jetzt zu euren Mädchen und rührt euch nicht, verstanden?«

Der Teleskopstab verschwand. Die Jungs zogen sich zurück.

Ich zerrte Ricardo hoch und drückte ihn gegen eine Bank. Er hatte die Waffe ebenfalls gesehen und zitterte.

»Wer hat Sofía umgebracht?«, schrie ich ihn an.

Ich nutzte seine Angst.

»Was laberst du, Mann? Die hat sich doch selbst umgebracht!«

»Erzähl mir kein Scheiß. Du weißt, dass sie jemand umgebracht hat! Wer?«

»Scheiße, Mann, Nano. Hat dir Elena das erzählt? Vergiss es, Alter. Die hat nur Scheiße im Hirn. Rennt hier durch das ganze Dorf und macht alle verrückt damit!«

»Und du?«

Er fing an zu heulen. »Ich hab sie geliebt, Mann!«

»Geliebt? Laber doch keine Scheiße. Geschlagen hast du sie!«

»Ich hab sie nicht geschlagen. Wir hatten etwas Stress, ja, aber ich hab sie nicht geschlagen.«

»Stress? Weswegen?«

»Die war auf einmal so auf dem Plan ›Ich komme groß raus‹ und so, nur weil sie ein Praktikum im Rathaus gemacht hat. Machte voll auf wichtig …«

»Und das passte dir nicht?«

»Ist mir doch eigentlich egal. Solange sie mich nicht stresste. Aber sie fing halt an rumzunörgeln. Nichts war ihr noch gut genug.«

»Und da hast du sie umgebracht?«

»Alter, du spinnst total, oder was? Ich hab sie geliebt, okay? Aber wenn dir eine Alte zu sehr den Kopf durchkaut, dann suchst du dir eben eine andere. Gibt doch genug davon.«

»Wusstest du, dass sie einen Liebhaber hatte?«

»Was?«

»Na, du weißt schon. Sie hatte doch noch was laufen. Rumgefickt hat sie. Mit dem anderen.«

»Dem Anwalt?«, schrie er.

Jetzt hatte ich ihn. Er hatte mir damit mehr gesagt, als ihm klar war. Wenn der Junge diesen Verdacht hatte, dann würde uns das helfen. Zumindest wussten wir jetzt mehr.

»Bist du wirklich so dumm?« Ich ließ ihn los.

Ricardo zitterte, und Tränen liefen über seine Wangen. Ich fragte mich, was Sofía in ihm gesehen hatte. Aber das war wohl das Alter.

»Sie hatte nichts laufen, du Vollidiot. Sie hatte dich einfach satt«, sagte ich.

»Ach, fuck, scheiß drauf. Sie ist tot. Was schert's mich?«

Die Liebe des Jungen hatte eine erstaunlich kurze Halbwertszeit.

»Lasst mich einfach in Ruhe«, sagte er. »Ich will nichts mehr davon wissen!«

»Kein Ding«, meinte ich und wandte mich von ihm ab.

Ich ging zu Elena. »Komm. Ich habe, was ich brauche. Wir verschwinden jetzt besser. Bevor das hier ausartet.«

Ich machte mir Sorgen, dass die Jungs mit Verstärkung

zurückkamen. Oder irgendjemand wegen meiner Pistole die Polizei gerufen hatte.

Ich wandte mich ein letztes Mal an Ricardo. »Du bleibst weg von Elena. Wenn ich irgendetwas höre, dass du oder irgendeiner deiner Jungs sie belästigt oder ihr auch nur zu nahe kommt, dann bin ich sehr bald wieder hier, verstanden? Aber nicht, um zu reden!« Ich klopfte auf den Griff meiner Waffe unter dem Hemd.

»Ich will nichts von ihr, Mann. Die soll uns in Ruhe lassen. Alle haben einen Hals auf die«, meinte er. »Verpiss dich, Elena, und hör endlich auf, hier deine Scheiße herumzuerzählen!«

»Fick dich, Ricardo!«, meinte sie nur.

Dann drehten wir uns um und gingen zurück zum Wagen.

9

Während der Fahrt im Auto schwieg Elena.

Ich schaltete das Radio an. »Mi Tierra« von Nino Bravo lief auf einem der Sender.

»Oh, das nervt. Das ist doch uralt. Mach was anderes!«, sagte Elena und drehte am Empfänger.

Die Stimme eines jungen Sängers.

»Oh, Pablo Alborán! Das schon eher!«, meinte Elena und lehnte sich zurück.

Ich drückte wieder auf den Empfänger. Erneut klang Nino Bravo aus den Boxen.

»Was machst du da?«, schnaubte Elena. »Das ist doch total alt und langweilig!«

Sie drehte am Radio.

Pablo Alborán.

Ich drückte den Knopf und zurück zu Nino Bravo.

»Warum lässt du mich nicht meine Musik hören?«, fragte Elena.

»Weil ich deine Musik nicht mag. Ich mag das hier.«

»Aber das war doch Pablo Alborán.«

»Kenne ich nicht. Will ich auch nicht kennen.«

»Pablo Alborán hat Sofía immer gehört … Sie stand voll auf ihn. Ich glaube, sie war sogar etwas verliebt in ihn.«

»Interessiert mich nicht. Wir hören jetzt das hier.«

Elena schmollte. Sie musterte mich, als wäre ich ein Produkt weit über dem Verfallsdatum. Doch das störte mich nicht.

Ich hörte das uralte »Mi Tierra« von Nino Bravo und fühlte mich wohl dabei. Die Sonne schien, vor uns lag das Meer, und ich hatte einem kleinen Möchtegerngangster etwas über das wahre Leben beigebracht. Ich hatte gute Laune.

10

»Wo willst du hin?«, fragte mich Elena.

»Horchata kaufen!«, antwortete ich.

An der Zufahrt zu El Palonet war ich nicht in Richtung meines Sommerhauses abgebogen, sondern nahm die Straße zum Dorf.

»Oh, Horchata!«, rief Elena und klatschte in die Hände.

Ich nickte. »Und zwar die beste weit und breit!«

Wir erreichten den Hafen. Dort ließ ich den Wagen stehen.

Vor uns lag eine kleine Bar, halb Restaurant, halb Café. »Rosabella«, stand über dem Eingang.

Gerade als wir das Café betreten wollten, stolperte Paco aus dem Eingang.

»Du verdammter Scheißkerl, von dir lass ich mir gar nichts sagen!«, schrie er.

»Du verschwindest hier, Paco. Misch dich nicht in Dinge ein, die dich nichts angehen!«, rief ihm ein Mann in der Kleidung eines Kellners nach. Er war Mitte fünfzig. Grau meliertes Haar, schlank und kräftig. Sein Akzent war der eines Franzosen. Mathieu, der Kellner der Bar.

»Dir werd ich zeigen, was mich etwas angeht!« Paco ging auf ihn los.

Ich konnte gerade noch dazwischengehen.

»Was ist mit euch los?«, fragte ich die beiden.

»Manuel, du hast mir gerade noch gefehlt. Schaff diesen alten Mann hier weg!«, sagte Mathieu.

»Alter Mann ...?« Paco ging erneut auf ihn los.

Mathieu schubste ihn von sich.

Jetzt ging Elena dazwischen. »Lass das!«

»Wer bist du denn, du Göre?«, schnauzte Mathieu sie an.

Sie trat ihn vor das Schienenbein.

»Verdammte ...!«

»Du legst dich mit Paco an, dann legst du dich mit mir an!« Elenas Gesicht glühte, ihre Augen blitzten.

»Schluss jetzt! Alle!« Ich stellte mich so in den Eingang, dass niemand an mir vorbeikam.

»Hausverbot!«, keifte Mathieu. »Du. Du. Und du!« Dabei zeigte er der Reihe nach auf uns.

»Du hast hier gar nichts zu sagen!«, brüllte Paco.

»Mehr als du. Und das weißt du auch!«

»Das reicht jetzt, beruhigt euch!«, rief ich.

»Du hältst besser auch die Klappe!«, sagte Mathieu und ging zurück in die Bar. Die Tür schlug er zu.

Elena zog Paco weg vom Eingang, auf die Straße.

Die Gäste an den Tischen starrten uns an.

»Was ist denn los, Paco?«, fragte sie ihn.

»Dieser verdammte Mistkerl. Ruinieren wird er die arme Frau. Irgendwann!«

»Habt ihr euch wieder gestritten?«, fragte ich.

»Ach, lasst mich doch alle in Ruhe!«, fluchte Paco, drehte sich um und stampfte in Richtung Hafen, wo sein Boot lag.

»Weißt du, was mit ihm los ist?«, fragte mich Elena.

»Ja«, sagte ich und seufzte.
»Und würdest du es mir vielleicht erklären?«
»Er ist in Rosabella verliebt, die Wirtin. Schon seit Jahren.«
»Ja und?«
»Sie hat eine Schwäche für den Kellner, Mathieu. Den unfreundlichen Typen, den du gerade gesehen hast.«
»Oh«, machte Elena.
»Und Mathieu ist … sagen wir mal, nicht gerade das Ideal eines Mannes.«
»Das heißt?«
»Er trinkt, zockt, zweigt heimlich Geld ab, hat andere Frauen.«
»Oje …«, meinte Elena.
»Komm, wir gehen rein. Ich will meine Horchata«, sagte ich.
»Aber der hat doch gesagt, dass wir Hausverbot haben!«
»Na und? Was interessiert mich das?«

11

Wir betraten das Innere von Rosabellas Bar. Ein schönes, altmodisches Lokal. Mathieu stand am Tresen und starrte uns an. »Ich hab euch doch –«
»Halt die Klappe, Mathieu«, sagte eine Frau hinter ihm. Es war Rosabella. Sie war Italienerin, hatte jedoch die meiste Zeit ihres Lebens hier in Spanien verbracht.
Sie war eine schöne Frau. Noch immer. Sie war etwas jünger als Paco, hatte langes schwarzes Haar und grüne Augen. Ihre Statur war stolz und aufrecht. Trotzdem wirkte sie warm und sympathisch. Nur mit der Auswahl ihrer Männer hatte sie es nicht so. Ganz offensichtlich.
Elena funkelte Mathieu an. Der verzog das Gesicht.
»Ich habe ihnen Hausverbot erteilt«, sagte er.

»Nichts hast du«, sagte Rosabella. »Das sind Gäste. Und sie sind hier willkommen.«

Sie stellte ihm zwei Teller auf die Theke. »Hier, mach dich nützlich.«

Mathieu nahm die Teller. »Immer die gleiche Scheiße!«, sagte er und ging an uns vorbei nach draußen.

»Hast du Horchata?«, fragte ich Rosabella.

»Natürlich, mein Lieber. Ganz frisch!«

»Mach mir zwei Flaschen fertig! Zwei große.«

»Natürlich, mein Liebling. Kommt sofort!«

Rosabella machte sich daran, Horchata in Flaschen zu füllen.

»Sie sieht nett aus«, flüsterte Elena.

Ich nickte.

»Und dieser Mathieu ist ein Arsch!«, fügte sie hinzu.

Wieder nickte ich.

»Hier, frische Horchata. Beeilt euch, damit sie nicht warm wird!«

Rosabella stellte uns die Flaschen auf die Theke.

Ich legte das Geld hin, und Elena griff sich die beiden Flaschen.

»Oh, und wer ist das denn?«

»Ich bin Elena.«

Rosabella schaute mich an. »Hast du uns eine Tochter verschwiegen?«

Elena wurde rot. Und ich wusste nicht so recht, was ich sagen sollte.

»Nein. Das ist … Sie ist zu Besuch.«

»Zu Besuch?«

»Ja. Bin auf Durchreise«, sagte Elena. Vor allem, um mich vor einer komplizierten Erklärung zu retten.

»Durchreise? Du klingst nicht so, als wärst du nicht von hier«, stellte Rosabella fest.

Elena war immer noch rot und erwiderte den Blick der älteren Frau etwas zu sehr.

»Ich will nach Sevilla. Eine Freundin lebt da.«

Rosabella glaubte uns kein Wort. Sie nahm das Geld, legte es in die Kasse. »Bist du ganz sicher, dass du nicht vergessen hast, mir etwas zu sagen, Manuel?«

»Nein, ich glaube nicht«, stammelte ich.

Rosabella hatte eine Art an sich, die jeden Mann in ein kleines Kind verwandeln konnte.

»Oh doch, das glaube ich aber sehr wohl!«

»Wir gehen dann jetzt ...« Ich wusste mir nicht anders zu helfen.

»Warte, Manuel. So läufst du mir nicht davon! Das geht nicht.«

Ich biss die Zähne zusammen. Was sollte ich Rosabella denn sagen? Ich wollte nicht, dass das ganze Dorf wusste, was hier vorging, wer Elena war. Verdammt.

Sie schaute mich an. »Manuel, also wirklich ... ich hätte mehr von dir erwartet ...«

Es blieb mir nichts anderes übrig, als zu kapitulieren. »Also, Rosabella, es ist so ...«

Sie legte Fartón, eingewickelt in Papier, vor uns auf die Theke. Das süße Gebäck roch frisch.

»Siehst du. Du hast etwas vergessen. Du wolltest doch nicht ohne meine Fartons gehen, oder?«, sagte Rosabella.

Sie lächelte. Rosabella wusste ganz genau, dass sie mich kalt erwischt hatte. Und sie wusste, irgendwann würde ich sowieso klein beigeben müssen und ihr alles über Elena erzählen. Sie hatte Zeit, sie würde warten.

»Danke.« Mehr bekam ich nicht heraus.

Ich nahm die Fartons an mich. Das Gebäck war noch warm.

»Danke«, murmelte Elena, mied den Blick der Wirtin.

Dann gingen wir.

»Manuel?«, rief Rosabella uns nach.

»Ja?«

»Macht keinen Unsinn, okay?«

Ich schüttelte den Kopf. »Ich hab schon genug mit dem

Unsinn meiner Familie und mit meinen Freunden am Hals«, sagte ich.

Sie nickte und seufzte. »Ja, so ist das Leben.«

12

Ich saß mit Elena am Wohnzimmertisch. Es war warm. Das Blau des Meeres schimmerte durch die Fenster.

»Also, was haben wir?«, fragte ich und konnte kaum sprechen vor lauter Horchata und Fartón im Mund.

»Einen Perversen«, sagte Elena und klopfte auf die Hefte und Schlüpfer vor sich auf dem Tisch. »Und einen Versager.« Sie deutete auf das Bild von Ricardo an der Pinnwand.

»Könnte Sofías Ex der Mörder sein?«, fragte ich sie und griff mir noch ein Stück Fartón, tunkte es in mein Glas.

Elena schenkte sich erneut ein. »Glaube ich nicht. Ricardo ist zu dumm für so was.«

Ich nickte. »Das denke ich auch.«

»Streichen wir ihn von der Liste?«

»Nein. Lass ihn ruhig drauf. Wir haben nur einen ersten Eindruck.«

»Einverstanden.«

Weitere Stücke Fartón verschwanden in meinem Mund, zusammen mit einem großen Schluck Horchata. Ich hatte wirklich Hunger. Fast hatte ich vergessen, wie es war, den ganzen Tag unterwegs zu sein, Ermittlungen anzustellen, in Bewegung zu bleiben. Ich fühlte mich jung. Lebendig.

»Wo hast du das eigentlich gelernt?«, fragte mich Elena.

»Was?«

»Na das, was du zuerst mit Jorge und dann heute mit Ricardo gemacht hast. Diese Tricks. Die hatten keine Chance gegen dich.«

»Ich war bei der Polizei, schon vergessen?«

»Nee, das nehm ich dir nicht ab. Ich kenne die Bullen. Die bekommen doch nichts gebacken.«

»Was meinst du?«

»Die hüpfen immer nur hilflos und aufgeregt durch die Gegend, wenn die jemanden festnehmen wollen.«

»Ach ja?«

»Wenn die nicht zu zweit oder zu dritt sind, vergiss es. Die bekommen nichts gebacken. Nein, das hast du nicht von der Polizei.«

»Wahrscheinlich vom Militär«, sagte ich.

Elena brauchte nicht zu viel über mich zu wissen.

Ich griff mir ein paar Mandeln, die ich ebenfalls auf den Tisch gestellt hatte.

»Du warst beim Militär?«

»Ja.«

»Was hast du da gemacht?«

»Dienst.«

»Was für einen Dienst?«

»Na, Dienst halt. Ganz normal. Mili.«

»Und danach?«

»Aufklärer.«

»Warst du im Krieg?«

»Seit wann führt Spanien Kriege?«

»Irak zum Beispiel? Zusammen mit den Amerikanern? Afghanistan mit der NATO. Spanische Soldaten sind in Beirut an der Grenze stationiert. Und in Mali.«

»Was weißt du denn über Irak, Mali und Afghanistan?«

»Ich lese.«

»Das ist gut.«

»Ich weiß ganz genau, was du über mich denkst.«

»Und was denke ich über dich?«

»Dass ich keine Ahnung habe. Dass ich dumm bin.«

»Das denke ich ganz sicher nicht.«

Ich nahm noch einen Schluck Horchata.

Elena musterte mich. »Du bist ein komischer Typ.«

»Das haben meine Ex-Freundinnen auch immer gesagt.«
»So wie deine Nachbarin?«
Ich antwortete nicht. Stattdessen nahm ich mir noch eine Mandel.
»Ist sie deine Freundin? Oder deine Ex?«
Ein weiterer Schluck Horchata, ohne besondere Eile, Elena zu antworten.
»Seid ihr zusammen?«, fragte sie.
»Das geht dich nichts an.«
»Wieso nicht?«
»Nicht deine Angelegenheit!«
»Warum laden wir sie nicht ein? Zum Essen? Heute Abend?«
»Seit wann machst du hier die Einladungen zum Essen in meinem Haus?«
»Ich meine ja nur. Um sie mal kennenzulernen.«
»Wozu?«
»Schämst du dich für mich?«
»Nein, warum? Wie kommst du darauf?«
»Weil ich hier in deinem Haus bin. Hier übernachtet habe. Vielleicht ist es dir peinlich.«
»Nein.«
»Magst du mich?«
»Was?«
»Na, ob du mich magst.«
»Ich kenn dich doch kaum.«
»Na und? Du kannst mich doch mögen?«
»Ich halte dich für ein aufgewecktes und intelligentes Mädchen.«
»Das ist alles?«
»Na ja, du redest mehr als unbedingt nötig.«
»Magst du Julia?«
»Wieso?«
»Sie hat nach dir gefragt.«
»Ja und?«

»Findest du sie nett?«
»Kann nicht klagen.«
»Findest du sie hübsch?«
»Was soll das?«
»Na, ob du sie hübsch findest? Attraktiv?«
»Na ja, sie ist nicht hässlich.«
»Jungs stehen auf sie.«
»Aha.«
»Du auch?«
»Sag mal, was soll das?«
»Ich frag doch nur.«
»Können wir jetzt bitte wieder zur Sache kommen?«
»Findest du, dass ich hübsch bin?«
Ich lehnte mich zurück, zutiefst erschöpft von ihrem Verhör.
»Elena, bitte. Können wir hier zur Sache kommen? Du willst doch etwas erreichen oder nicht?«
»Ja und? Was hat das damit zu tun?«
»So geht das nicht. Es ist sehr anstrengend für mich, wenn du mich dauernd mit Fragen bombardierst, auf die ich keine wirkliche Antwort habe.«
»Also findest du mich nicht hübsch?«
»Das habe ich nicht gesagt!«
»Doch, das hast du wohl.«
»Nein, habe ich nicht!«
»Ich habe dich gefragt, und du bist mir ausgewichen. Das sagt doch wohl alles.«
Sie stand auf und setzte sich vor den Fernseher, schaltete ihn ein, etwas zu laut. Ich blieb am Tisch sitzen und ärgerte mich, dass ich sie an jenem Abend nicht einfach in das nächste Hospital verfrachtet hatte. Jetzt hatte ich hier etwas am Hals, das mir über den Kopf wuchs.
»Manuel …? Hallo, Manuel, bist du da?«
Ich erstarrte. Auf einmal lag die Horchata schwer in meinem Magen. Isabel betrat das Wohnzimmer. Ich saß da, die Hand um mein Glas Horchata. Etwas verkrampft.

Isabels Blick wanderte von mir zu Elena, die auf meinem Sofa lag und in den viel zu lauten Fernseher starrte und überhaupt nicht darauf reagierte, dass Isabel vor uns stand. Dann sah Isabel wieder zu mir.

»Störe ich?«, fragte sie.

»Nein«, sagte ich.

Die Horchata war in meinem Magen zu einem großen, schweren Klumpen geworden. Isabels Blick ging wieder zu Elena, die weiter einfach so auf meinem Sofa lag. Den Rock etwas zu weit hochgeschoben und die Beine bequem von sich gestreckt, sodass man zu viel von ihrer nackten Haut sehen konnte. Zu diesem Schluss kam jedenfalls Isabel. Denn als ihr Blick zu mir zurückkehrte, sagte er mir alles.

Ich erhob mich. »Elena, das ist Isabel. Sie ist eine Freundin von der Polizei«, sagte ich.

»Hallo«, antwortete Elena, ohne aufzublicken. Sie stellte den Fernseher lauter.

Isabels Augen begannen gefährlich zu funkeln. Ich wäre jetzt gerne weit weg gewesen. Sehr weit weg.

»Eine Freundin von der Polizei?«, fragte Isabel mich. Ihr Ton bedeutete Ärger.

»Wie wäre es mit einem Bier?«, sagte ich. Etwas Besseres fiel mir nicht ein.

Isabel nickte. »Wenn du meinst?« Aber es klang wenig freundlich.

Ich ging in die Küche, öffnete den Kühlschrank und nahm ein Bier heraus. Die kühle Luft tat mir gut. Für einen Augenblick schaute ich zur Haustür. Von der Küche aus konnte ich sie sehen. Sie sah so verlockend aus. Ich meine, wirklich verlockend. Ich könnte einfach hinübergehen, sie öffnen und durch sie verschwinden. Nie wiederkommen. Alle Probleme wären gelöst. Sehr einfach. Es waren nur ein paar Schritte.

Das Bier in meiner Hand fühlte sich kalt an. Der sanfte Schmerz der Kühle erinnerte mich daran, dass ich sehr wahrscheinlich nicht einfach so gehen würde. Ich hatte es nie getan.

Man hatte mich darauf trainiert, durchzuhalten. Niemals aufzugeben. Aber zumindest der Gedanke daran war gerade sehr verlockend. Doch das erging wahrscheinlich jedem Mann mit einem Bier in der Hand hin und wieder so. Mit diesem Gedanken schloss ich die Tür des Kühlschranks und ging zurück ins Wohnzimmer. Die kalte Horchata schwappte mir mit jedem Schritt unangenehm durch den Magen. Ich hatte es übertrieben.

Als ich eintrat, hielt Isabel das Pornoheft des Nachbarn in der Hand und sagte: »Wir beide werden uns jetzt mal unterhalten, Manuel!«

Statt mich anzuschauen, fiel ihr Blick erneut auf die nackten Beine von Elena, dann wieder auf das Heft und dann auf mich.

»Sofort«, sagte sie.

13

Ich ging mit Isabel hinaus auf die Terrasse. Das Bier stellte ich ihr auf den Tisch. Sie ignorierte es.

»Was ist los mit dir?«, fragte sie mich. »Kinderpornos auf deinem Wohnzimmertisch. Eine offensichtlich Minderjährige auf deinem Sofa. Und in viel zu wenig Kleidung, wenn du mich fragst. Eine Erklärung! Sofort!«

Ich schob ihr das Bier hin. Sie ignorierte es weiter.

»Das Mädchen im Wohnzimmer, das ist Elena. Sie ist es, die mir gesagt hat, dass Sofía Morell wahrscheinlich ermordet wurde.«

»Und deswegen lungert sie jetzt hier in einem viel zu kurzen Rock in deinem Wohnzimmer herum, während Kinderpornos auf dem Tisch liegen?«

»Nein, nein. Du verstehst das alles ganz falsch.«

»Klär mich auf. Und zwar schnell.«

»Wir waren heute bei jemandem, den sie verdächtigt, dass er der Mörder sein könnte. Ein Nachbar der Familie.«

»Okay. Und?«

»Der Typ hat ganz offensichtlich gestörte Neigungen. Ein Junkie mit krimineller Vergangenheit.«

»Ja und?«

»Er trieb sich etwas zu oft um das Haus der Familie herum. Wahrscheinlich, um einen Blick auf Sofía werfen zu können. Oder er folgte ihr in die Stadt. Jedenfalls hatte das Mädchen Angst vor ihm.«

»Das erklärt mir noch nicht, was da alles in deinem Wohnzimmer herumliegt, inklusive einem Mädchen auf dem Sofa.«

»Das ganze Zeug liegt da, weil ich vorhin mit diesem Typen an seiner Haustür gesprochen habe. Und Elena ist hinten durch eines der Fenster in sein Haus eingestiegen und hat das ganze Material, die Hefte, die Kleidung, Fotos, von dort mitgenommen. Als mögliche Beweise.«

Isabel sah mich an, als hätte ich ihr gerade erzählt, dass mir ein brennender Busch in meinem Garten den Auftrag gegeben hatte, das Meer vor uns zu teilen und mein Volk aus der Sklaverei in die Freiheit zu führen.

»Das ist nicht dein Ernst, oder?«, sagte sie.

»Na ja …«

»Sag mal, bist du völlig verrückt geworden?«, zischte sie. »Ist dir eigentlich klar, was du mir da gerade erzählst?«

»Ich wünschte, ich hätte was Besseres.«

»Du hast wirklich ein minderjähriges Mädchen in das Haus eines Verdächtigen einbrechen lassen? Um angebliches Beweismaterial zu stehlen?«

»Es hört sich schlimmer an, als es eigentlich ist.«

»Schlimmer? Dafür kannst du selbst ins Gefängnis gehen, das ist dir doch klar, oder?«

»Sie ist einfach eingestiegen. Ich wusste nichts davon. Sie sollte eigentlich im Wagen bleiben.«

»Das macht die Sache nicht besser.«

»Ja, du hast ja recht.«

Sie schaute mich an. »Warum war sie überhaupt mit dabei,

Manuel? Seit wann bringen wir junge Mädchen in die Nähe von potenziell gefährlichen Verdächtigen?«

Ich hatte Mist gebaut. Mich von der ganzen Aufregung treiben lassen. Niemals hätte ich Elena auch nur in die Nähe dieses Mannes lassen dürfen. Und zwar ganz egal, mit welchen Tricks sie mich auch dazu brachte. Sie hatte mich an die Wand gespielt. Ich hatte die Kontrolle über die Situation verloren. Verdammt.

Ich nickte. »Ja, es stimmt. Ich habe etwas den Überblick verloren. Und ich hab nicht mal eine vernünftige Entschuldigung dafür.«

»Wer ist sie überhaupt?«, fragte Isabel.

»Sie ist ein Mädchen aus einem Heim. Sie war die beste Freundin von Sofía.«

»Und das gibt ihr und dir mal soeben die Erlaubnis, in fremde Häuser einzusteigen? Beweise zu stehlen? Sich unrechtmäßig und unverantwortlich in polizeiliche Ermittlungen einzumischen?«

»Es gibt keine Ermittlungen. Das ist doch der Punkt.«

»Aber es könnte welche geben. Wenn du es jetzt nicht vorher mit diesem ganzen Unfug unmöglich machst.«

»Und woher nimmst du plötzlich diese Zuversicht? Wir haben nichts in der Hand. Das weißt du doch selbst.«

»Pornohefte und Unterwäsche, die illegal in deinen Besitz durch die Mithilfe von minderjährigen Heimkindern gelangt sind, werden das auch nicht ändern.«

»Jaja, ist ja gut. Botschaft angekommen.«

»Wenn das dein gesamter Plan ist, muss ich dir sagen: Wach auf, mein Bester! Kein Polizist, kein Staatsanwalt, kein Gericht der Welt würde dir das abnehmen. Sehr wahrscheinlich würdest du selbst dafür einfahren.«

»Ich weiß. Aber wir müssen irgendwo anfangen, Fragen zu stellen, Isabel.«

»Dann stell sie vernünftig. Und nicht auf diese Art und Weise. Illegal. Und mit einem minderjährigen Mädchen im Schlepptau.«

»Ja, ist ja gut, ich hab Mist gebaut, ich geb's ja zu.«

»Wer weiß, was diese Elena alles auf dem Kerbholz hat. Du bringst dich in Schwierigkeiten, Manuel. Ausgerechnet du, der doch immer so korrekt und akkurat war. Was ist los mit dir?«

»Du hast die Akte doch selbst gesehen. Jemand vertuscht etwas. Und ich will wissen, wieso.«

»Okay. Etwas ist faul an der Sache. Aber das gehört in die richtigen Hände. Und nicht in die Hände eines Aussteigers, der seit Jahren in einem Strandhaus lebt und ein sechzehnjähriges Mädchen auf seinem Sofa liegen hat.«

»Sie ist siebzehn.«

Isabels Blick machte mir schnell klar, dass ich jetzt besser die Klappe hielt.

»Halt dich aus der Sache raus, Manuel. Ich kann intern eine Untersuchung beantragen. Dann setzen sich die richtigen Leute daran. Du und eine Minderjährige seid das jedenfalls nicht.«

»Ach ja. Und wer sollte das deiner Meinung nach sein? Typen wie Méndez und Alonso etwa?«

»Als ob die die Akte eines toten Mädchens auch nur anfassen würden. Da springt doch nichts für sie raus.«

»Und das ist genau das Ding, Isabel. Ein totes Mädchen mehr oder weniger. Scheiß drauf. Es wird einfach weitergemacht. Solange da kein großes Geld im Spiel ist, wen stört's? Straßennutten, Heimkinder, minderjährige Junkies – die können doch alle weg. Besser für uns alle. Ich bin wütend, Isabel. Verdammt. Ich bin wütend über diese ganze Scheiße. Und du willst wissen, was mit mir los ist? Das ist mit mir los.«

Sie lehnte sich zurück, um mich anzuschauen.

»Das ist schon eher der Manuel, den ich kenne«, sagte sie. »Und den ich mag«, fügte sie hinzu.

Ich nahm ihre Hand. »Ich weiß, wie verrückt das alles ist. Aber das hat uns beide doch immer ausgemacht, oder nicht?«

»Hör auf damit. Das zieht bei mir nicht.«

»Gib mir bitte diese zwei, drei Tage Zeit, um herauszubekommen, was hier vor sich geht.«

Sie schüttelte den Kopf. »Das kann ich nicht. Jetzt nicht mehr.«

»Isabel, zwei Tage. Sobald ich merke, dass das alles ins Leere läuft oder in die falsche Richtung geht, übergebe ich dir die gesamte Sache. Inklusive Elena. Und du entscheidest dann ganz allein, ob du einen Fall daraus machst, eine interne Untersuchung oder einfach nur eine weitere Akte ohne Beachtung.«

»Und Elena?«

»Das entscheidest du dann auch«, sagte ich.

»Und warum sollte ich das tun? Diese zwei, drei Tage? Vor allem nach dem, was ich hier heute alles von dir gesehen und gehört habe? Vielleicht sollte ich dich einfach festnehmen lassen. Schon mal daran gedacht, mein Lieber?«

»Weil du selbst weißt, wie es ist. Und weil du im Grunde genauso wütend wie ich über diese ganze Scheiße bist und schon immer warst.«

»Ach ja?«

»Mach mir nichts vor, Isabel. Ich weiß, dass du mich besser kennst als jeder andere Mensch. Das gilt aber auch umgekehrt. Keiner kennt dich so wie ich. Und niemand kennt dich so gut wie ich … so wie du wirklich bist.«

»Spar dir dein Süßholz für die jungen Mädchen auf deinem Sofa. Mir musst du schon etwas mehr liefern.«

»Wo liegt das Problem, Isabel? Wo liegt jetzt das Problem, zwei Tage die Füße stillzuhalten für eine Akte, die schon über zwei Monate hinweg fast vergessen ist?«

»Ganz einfach: Mir fällt es gerade schwer, dir zu vertrauen. Ja, mir fällt es sogar schwer, dich ernst zu nehmen, wenn ich ehrlich bin, Manuel.«

»Du weißt doch selbst am besten, wie es läuft: Wenn wir jetzt mit dem Material, das wir hier haben, und mit dieser seltsam dünnen Akte bei euch in der Behörde auftauchen, verschwindet das doch alles in irgendwelchen Kanälen.«

»Tja, garantieren kann ich nichts, das ist schon richtig.«

»Siehst du. Und ich bin dann für ein paar Tage das Gespött der Leute, wenn das passiert. Damit kann ich leben. Aber dir werden sie anhängen, dass du dich wieder mit mir eingelassen hast.«

Feine Grübchen zeigten sich um ihren Mund. Isabel dachte nach.

»Wir können zu niemandem gehen«, sagte ich zu ihr. »Außer wir tragen ein Bündel echter Beweise in unseren Händen.«

Sie nickte. »Sehr wahrscheinlich stimmt das so.«

»Gib mir zwei Tage. Drei Tage, wenn es notwendig ist. Etwas Unterstützung. Nicht mehr.«

»Und dann?«

»Ich bin dir ewig dankbar.«

»Das bist du sowieso.«

»Ja, aber das brauchst du mir nicht immer zu sagen.«

»Diplomatie war noch nie meine Stärke.« Sie überlegte kurz. »Ich mag das nicht. Und ich mag dieses Mädchen nicht. Die hat was auf dem Kerbholz, die Kleine. Ich traue ihr nicht.«

»Du kennst sie doch gar nicht.«

»Es reicht mir, was ich von ihr gesehen habe.«

»Sie ist nur ein Mädchen.«

»Vorsicht, Manuel. Sei nicht naiver, als gut für dich ist.«

»Bin ich nicht.«

Ihr Blick war wenig überzeugt. Doch ich hielt ihrem Blick stand.

Sie trommelte mit den Fingern auf den Tisch.

Dann griff sie sich das Bier, nahm einen Schluck und sagte: »Zeig mir, was du hast.«

14

Wir gingen zurück ins Wohnzimmer. Ich schaltete den Fernseher aus. Elena schaute sowieso nicht hin. Sie war damit beschäftigt, in ihr iPhone zu tippen.

»Ey, was soll das?«, beschwerte sie sich trotzdem.

»Rüber zum Tisch. Isabel wird uns helfen, die Beweise zu bewerten.«

»Mann, ey ... Ich wollte das sehen! Das ist –«

Mein Blick ließ sie verstummen, und sie trollte sich zum Tisch.

»Also, was habt ihr ...?«, fragte Isabel.

Ich sah das Feuer in ihren Augen. Sie konnte nicht aus ihrer Haut. Sie hatte Witterung aufgenommen. Und genau darauf hoffte ich. Wir brauchten sie. Nur Elena und ich allein, dann waren wir auf verlorenem Posten.

»Wir haben ein totes Mädchen am Strand. Von dir und deiner Einsicht in die Akte wissen wir ganz sicher: Sie ist ertrunken. Unter Einwirkung von Betäubungsmitteln. Offizielle Version: Selbstmord.«

Isabel nickte. Ihr Blick lag für einen Moment auf dem Bild von Sofía, das vor uns an der Pinnwand hing.

Ich fuhr fort. »Wir haben eine inkomplette Spurensicherung. Einen Bericht voller Lücken. Kaum Fotos. Eine fragwürdige Autopsie, die so unvollständig und dilettantisch wirkt, als hätte sie irgendwo im Hinterhof eines Dritte-Welt-Landes stattgefunden. Die Diagnose ›Selbstmord durch Ertrinken infolge von Substanzmissbrauch‹ steht zwar in der Akte, allerdings ohne echte Belege.«

»Okay. Das ist uns jetzt allen bekannt. Was gibt es sonst noch?«

»Jedenfalls keinen Grund für einen Selbstmord. Keine Anzeichen, keine Vorwarnungen. Und erst recht keine Depression oder klinische Vorgeschichte.«

»Was noch?«

»Ihre Noten in der Schule waren in Ordnung, sie hatte einen Praktikumsplatz. Zukunftspläne. Warum also ein Selbstmord? Das ergibt keinen Sinn.«

»Und das alles wissen wir …«

»Von mir«, sagte Elena.

»Und du denkst, ein Praktikumsplatz und etwas Gerede von guten Noten und glücklichen Zeiten reichen aus, um eine Morduntersuchung einzuleiten?«

»Ja. Ich kannte Sofía. Sie war meine beste Freundin. Sie hat sich nicht umgebracht.«

»Okay. Nehmen wir einmal an, du hast recht.«

»Habe ich!«

»Und ein Motiv?«

Elena griff nach der Wäsche und den Pornoheften. »Das hier zum Beispiel.«

»Das reicht mir nicht!«

»Mir schon.«

»Sachte.« Ich griff ein, bevor das hier zwischen den beiden eskalierte. »Wir haben bisher drei Verdächtige«, sagte ich und deutete auf die Bilder auf der Pinnwand vor uns. »Nummer eins: ihr Ex-Freund Ricardo, ein kleiner Dealer und Möchtegerngangster.«

»Beziehungstat?«

»Das glaube ich nicht. Ich habe ihn befragt. Und er machte nicht den Eindruck, dass er das so auf die Reihe bekommen würde.«

»Du hast ihn befragt?«

Ich nickte.

»Und er hat dir einfach so geantwortet?«

Ich hob die Schultern.

»Ach, ich glaube, es ist besser, wenn ich nicht zu viel weiß«, meinte sie. »Weiter.«

»Nummer zwei: der Nachbar. Offenbar Drogenprobleme. Ganz sicher einmal oder mehrmals im Gefängnis gewesen. Kaputter Typ. Mit offensichtlich ebenso kaputten Neigungen.

Von ihm haben wir das alles hier!« Ich deutete auf das Pornoheft und die Unterwäsche.

»Hm …«, machte sie. »Kein Bild von ihm?«

Elena stand auf. Sie ging zu meinem Computer und kam mit einem weiteren Ausdruck zurück. Er zeigte mich, wie ich mit dem Nachbarn im Hauseingang redete. Die Kamera in Elenas neuem iPhone tat also ihre Dienste. Isabel schaute mich an. Ihr Blick reichte, sie brauchte nichts zu sagen.

Elena heftete das Foto an die Pinnwand. »Da! Das ist er.«

»Schräger Typ«, bestätigte Isabel.

»Er schwänzelte ständig draußen um das Grundstück der Morells herum«, sagte Elena. »Sofía hatte Angst vor ihm. Der ist nicht ganz sauber. Ich glaube, er war's!«

»Ich freue mich über deine eindrucksvolle Fähigkeit, aus einem persönlichen Verdachtsmoment einen so überzeugenden Beweis wie ›Ich glaube, er war's‹ zu machen, liebe Elena. Aber leider wird das später vor einem Staatsanwalt nicht ausreichend sein«, sagte Isabel zu ihr.

»Was soll das heißen?«

»Was du glaubst oder nicht, spielt hier keine Rolle, meine Liebe. Fakten. Ich will nur Fakten hören. Was für Fakten hast du für deine Behauptungen?«

»Ich brauche keine Scheißfakten. Ich weiß, was ich weiß.«

»Nun, ich brauche schon einige ›Scheißfakten‹. Ansonsten interessiert sich der Staatsanwalt eher für das, was ihr hier so treibt, als für den Fall deiner Freundin. Wie wäre es zum Beispiel mit: in fremde Häuser einsteigen? Machst du das öfter?«

Elena verzog den Mund und funkelte sie an.

Ein Krieg zwischen den beiden kündigte sich an.

Also griff ich ein. »Es gibt noch jemanden, der nicht ganz sauber ist in der Sache. Einen Anwalt.«

»Einen Anwalt?«, fragte Isabel.

»Er hat Sofía einen Praktikumsplatz im Rathaus besorgt«, sagte ich und tippte auf das Bild von ihm.

»Ja und?«

»Anscheinend hat er ihr danach Avancen gemacht. Er hat sie morgens dorthin gefahren und abends abgeholt. Und sich dabei etwas aufdringlich verhalten.«

»Aufdringlich?«

»Angegrapscht hat er sie«, sagte Elena. »Betatscht. Und auf dicke Hose gemacht. Der hat doch nur gewartet, bis sie achtzehn geworden wäre. Um sie dann flachzulegen. Als Dankeschön für den Job.«

»Und wer ist das?«

»Víctor García Gonzáles.«

»Ufff. Der ist kein Unbekannter«, seufzte Isabel.

»Du kennst ihn?«, fragte ich.

Sie nickte. »Der Name sagt mir etwas. Ich glaube, Baugenehmigungen. Schmiergeld. Nicht ganz sauber. Arbeitet für Politiker und Unternehmer hier in der Gegend. Ich weiß es nicht aus dem Kopf, aber er ist uns nicht unbekannt.«

Elena deutete auf das Bild an der Pinnwand.

Isabel ging hinüber und schaute ihn sich genauer an.

Sie nickte. »Das ist er. Mit dem haben wir schon zu tun gehabt.«

»Könnte er sie umgebracht haben?«, fragte ich.

»Woher soll ich das wissen? Ich kenne ihn als Anwalt und weiß nichts von seinen Gewohnheiten als Grapscher. Oder ob er auf kleine Kinder steht.«

»Können wir das rausfinden?«, fragte Elena.

»Wir? Überlass das den Großen. Wie wäre es, wenn ›wir‹ erst mal wieder zur Schule gehen? Soweit ich weiß, hast du heute den ganzen Tag hier verbracht und nicht in einem Klassenzimmer. Wieso eigentlich?«

Die Frage galt sowohl ihr als auch mir.

»Die Lehrer streiken heute. Für den Klimawandel«, sagte Elena.

»Ah ja, für den Klimawandel. Soso.«

»Gibt es eine Chance, dass wir den Anwalt zusammen

befragen? Du und ich?«, fragte ich Isabel. Auch, um sie von Elena abzulenken.

»Nein. Ganz bestimmt nicht. Mir gefällt das alles nicht. Was ihr hier anstellt, ist dilettantisch und unverantwortlich. Ich gehe ganz bestimmt nicht mit diesem Unfug in das Büro eines Anwalts, um ihn als möglichen Verdächtigen in einem Mordfall zu befragen.«

Dann tippte sie auf das Bild der jungen Russin Tatjana. »Und wer ist das eigentlich?«

»Die hatte Stress mit Sofía.«

»Klar, mit der Brille hätte ich auch Stress mit dem Rest der Welt!«, sagte Isabel und drehte sich wieder zu uns um. »Sagt mal, spinnt ihr eigentlich? Das alles ist so überzeugend wie eine Dose Sardinen in einer Oper – es stinkt und hat keinerlei Aussage.«

Ich zog Isabel zur Seite. Weit genug von Elena weg. Die starrte schon längst wieder abwesend auf ihr Handy. Eine kontinuierliche Aufmerksamkeitsspanne war offensichtlich nicht ihre Stärke. Das war mir jetzt gerade ganz recht so.

»Nur ein ganz kurzes Gespräch mit dem Anwalt«, flüsterte ich Isabel zu. »Ich will mir ein Bild von ihm machen.«

»Auf keinen Fall.«

»Zwei Minuten.«

Sie schüttelte den Kopf.

Ich ließ nicht locker. »Sag diesem Anwalt doch einfach, dass ganz plötzlich ein paar Unregelmäßigkeiten im Fall Sofía Morell aufgetaucht sind. Und dass er sie an den Tagen vor ihrem Tod noch gesehen hat. Ob ihm irgendetwas aufgefallen ist.«

»Sag mal, was ist denn bloß los mit dir?«, flüsterte Isabel aufgebracht. »Dieses Mädchen da kommt uns mit einer Mischung aus unkonkreten Behauptungen und vagen Gefühlen, und du verhältst dich, als würdest du nur Fakten hören. Geht dir vielleicht doch der Hormonspiegel durch? Hübsch ist sie ja. Midlife-Crisis vielleicht?«

»Sei nicht unfair, Isabel. Ein totes Mädchen und ein korrupter Anwalt mit Kontakten zum kriminellen Milieu. Der offensichtlich seine Finger nicht von dem Mädchen lassen konnte. Wo finden wir denn einen besseren Anhaltspunkt in dieser ganzen Sache?«

»Wenn wir jetzt einfach so anfangen, jeden Geschäftsmann in der Gegend zu befragen, der offensichtlich korrupt ist und junge Mädchen antatscht, dann sind wir in fünf Jahren noch damit beschäftigt.«

»Und seit wann hält dich das davon ab, genau dieser Art von Scheißkerlen etwas näher auf die Finger zu schauen? Und sei es, um ihnen Angst zu machen?«

»Seit diese Behauptung von einem Mädchen kommt, das weder du noch ich richtig kennen. Ich kann damit doch nicht in das Büro eines derart gerissenen Anwalts marschieren. Wo ist denn da die Grundlage? Der zerfetzt uns doch in der Luft.«

»Eben. Denk doch mal nach: ein Anwalt, der dafür bekannt ist, für fragwürdige Personen Schmiergeld zu verwalten. Und wir haben hier vor uns: eine gekaufte Autopsie, eine leere Akte. Örtliche Bestatter, die plötzlich Presseerklärungen für unsere Polizei abgeben. Plus eine komplette lokale Polizeistelle, die einfach dazu schweigt. Na, klingelt's?«

»Manuel, du machst mich wahnsinnig. Das ist total verrückt!«

Ich konnte sehen, wie sie mit sich kämpfte.

»Was ist, Isabel? Hast du etwa Angst? Bist du schon so verloren im System, dass du jetzt vor einem Anwalt zurückschreckst, der kleine Mädchen anfasst?«

»Vorsichtig, Manuel. Vorsicht mit dem, was du sagst. Komm mir nicht mit deinen Moralpredigten. Damit bist du mir schon damals auf den Geist gegangen.«

»Was dich nicht davon abgehalten hat, mit mir zu schlafen.«

Sie schaute mich an. »Vorsichtig, sehr vorsichtig, mein Lieber.«

»Ich meine doch nur: Seit wann ist dir ein Mann, der kleine Mädchen anfasst, keinen Besuch mehr wert? Ob Anwalt oder nicht? Seit wann?«

»Ich hasse dich!«

»Ich weiß.«

»Alles, was wir dazu haben, ist das, was uns dieses Mädchen da erzählt.«

»Ich weiß.«

»Vertraust du ihr?«

»Nein.«

»Warum dann das alles?«

»Weil ich Anwälte, die Mädchen anfassen, nicht mag. Und auch keine Nachbarn, die ihnen auf der Straße nachstellen. Oder sonst irgendjemanden, der dafür sorgt, dass ein junges Mädchen, das sein Leben noch vor sich haben sollte, an unseren Strand gespült wird.«

»Scheiße …«, sagte Isabel.

Ich konnte geradezu spüren, dass sie kurz davor war, nachzugeben.

»Ich will nur, dass wir ihm ein paar Fragen stellen. Und sehen, ob er anfängt zu schwitzen. Selbst wenn an der Sache nichts dran ist, wird er danach vielleicht besser mal nachdenken, bevor sich seine Hände unter den Rock einer Minderjährigen verirren.«

Sie biss sich auf die Unterlippe. Ihre Füße scharrten. Ich kannte das von früher. Ich hatte sie. Und sie wusste es. Sie hasste mich dafür. Aber sie würde nicht widerstehen.

»Zwei Minuten, Isabel. Wir schauen ihm in sein Gesicht, in seine Augen. Und danach treffen wir eine Entscheidung.«

»Verdammt, du Mistkerl. Okay. Du bekommst deine zwei Minuten. Wenn ich meinen Job verliere, hast du mich am Hals.«

»Kann ich mit leben.«

»Du hast ja keine Ahnung. Und du sorgst für meine Pension, und ich will keine Klagen darüber hören, verstanden?«

»Verstanden!« Ich berührte ihre Hand.

Wir hätten damals nicht den entscheidenden Moment verstreichen lassen sollen. Vielleicht wäre dann alles anders geworden. Mein Leben. Ihr Leben. Wir hatten uns nie zueinander bekannt. Aus Angst vor der Liebe. Aus Angst vor uns. Es gab mir einen Stich. Isabel zog ihre Hand zurück. Trotzdem nickte sie mir zu.

»Elena«, rief ich, denn sie hatte es sich längst wieder auf dem Sofa bequem gemacht. Der Fernseher lief wieder. »Wir fahren in die Stadt. Du bleibst hier.«

»Warum?«

»Weil du diesmal hierbleibst!«

»Das ist auch mein Fall!«, sagte sie.

Ich sah aus den Augenwinkeln, dass Isabel bereits dazu ansetzte, ihr eine passende Antwort zu geben, die ganz sicher nicht zu einem vorzeitigen Friedensschluss zwischen den beiden geführt hätte.

Also griff ich ihren Arm und kam ihr zuvor. »Das ist kein Fall. Wir stellen nur ein paar Fragen, das ist alles. Begreifst du das?«

»Ihr fahrt zu dem Anwalt!«

»Ich erzähle dir alles später!«

»Phhh ... und wenn schon!« Sie stellte den Fernseher lauter. Und wie immer begann sie in ihr Handy zu tippen.

Als wir das Haus verließen, sagte Isabel zu mir: »Ich werde sie sehr wahrscheinlich erschießen. Und zwar sehr bald. Das ist dir doch hoffentlich klar, oder?«

»Ja, und du hast meine Erlaubnis.«

»Du bist ein Esel, Manuel. Ein hübsches Gesicht, und du wirst weich. Ich hoffe, das ändert sich irgendwann.«

»Ja, das hoffe ich auch. Das hoffe ich auch.«

Ich legte meinen Arm um sie, und wir gingen zum Wagen.

15

Víctor García Gonzáles' Büro lag in einem gepflegten Altbau mitten in Baixa. Das Gebäude gehörte ihm und beherbergte ausschließlich seine Kanzlei. Es war renoviert, sauber in Stand gehalten und präsentierte uns im Innern eine Mischung aus Marmor und moderner Einrichtung. Dieser Mann hatte Geld.

Zu meiner Überraschung mussten wir nicht einmal warten. Seine Sekretärin ging zu ihm ins Büro und winkte uns wenig später einfach zu ihm durch. Wir traten ein.

Víctor García Gonzáles saß vor uns.

Er sah aus wie auf dem Foto.

»Was kann ich für Sie tun?«, sagte er. Aufstehen, um uns zu begrüßen, wollte er anscheinend nicht.

Isabel übernahm. »Mein Name ist Isabel Durán Ruiz. Ich bin Polizistin, Abteilungsleiterin in der regionalen Behörde für Sonderermittlungen, Altea. Hier mein Ausweis.«

»Danke«, er schaute auf das Dokument und gab es ihr zurück.

»Das ist Manuel Rivera Sánchez«, sagte sie und stellte mich vor. »Ein externer Berater.«

»Ein externer Berater?«

»Für Jugendfragen. Wenn Sie nichts dagegen haben, dass er bei unserem Gespräch dabei ist?«

»Ich wusste nicht, dass unsere Polizei externe Berater unterhält.«

»Ein Novum. Wir testen den Einfluss von objektiver Meinungsbildung innerhalb moderner polizeilicher Untersuchungsprozesse.«

»Interessant.«

Er musterte mich. Ich hoffte, dass er mich nicht erkannte. In seinen Kreisen war ich kein Unbekannter. Dank meiner Vergangenheit. Aber anscheinend kam er nicht darauf, obwohl sein Blick mir verriet, dass er nachdachte.

»Wenn Sie etwas dagegen haben, wartet Señor Rivera natürlich draußen«, sagte Isabel.

»Wird schon passen«, antwortete er. Wahrscheinlich nur, um schneller mit der Sache fertig zu werden. »Worum geht es? Und warum Jugendfragen? Das fällt nicht unbedingt in meinen Aufgabenbereich.«

»Es geht um den Fall Sofía Morell Gómez.«

Ein Ruck ging durch ihn. »Oh Gott, natürlich. Kommen Sie, setzen Sie sich.«

Wir setzten uns.

»Ach, es ist so schrecklich«, seufzte er. »Ich kannte sie gut.«

»Und woher kannten Sie Sofía?«

»Über mich hatte sie ein Praktikum im Rathaus angefangen. Und ich kenne die Familie. Es schmerzt uns alle sehr.«

»Könnten Sie sich vorstellen, dass Sofías Tod kein Selbstmord war?«

Isabel vergeudete keine Zeit. Auch, um ihn zu testen.

»Was meinen Sie? Einen Unfall?«

»Vielleicht?«

»Weiß ich nicht. Ich bin kein Experte. Gibt es nicht Forensik für so was?«

»Und Mord?«

Er verzog keine Miene. Zu sehr Anwalt.

»Ist das Ihr Ernst?«

»Meine Frage. Bitte.«

»Das kann ich so aus dem Stegreif nicht beantworten. Bisher gab es keinen Grund, mir diese Frage zu stellen.«

»Aber Sie würden es unter Umständen auch nicht ausschließen?«

»Gibt es denn nicht den Polizeibericht?«

»Sicher, aber wir möchten Ihre Meinung hören. Sie kannten sie persönlich.«

»Nicht gut genug, um mir eine Meinung zu einer polizeilichen Ermittlung zu erlauben. Eine Ermittlung, die meines Wissens als abgeschlossen gilt.«

»Jedes Detail kann uns helfen.«

»Es tut mir leid. Ich kann als Außenstehender ganz sicher keine andere Meinung dazu haben als das, was uns die offiziellen Stellen mitgeteilt haben. Soweit ich weiß, wurde Sofía ertrunken am Strand gefunden. Nach einer Überdosis.«

»Was ein Verbrechen nicht grundsätzlich ausschließt.«

»Dass unsere gut geschulte Polizei so gravierende Hinweise übersieht wie Spuren von einem Verbrechen an einem toten Mädchen, das fällt mir schwer zu glauben.«

»Wir als Polizisten geben es vielleicht ungerne zu, aber es kommt vor.«

»Natürlich. Aber hier? In diesem Fall? Was veranlasst Sie denn, davon auszugehen?«

»Es gibt Unregelmäßigkeiten. Denen müssen wir nachgehen.«

»Unregelmäßigkeiten? Was denn für Unregelmäßigkeiten?«

»Das kann ich Ihnen leider nicht sagen. Aus Gründen der Ermittlung.«

»Also gibt es eine neue Ermittlung dazu?«

»Noch nicht offiziell. Zuerst will ich mit den Leuten sprechen, die sie an den Tagen vor ihrem Tod gesehen haben. Ob ihnen irgendetwas aufgefallen ist.«

»Sie sehen mich etwas überrascht. Und besorgt.«

»Machen Sie sich keine Sorgen. Wir wollen Zweifel ausräumen. Wissen Sie irgendetwas aus den Tagen oder Stunden vor Sofías Tod?«

»Hm … nicht dass ich wüsste. So gut kannte ich sie auch wieder nicht.«

»Haben Sie Sofía nicht zu ihrer Arbeit gefahren? Und später von dort aus wieder abgeholt?«

»Das ist richtig. Aber mir ist da nichts Besonderes aufgefallen. Sie war wie immer.«

»Wie konnten Sie das beurteilen? Sie sagten doch, Sie kennen sie eigentlich gar nicht so gut?«

»Ich arbeite unter anderem für ihre Familie. Buchhaltung, Rechtsberatung. Und natürlich kannte ich sie. Man kennt sich halt. Aber sie hat mir ganz bestimmt nicht ihre Sorgen und Nöte als Teenager erzählt, also ich bitte Sie.«

»Schon gut. Verständlich.«

»Warum haben Sie Sofía zur Arbeit gefahren?«, fragte ich nun. Ich wollte sehen, wie er reagierte. »Gab es einen bestimmten Grund dazu?«

»Ich hatte ihr das Praktikum im Rathaus besorgt. Deswegen.«

»Das reichte aus, um sie morgens dorthin zu fahren und dann abends wieder abzuholen? Reichlich Aufwand, finden Sie nicht?«

»Ihre Familie gehört zu meinen Kunden. Und wir hier im Ort sind füreinander verantwortlich.« Er musterte mich. »Es ist doch selbstverständlich, dass ich aushelfe, wenn ich kann. Wir sind hier eine große Familie. Jeder kennt jeden. Nicht so wie in den Großstädten, wo ein Nachbar nicht mehr den Namen des anderen kennt.«

»Und Ihnen ist während dieser Fahrten nichts aufgefallen?«

»Nein, das habe ich Ihnen doch gesagt. Alles normal.«

»Hat sie anders reagiert? Wirkte sie verändert vor der Tat?«

»Nein. Ich habe nichts bemerkt.«

Es herrschte einen Moment Stille, was sowohl Isabel als auch ich absichtlich zuließen, um den Anwalt unter Druck zu setzen. Wir waren immer noch ein gutes Team.

»Wohin führt dieses Gespräch?«, fragte Víctor García Gonzáles schließlich.

»Ich denke, wir haben alles«, sagte Isabel. Damit würde sie ihn im Zweifel lassen. Sehr gut. Sie war besser denn je. Dann stand sie auf.

»Es tut mir leid, dass wir Sie gestört haben. Wir müssen irgendwo anfangen und gehen im Moment einfach die Liste durch mit den Personen, die Sofía in den Stunden vor ihrem Tod noch gesehen haben.«

Die Äußerung ließ ihm die Möglichkeit, sich selbst als möglichen Verdächtigen in Betracht zu ziehen. Und dadurch vielleicht irgendwelche Fehler zu machen. Als Polizistin war Isabel offensichtlich über die Jahre nur noch besser geworden, während ich faul in meinem Strandhaus herumlungerte und eigentlich nur noch der Zeit beim Verstreichen zuschaute.

»Mir ist wirklich nichts aufgefallen. Mehr kann ich Ihnen im Moment auch nicht sagen.«

»Das reicht uns schon. Danke.«

»Es hat uns alle sehr mitgenommen hier im Dorf. Eine Tragödie. Vor allem für die Familie.«

»Danke für Ihre Zeit«, sagte Isabel, und nun erhob ich mich ebenfalls.

Diesmal stand Víctor Gonzáles auf und begleitete uns. Isabel hielt er die Tür auf, mir drückte er die Hand. Und ich sah, dass er nicht aufhörte zu überlegen, ob er mich nicht doch kannte. Sollte er.

Wir verließen das Büro.

16

Gerade als wir das Gebäude verließen und hinaus auf die Straße gingen, begegnete uns Vera im Eingang. Sie hielt einen Aktenordner im Arm.

»Manuel ...?«

»Hallo, Vera.«

Isabel betrachtete zuerst die dunkelhaarige Frau vor mir und dann mich. Sie sagte nichts.

»Geht es dir wieder besser?«, fragte ich Vera. Mir fiel nichts Besseres ein.

»Ja, es ist alles in Ordnung. Aber was machst du denn hier?«

»Wir hatten ein Gespräch mit Víctor García Gonzáles.«

Ihre Augen verengten sich. »Was hast du mit Víctor zu tun?«

»Geschäftlich«, sagte ich nur.

»Stellst du mich gar nicht mehr vor, Manuel?«, fragte jetzt Isabel.

»Doch, natürlich. Vera, das ist Isabel, eine Bekannte von mir.«

»Sehr erfreut, Isabel. Ich bin Vera.«

»Und ihr beide kennt euch ... woher?«

»Tja, woher kennen wir uns eigentlich, Manuel?«, fragte Vera. Sie klang kampfeslustig.

»Wir sind uns begegnet, oder?«

»Ach? Begegnet? Klingt ja interessant«, meinte Isabel.

»Na ja, meine Brüder haben etwas Krawall in seinem Vorgarten gemacht.«

»Krawall? In seinem Vorgarten?«

»Wir hatten eine Meinungsverschiedenheit«, sagte ich und hoffte, dass ich darauf erst einmal nicht weiter eingehen musste. Schließlich wusste Isabel nichts davon.

»Machen Sie sich keine Sorgen, Isabel. Meine Brüder sind manchmal etwas hitzig. Aber es ist alles geklärt. Das ist es doch, Manuel, oder?«

»Ja, natürlich.«

»Ich habe dich vorher noch nie hier gesehen«, sagte Vera.

»Víctor wurde mir empfohlen.«

»Von wem?«

»Einem Bekannten.«

»Du hast wohl viele ... Bekannte?«

Die beiden Frauen musterten sich erneut. Jetzt mit sehr wenig Sympathie.

»Tja, das kommt so mit der Zeit«, sagte ich.

»Das wird's wohl sein. Und lädst du deine ... Bekannten ... öfter mal einfach so zu einem Besuch bei einem Rechtsanwalt ein?«, fragte Vera.

»Spricht etwas dagegen?«, fragte Isabel.

»Nein, nein, es ist nur etwas ungewöhnlich. Bekannte lädt man doch eigentlich eher in eine Bar ein. Oder auf einen Kaffee.«

»Ach, tut man das?«

»Eigentlich schon. Aber jeder hat halt so sein Ding, nicht wahr?«

»Allerdings.«

Ich musste hier weg mit Isabel, sonst würden mir die beiden Frauen um die Ohren fliegen. Die Lunte war sehr dünn. Und sehr kurz.

»Vera, ich will nicht unhöflich sein, aber wir müssen weiter. Wir haben es eilig.«

»Ach, haben wir das?« Isabel fing an, meine Not auszukosten.

»Nein, nein ... schon gut«, sagte Vera. »Ich habe auch zu tun. Diese Unterlagen müssen in die Buchhaltung.«

Mein Telefon klingelte.

Das Display zeigte »Mama«.

Beide Frauen sahen es.

Es klingelte. Es klingelte. Und es klingelte.

Mir wurde klar, dass ich diesen Anruf nicht wegdrücken oder ignorieren konnte. »Mama« drückte man nicht weg. Und schon gar nicht, wenn ich zwischen zwei Frauen stand, die nur auf einen weiteren Grund warteten, mich für einen unmöglichen Mann zu halten.

Also nahm ich den Anruf an.

»Mama?«, sagte ich.

»Ich wollte dir nur sagen, dass ich sehr enttäuscht von dir bin!«

»Ja, ich weiß, Mama.«

Isabel und Vera schauten mich gereizt an.

»Was du da in unserem Haus gemacht hast, war nicht schön.«

»Ja, Mama, und es tut mir leid!«

Der Ausdruck von Vera und Isabel wurde nicht besser.
»Wirst du dich bei Nora entschuldigen?«
»Ja, natürlich, Mama.«
»Und bei Raúl?«
Jetzt wurde ich wütend. Auf keinen Fall.
»Nein, Mama. Das werde ich nicht!«
»Das wirst du. Ich will keinen Streit in meiner Familie.«
»Raúl ist nicht meine Familie.«
»Es ist mir egal, wie du das siehst. Unter meinen Kindern will ich keinen Streit.«
»Wir haben keinen Streit. Er ist nur ein Idiot.«
»Du fängst schon wieder an.«
»Bitte, Mama, nicht jetzt. Ich bin gerade in einer Besprechung.
Vera und Isabel schauten sich an.
»Eine Besprechung? Red keinen Quatsch«, sagte Mama. »Du bist arbeitslos und lebst allein.«
»Ich bin nicht arbeitslos, Mama.«
»Hast du einen Job?«
»Nein, aber ich bin nicht arbeitslos, Mama.«
»Ein Mann, der nicht arbeitet, ist arbeitslos, Manuel.«
»Nein, ich bin nicht … ach, verdammt!«
»Siehst du? Es geht schon wieder los. Dein Temperament. Du solltest dieses Haus da draußen öfter verlassen. Du bist zu viel allein.«
»Mama, bitte, jetzt nicht.«
»Ja, natürlich, ganz genau so wie immer. Wenn es dem Herrn unbequem wird, will der Herr nicht sprechen. Aber austeilen kann er.«
»Mama, bitte. Ich rufe dich später an. Aber jetzt ist es ganz schlecht. Wirklich.«
Die Mundwinkel von Isabel und Vera sagten mir, dass ihnen nicht gefiel, was sie hörten. Ich gab keine besonders gute Figur ab.
»Ich ruf dich später an, Mama. Versprochen.«

»Gut, aber du rufst mich wirklich an, mein Sohn. Keine Ausflüchte. Und du entschuldigst dich.«

»Ja, okay.«

»Bei Nora und bei Raúl.«

»Wir sprechen, Mama. Ich rufe an. Ich liebe dich.«

»Red keinen Quatsch. Das sagst du mir doch sonst auch nicht.«

»Bis bald, Mama. Bis bald«, sagte ich nur noch und legte auf.

Die Blicke der beiden Frauen vor mir waren mehr als deutlich.

»Vielleicht sieht man sich mal wieder, Manuel«, sagte Vera und wandte sich dem Gebäude zu.

»Würde mich nicht wundern«, meinte Isabel.

»Auf Wiedersehen, Isabel. Schön, Sie kennengelernt zu haben«, sagte Vera und ging.

Isabel schaute mich an. »Also ich bin eine … Bekannte?«

»Was sollte ich denn sagen?«

»Wer ist sie?«

»Die Schwester von Sofía.«

»Die Schwester des Opfers?« Sie starrte mich an, als könnte sie jetzt wirklich kaum noch begreifen, was ich ihr noch so alles auftischte.

»Ja, also, es ist …«

»Und dass diese Schwester aussieht wie eine Frau, die auch auf der Titelseite eines Unterwäschekatalogs stehen könnte, hat rein zufällig nichts mit deinem Interesse an diesem Fall zu tun?«

»Nein, ist mir noch nicht aufgefallen.«

»Du bist ein Arsch, Manuel. Wirklich, du bist unmöglich.«

»Ich wusste nichts von ihr. Bis gestern.«

»Und wieso stehen ihre Brüder in deinem Garten und machen dort Ärger?«

»Das erzähle ich dir auf der Fahrt, okay?«

»Ach, spar dir die Mühe. Ich will es eigentlich gar nicht wissen. Du bist einfach unmöglich. Alles, was ich jetzt will, ist ein Bier. Und wenn es nicht kalt ist, kratze ich dir die Augen aus.«

»Das Bier wirst du bekommen, keine Sorge.«

Mein Handy summte. Eine Textnachricht.

»Schon wieder, Manuel?«, fragte Isabel gereizt mit einem Blick auf mein Handy.

»Es ist Elena. Sie ist mit Freunden unterwegs.«

»Umso besser. Wie war das mit dem Bier?«

17

Wir saßen auf meiner Terrasse. Isabel schaute hinaus auf das Meer.

»Du hast es am Ende gar nicht mal so schlecht getroffen«, sagte sie und griff nach dem Bier vor sich. Es war tatsächlich ausreichend kalt gewesen, und das hatte sie etwas milder gestimmt.

Vor uns standen die Reste eines gemeinsamen Abendessens. Auf dem Weg hatten wir eingekauft: Sepia, Bravas, Kroketten mit Bacalao, Kroketten mit Huhn, einen Salat und gefüllte Auberginen. Für mich einen Wein. Ich hatte einen Rioja Muga Gran Reserva für über hundert Euro gekauft. Auch ein bisschen, weil ich Isabel beeindrucken wollte. Doch am Ende hatte sie nur ihr Bier getrunken. Was mir eigentlich nur wieder deutlich machte, wie wenig ich von Frauen verstand.

Eine sanfte Brise legte sich vom Meer aus über uns. Es roch nach den Blüten des Frühlings und nach Isabel. Ihr Duft zog an mir vorbei und vermengte sich in meinen Kopf zusammen mit dem Wein zu einem angenehmen Gefühl.

»Das hier war kaum mein Verdienst«, sagte ich.

»Du machst dich immer kleiner, als du eigentlich bist.«

»Wahrscheinlich war ich zu lange beim Militär.«

Sie lachte.

»Was sind deine Pläne?«, fragte sie, und in ihren Augen sah ich diese Lust zur Provokation, die so typisch für sie war.

»Was meinst du?«

»Na, das hier ist doch nicht alles. Oder?«

»Eigentlich schon. Im Moment jedenfalls.«

»Du bist langweilig geworden, Manuel«, sagte sie. »Und ein bisschen fett!«

»Was?«

»Du musst wieder raus, Manuel. Ernsthaft. Du kannst nicht ewig so weitermachen. Dich hier verkriechen. Egal, wie schön das hier auch alles ist und wie gut der Wein ausfällt, den du dir jetzt leisten kannst. Mich täuschst du nicht.«

»Keine Ahnung«, sagte ich. »Was soll ich denn schon machen? Die eine Hälfte der Welt will mich immer noch umbringen. Und die andere Hälfte erträgt mich nicht länger als fünf Minuten.«

»Das ist nicht wahr, Manuel. Du bist ein guter Mann.«

»Nicht so gut, wie ich hätte sein können.«

Sie seufzte. »Wer weiß das schon?«

Wir schauten hinaus auf das Meer.

»Ich glaube, dieser ganze Fall und dieses Mädchen, das erinnert dich nur daran, was du aufgegeben hast.«

»Mir wäre es lieb, jetzt keine Psychoanalyse zu hören, nach einer halben Flasche Rotwein.«

»Weil es dir wehtut.«

»Selbst wenn. Es wird kaum etwas daran ändern.«

»Es fehlt dir. Und sosehr du dich auch dagegen wehrst, du bist ein Mann, der Gerechtigkeit über alles schätzt. Und hier draußen, in deiner kleinen Welt, mit dem Wein und deinen Fischerkumpels, schaffst du keine Gerechtigkeit.«

»Die großen Pläne für mehr Gerechtigkeit haben uns in den meisten Fällen nur großen Kummer gebracht. Ich war im Irak. Ich habe gesehen, was solche Ideen am Ende bringen. Nein danke. Damit bekommst du mich nicht.«

»Du kannst nicht ewig an einer Vergangenheit festhängen,

die du niemals ändern wirst. Du hast nicht nur eine Vergangenheit, Manuel. Du hast auch eine Zukunft.«

»Bitte versau mir den Wein jetzt nicht mit unnötiger Philosophie.«

»Ich glaube, du hast einfach Angst.«

Ich schwieg.

»Angst. Wie damals. Zwischen dir und mir.« Sie beugte sich zu mir. »Es war wunderschön«, hauchte sie. »Gefährlich. Es tat weh. Aber es war wunderschön.«

Ich nickte.

»Du musst wieder anfangen zu leben, Manuel.«

»Lebst du denn?«

Sie schaute mich an. Dann küsste sie mich.

»Schlaf mit mir«, sagte sie.

Ich antwortete nicht. Sie drückte sich an mich, und ich hob sie in meine Arme, trug sie ins Haus.

18

Ich saß an der Theke einer kleinen Bar in Baixa und ordnete meine Gedanken. Es war Morgen. Nachdem Isabel zurück nach Altea gefahren war, wollte ich nicht allein in meinem Haus bleiben. Es fühlte sich leer an ohne sie.

Ich bestellte eine getoastete Scheibe Brot mit Tomate und Olivenöl. Und Wein. Vor allem Wein. Der würde mir nicht mein Dilemma nehmen, aber für einen Moment der Ruhe war er ganz sicher gut.

Ein Mann betrat die Bar, setzte sich neben mich. Groß, attraktiv, sehr gepflegt. Anzug. Seine Bewegungen hatten Kraft. Er trug zu viel Parfum. Eau Sauvage. Das hatte ich lange nicht mehr gerochen.

»Pedro, einen Teller mit dem besten Jamón Ibérico, den du hast«, sagte er.

Der Wirt nickte.
»Ein paar Papas. Oliven. Welchen Wein hast du offen?«
»El Coto de Imaz Reserva.«
»Nein. Ich will einen Wein von hier.«
»Celler del Roure?«
»Ja, Maduresa 2017.«
»Muss ich für dich öffnen.«
»Gut, mach das. Bring mir die ganze Flasche. Und ein Brot mit Tortilla, Auberginen, Käse und Anchoa.«
Ich reagierte nicht auf meinen Sitznachbarn. Obwohl mir klar war, dass er nicht aus Zufall hier war.
Der Wirt brachte einen Teller mit Jamón Ibérico.
Der Mann nahm sich ein Stück. »Hmmm! Sehr gut!« Er schob mir den Teller hin. »Probieren Sie!«
»Danke«, sagte ich und nahm ein Stück von dem Schinken.
Der Wirt kam mit Käse und Wein.
»Bitte, zwei Gläser«, sagte der Fremde.
Er schob den Käse in die Mitte zwischen uns, und der Wirt goss mir ein neues Glas Wein ein.
Ich probierte den Wein. Er war gut.
»Der Käse ... der Käse ...« Der Mann deutete auf den Teller neben uns.
Ich probierte den Käse. »Phantastisch«, sagte ich.
Der Wirt brachte Oliven und das mit Tortilla belegte Brot.
Der Mann biss ein Stück ab. »Hmmm ... Möchten Sie auch eines?«, fragte er mich mit vollem Mund.
Ich schüttelte den Kopf und deutete auf meinen Toast mit Tomate und Olivenöl.
»Ach, kommen Sie. Das hier ist besser.«
Er brach sein Brot in der Mitte durch und legte eine Hälfte davon auf meinen Teller. »Essen Sie! Schinken, Käse und die Oliven nicht vergessen.«
Ich nickte und nahm ein weiteres Stück Schinken.
»Essen Sie. Essen Sie. Keine Sorge, das geht auf mich! Ich lade Sie ein!«

»Danke«, sagte ich und aß weiter Schinken, Käse und Oliven. Dann biss ich in das Brot. Der geschmolzene Käse zusammen mit Aubergine und dem salzigen Geschmack von Anchoa war köstlich.

»Ich sehe Sie zum ersten Mal hier. Sind Sie neu in der Gegend? Oder auf der Durchreise?«, fragte der Mann mit vollem Mund.

»Durchreise.«

»Oh, gut, das ist besser. Reisen Sie weiter. Das Klima ist hier manchmal etwas rau. Nicht so angenehm wie in anderen Orten.«

»Wäre mir neu. Komme viel rum. Hier an der Küste haben wir eigentlich immer Glück. Mildes Klima. Sonne. Wein. Was will man mehr?«

»Hier bei uns wird an einigen Tagen etwas viel Staub aufgewirbelt.«

»Kommt vor. Trockenes Klima. Da bleibt viel Mist liegen.«

»Das mögen wir nicht unbedingt. Wir mögen unsere Straßen sauber und ruhig. Trinken Sie. Trinken Sie.«

Er goss mir Wein ein.

»Wusste nicht, dass wir hier in der Region dafür bekannt sind, besonders ruhig zu sein. Und unsere Straßen ... na ja ...«

»Hier bei uns in Baixa schon. Zumindest, was den Dreck angeht. Der sollte draußen bleiben. Vor allem, wenn er nicht zu uns gehört.«

»Ja, das höre ich oft.«

»Ich weiß, wer Sie sind.«

»Das freut mich.«

»Sie sind einer von den Typen, die Ärger machen. Die herumschnüffeln und in der Scheiße wühlen. Bis Sie selbst nicht mehr wissen, wer stinkt und wer nicht.«

»Kann schon sein. Manchmal schwer zu unterscheiden hier in der Hitze unseres Landes. Am Ende stinken wir alle.«

»Lassen Sie Sofía in Frieden ruhen. Ihre Familie hat genug gelitten. Unser Dorf auch.«

»Und wer sagt das?«

»Ein Freund.«

Er warf einige Geldscheine auf die Theke. »Das geht auf mich!« Er neigte sich mir zu. »Lassen Sie es sich schmecken. Und dann verschwinden Sie hier. Guten Tag!«

Er verließ das Lokal.

Der Wirt nahm das Geld.

»Netter Typ«, sagte ich. »Kann günstig an Gebrauchtwagen kommen, hat er gesagt. Hat vergessen, mir seine Karte zu geben. Wie war sein Name doch gleich?«

»Mateo Vargas.«

»Danke.« Ich legte noch ein Trinkgeld hin und verließ die Bar.

19

Zwei Männer begutachteten einen staubigen Volvo. Überall standen Autos, Stapel von Reifen, Wrackteile. Das Gelände war groß, mündete in eine Werkstatt. Darüber stand: »Morell: Gebrauchtwagen – An- und Verkauf«. Das Wohnhaus lag direkt daneben.

Ich hatte meinen Wagen vor der Einfahrt geparkt und dann den Hof betreten.

Die beiden Männer drehten sich zu mir um. Ihre Arme waren muskulös. Die Tätowierungen stammten aus einer Zeit im Gefängnis.

»Können wir Ihnen helfen?«, fragte einer der beiden.

Er hatte helle Augen, struppiges dunkles Haar und wirkte etwas jünger als der andere, der im Gegensatz zu ihm einen Bart trug und etwas kleiner war.

»Ich hätte gerne Antonio gesprochen.«

»Worum geht es?«

»Das würde ich ihm dann sagen.«

Er musterte mich.
»Wenn Sie es mir sagen, wird das wahrscheinlich reichen.«
»Ich würde schon lieber mit Antonio persönlich sprechen.«
»Und wer sind Sie?«
»Manuel Rivera.«
»Sagt mir nichts. Haben Sie einen Termin?«
»Nein, aber ich bin mir sicher, dass er mit mir sprechen wird.«
»Das glaube ich nicht. Er hat viel zu tun. Und wenn ich Sie nicht kenne, kennt mein Bruder Sie auch nicht.«
»Sie sind sein Bruder?«
»Problem damit?«
Nun kam auch der andere hinzu. Sie bauten sich vor mir auf. Anscheinend hatte ich im Moment ein besonderes Talent, mir Ärger einzuhandeln.
Hinter dem Volvo lugte ein Gesicht hervor. Es war der Junge, den ich zusammen mit Antonio vor meinem Haus gesehen hatte. Álvaro. Sein Gesicht war mit Öl verschmiert.
»Pablo, Mario, was ist los?«
»Nichts. An die Arbeit.«
»Hey, ist das nicht …?«
Der Mann mit den hellen Augen, Pablo, drehte sich zu Álvaro um. »Welchen Teil von ›an die Arbeit‹ hast du nicht verstanden? Halt's Maul und arbeite.«
»Das ist doch der Mann von neulich. Der, dem Jorge und Juan aufs Maul hauen wollten.«
Die beiden Brüder starrten mich an.
»Sind Sie hier, um Probleme zu machen?«
»Ich sagte doch, ich würde gerne mit Ihrem Bruder reden.«
»Mein Bruder hat Ihnen nichts zu sagen, was ich Ihnen nicht auch sagen könnte. Wir regeln das hier alles untereinander, verstanden? Als Familie.«
Die beiden kamen näher. Es roch nach Schweiß, Motoröl und Aggression. Pablo stellte sich direkt vor mich, Mario an meine Seite. Diese beiden Männer waren keine dummen

Jungs wie ihre kleinen Brüder. Sie wussten, was sie taten. Und wenn sie das im Gefängnis gelernt hatten, würde ich es nicht so einfach haben wie mit den beiden jüngeren Morells in meinem Vorgarten.

»Immer noch an einem Gespräch interessiert?«, fragte Pablo.

Ich nickte.

Seine Augen verengten sich. »Dann sprechen wir jetzt am besten. Unter Männern.«

Nur Staub und Hitze trennten uns noch.

»Hey, Pablo, Mario, was ist los?«, rief eine Stimme von der Garage aus.

Antonio trat auf den Hof.

»Was macht ihr Penner da? Habt ihr nichts zu tun?«

»Hier ist ein Typ, der sagt, dass er dich kennt«, rief Pablo, ohne den Blick von mir zu lassen. »Er will mit dir reden.«

»Ja, verdammt, Manuel Rivera, was machen Sie denn hier?«

Antonio kam zu uns. Die beiden Brüder machten Platz.

»Pablo, Mario, verschwindet!«

Die beiden zogen sich zurück. Aus den Augen ließen sie mich nicht.

»Entschuldigen Sie meine Brüder, Señor Rivera«, meinte Antonio. »Die beiden haben es mehr in den Händen als im Kopf. Ich hoffe, sie waren nicht unfreundlich zu Ihnen?«

Ich winkte ab. »Keine Sorge, ich wurde sehr freundlich empfangen. Und bitte nennen Sie mich Manuel.«

Er klopfte mir auf die Schulter. »Sehr gerne … Und du mich bitte Antonio … Nimm es meinen Brüdern bitte nicht übel. Wir haben es hier nicht so mit Fremden. Es gibt zu viel Abschaum.«

»Keine Sorge, wir sind von nun an ganz sicher Freunde.«

Er lachte. »Ganz sicher.«

Álvaro musterte mich von dem Volvo aus.

»Hey, Álvaro. Was glotzt du so blöde? Komm her. Sag Señor Rivera ›Guten Tag‹.«

Er kam herüber und nickte mir zu.

»Es war Álvaro, der das Schlimmste verhindert hat. Er hatte am Morgen gehört, was meine beiden Brüder vorhatten. Zum Glück hat er mir Bescheid gesagt.«

Ich nickte ihm zu. Er lächelte.

»Und Ihre Fenster?«, fragte Antonio.

»Versorgt!«

»Schicken Sie mir die Rechnung!«

»Keine Sorge. Ist nicht notwendig.«

Er musterte mich.

»Ich bin nicht hier, um Ärger zu machen«, sagte ich. »Wir sollten trotzdem reden. Ungestört.«

»Álvaro, bring uns zwei Bier. Von hinten. Kalt. Los, hör auf zu träumen und beweg dich.«

Antonio gab seinem jüngsten Bruder einen Klaps auf den Hinterkopf, und der trottete los, um das Bier zu holen.

Antonio schaute ihm nach. »Diese Jugend heute. Die sind kaum noch zu irgendwas zu gebrauchen. Ständig die Smartphones vor der Nase und dann später das Hirn voller Scheiße!«

»Ja, das ist leider so.«

»Komm, wir gehen rein. Hier im Hof ist es zu heiß.«

Wir gingen in Richtung Garage. Dort standen Jorge und Juan. »Hey, ihr beiden …! Hierher. Sofort«, schrie Antonio die beiden Jungs an.

Sie kamen zu uns herüber.

»Entschuldigt euch bei Señor Rivera!«

»Einen Scheiß werden wir«, antwortete Jorge.

»Du hältst die Fresse«, schrie Antonio den Jungen an. »Du baust doch nur noch Mist in letzter Zeit.«

»Ey, der Typ hat mich angemacht!«

»Ja und? Was? Wie kann man denn einen Vollidioten wie dich nicht anmachen?«

»Er hat unsere Familie beleidigt!«

Antonio holte aus. Jorge zuckte zurück, sank in sich zusammen. Die Hand über dem Gesicht des Jungen, sagte Antonio zu ihm: »Noch ein Wort über unsere Familie …«

Der Junge schaute zu Boden, nickte. Den Tränen nah.

Ich hatte kein Mitleid mit ihm. Ein junger Mann, der Frauen schlug, war ein Stück Scheiße für mich.

»Es tut mir leid, Señor Rivera«, flüsterte Jorge.

Antonio schlug ihm mit der flachen Hand auf den Hinterkopf.

»Die Hand, du Idiot. Gib ihm die Hand.«

Er reichte mir die Hand. Den Blick gesenkt.

Ich nahm sie. »Kein Problem, Jorge. Wir vergessen den ganzen Mist, okay?«

Warum sollte ich auf einem Standpunkt beharren, den er wahrscheinlich sowieso nicht verstand? Auf diese Weise hatten wir unsere Ruhe.

Er nickte. Presste die Lippen zusammen. Anschauen wollte er mich nicht.

»Damit dir das klar ist: Señor Rivera hätte auch die Polizei rufen können wegen dem Scheiß, den du da angezettelt hast. Hat er aber nicht. Verstanden?«

Jorge nickte. Sagte nichts.

»Die Fenster hat er selbst bezahlt. Kein Wort zu niemandem darüber verloren. Und kein Geld für den ganzen Ärger verlangt. Verstehst du? Jetzt denk mal darüber nach, was wahre Ehre und Größe ausmachen. Wenn du mal ein echter Mann wirst, verstehst du vielleicht etwas davon.«

Jorge stand nur da, den Blick weiter gesenkt.

»Und nun du!« Antonio winkte Juan.

Auch er reichte mir die Hand. Ich nahm sie und nickte nur.

»Ihr wagt euch keine hundert Meter mehr ohne meine Erlaubnis an Señor Rivera oder sein Haus heran, haben wir uns verstanden?«

Beide nickten.

»Und an Elena denkt ihr nicht einmal!«

Wieder nickten beide.

»Sehr gut!«, sagte er. »Und nun verpisst euch. An die Arbeit.«

Sie liefen davon, in das Innere der Werkstatt.

»Es sind eigentlich gute Jungs«, sagte Antonio. »Wir haben zu wenig Zeit. Der Betrieb, die Familie. Mein Vater ist krank. Und meine Mutter schon vor Jahren gestorben.«

Er griff nach einem Medaillon um seinen Hals, das die Heilige Mutter María zeigte, und küsste das Abbild darauf.

»Das tut mir leid«, sagte ich.

»Jungs ohne Aufmerksamkeit und etwas Anleitung geraten auf Abwege. Wahrscheinlich ist es meine Schuld. Zu wenig Zeit.«

»Können wir irgendwo ungestört sprechen?«, fragte ich.

»Ja, natürlich. Gehen wir ins Büro.«

Dann brüllte er: »Álvaro! Das Bier!«

Wir durchquerten die Werkstatt und betraten ein kleines Büro.

20

Mein Herz schlug schneller. Vera saß im Büro.

Sie lächelte mich an. »Auch ein Freundschaftsbesuch?«

»Ich dachte, ich komme einfach mal vorbei.«

»Wie geht es deiner … Bekannten?«

»Gut, soweit ich weiß.«

»Das freut mich. Sie macht einen netten Eindruck.«

»Also, warum ich eigentlich hier bin …«

»Kaffee?«

»Gerne.«

Vera erhob sich und holte mir eine Tasse.

»Ich mache den Kaffee selbst, aus echten Bohnen«, sagte sie. »Das künstliche Zeug aus dem Supermarkt kommt mir nicht ins Haus.«

Ich lächelte. »Gute Einstellung.«

Sie stellte den Kaffee vor mir auf den Tisch. Er roch tatsächlich sehr gut. Stark. Intensiv.

»Ein guter Kaffee sollte zärtlich und doch fordernd sein, findest du nicht?« Sie schaute mich an.

Ich räusperte mich, wusste nicht, was ich sagen sollte.

»Worüber wolltest du mit mir sprechen?«, unterbrach Antonio uns. Er setzte sich mir gegenüber.

»Es geht um Sofía.«

»Manuel, wir stehen in deiner Schuld wegen der Sache mit meinen Brüdern. Doch es gibt Dinge, die wir nicht mit Fremden besprechen.«

»Was ihr vielleicht wissen solltet: Ich war Polizist.«

Sie wechselten Blicke.

»Dass du früher Polizist warst, bedeutet nicht, dass wir mit dir über den Tod unserer Schwester sprechen müssen«, sagte Antonio.

»Ich kenne Details aus den Ermittlungen, die nicht zusammenpassen.«

Er beugte sich vor. »Bist du etwa unrechtmäßig in den Besitz vertraulicher Informationen gekommen, die unsere Familie betreffen?«

»Keine Sorge, sollte ich irgendwelche zweifelhaften Absichten haben, würde ich nicht hier sitzen und mit euch darüber sprechen.«

»Was sind deine Absichten?«

»Ich will der Sache nachgehen.«

»Niemals!« Vera schlug mit der Hand auf den Tisch. Die Tasse Kaffee klirrte. »Das kommt von Elena!«

»Warum willst du der Sache nachgehen?«, fragte Antonio. »Was ist da für dich drin? Du kanntest Sofía nicht.«

»Ich habe ganz generell etwas gegen tote Mädchen am Strand.«

»Antonio, genug! Ich will nichts davon hören!«, fuhr Vera dazwischen.

»Und weiter ...?«, sagte Antonio zu mir.

»Antonio!«, rief Vera. Sie sprang auf.

»Setz dich!«, sagte er.

Vera zögerte, für einen Moment. Dann setzte sie sich.

»Erzähl uns, was du hast«, sagte Antonio.

»Die Spurensuche war äußerst schlampig und unvollständig. Der Bericht ist lückenhaft und ungenau. Die Autopsie macht den Eindruck einer Fälschung. Es wirkt wie ein Flickenteppich aus Lügen und Verschleierung.«

»Und was soll das bedeuten?«

»Dass jemand Interesse daran hat, dass wir nicht die ganze Wahrheit erfahren.«

»Und die wäre?«

»Dass Sofía ermordet wurde.«

»Mir reicht es! Ich gehe!« Vera erhob sich.

Antonio fuhr sie an: »Du bleibst!« Er wandte sich an mich. »Alles nur Behauptungen und ein paar Indizien, nicht wahr?«

Ich nickte. »Bis jetzt nur das.«

»Irgendwelche Beweise?«

»Willst du etwa Geld?«, fauchte Vera.

»Ich habe mehr Geld, als ich brauche, danke!«, sagte ich. »Was ich brauche, ist eure Einwilligung für eine private Ermittlung. Ohne eure Zustimmung fahre ich nach Hause, setze Elena vor die Tür, und dann vergessen wir das Ganze.«

Antonio schwieg. Ich hörte Veras Atem.

»Du scheinst mir ein ehrlicher Mann zu sein«, sagte Antonio. »Doch die Dinge sind nicht so einfach.«

»Das sind sie nie.«

»Mein Vater ist sehr krank. Er weiß nicht, dass Sofía tot ist. Wenn er es wüsste, würde es ihn umbringen. Wir haben ihm erzählt, dass Sofía in Sevilla ist, um dort zu studieren. Würde er die Wahrheit erfahren, dann verlieren wir nicht nur eine Schwester, sondern auch unseren Vater.«

»Das wusste ich nicht. Das tut mir leid.«

»Vielleicht verstehst du jetzt etwas besser, warum wir so

verschlossen auf das Thema reagieren. Und vielleicht auch, warum Jorge und Juan etwas über die Stränge geschlagen haben, was Elena angeht.«

Ich sagte nichts. Ein Mädchen krankenhausreif zu schlagen war mehr, als »etwas über die Stränge zu schlagen«.

»Jemand scheint Interesse daran zu haben, dass wir nicht erfahren, was in jener Nacht geschehen ist. Wie Sofía wirklich gestorben ist. Und diese Absicht scheint bis in die Polizei zu gehen. Anders kann ich die lückenhafte Untersuchung zu ihrem Tod nicht erklären.«

»Einen lokalen Polizeiapparat zu bestechen, um den Tod eines Mädchens zu vertuschen, erfordert viel Geld und Einfluss«, meinte Antonio. »Wir sind einfache Leute. Wir verkaufen Gebrauchtwagen. Wer hätte ein Motiv, einen möglichen Mord an unserer Schwester mit viel Geld unsichtbar zu machen?«

»Das ist die Frage, die wir klären müssen. Der Polizeibericht ist gekauft. Das ist so gut wie sicher. Wer das getan hat und warum – das sollten wir besser herausbekommen. Auch in eurem Interesse.«

»Und wie soll das geschehen?«

»Ich werde ermitteln.«

Vera richtete sich auf. »Und ein paar Jahre als Polizist qualifizieren dich dazu? Sag mal, was warst du denn da? Ein Streifenpolizist, dem die Strafzettel zu Kopf gestiegen sind? Und der sich jetzt hier wichtigmachen will? Nein danke.«

»Meine Reputation wirst du finden, wenn du danach suchst. Das sollte kein Problem sein. Alles öffentlich«, sagte ich.

»Ich habe genug davon, Antonio«, sagte Vera. »Ich möchte, dass du Señor Rivera hinausbegleitest!«

»Ja, ich glaube, wir haben alles gesagt«, nickte Antonio.

Ich stand auf. »Entschuldigung. Vielleicht war das ein Fehler.«

»Allerdings«, sagte Vera.

Antonio erhob sich. »Es tut mir leid. Das hat mich nicht überzeugt.«

»Das werde ich respektieren.«

Er hielt mir seine Hand hin. »Ich gebe dir drei Tage!«

»Was?«, sagte ich.

»Du hast drei Tage Zeit, mir irgendetwas Handfestes zu bringen. Einen realen Beweis. Irgendetwas, das mich überzeugt!«

»Du sagtest doch –«

»Dass du mich nicht überzeugt hast, ja. Aber das bedeutet nicht, dass du nicht vielleicht doch recht haben könntest.«

»Antonio!«, rief Vera.

Er ignorierte sie einfach. »Ich halte dich für einen aufrichtigen Mann. Du bist nicht hier, um dich wichtigzumachen. Und ich kann nicht sagen, dass der Verlust meiner Schwester einfach für mich ist. Auch ich habe Fragen. Findest du etwas, das mich überzeugt, dann wir reden weiter.«

Ich nickte. »Okay, das klingt fair.«

»Findest du nichts, dann will ich dich hier nie wieder sehen. Und du solltest dann besser dafür sorgen, dass Elena in Zukunft den Mund hält.«

Jetzt nahm ich seine Hand und drückte sie. »Du hast mein Wort!«

»Sei diskret. Ich will nichts hören. Von niemandem.«

»Versprochen!«

Vera kochte. Ich musste sie nicht einmal anschauen. Ihre wütende Präsenz im Raum reichte aus.

»Würdet ihr mir einen Blick in Sofías Zimmer erlauben?«, fragte ich.

»Vera, begleite Manuel nach oben. Ich muss mich um den Laden kümmern.«

Vera atmete etwas zu laut aus und ging dann an mir vorbei. Ich folgte ihr. Antonio ging hinaus auf den Hof.

21

Vera würdigte mich keines Blickes. Sie bewegte sich vor mir mit einer Mischung aus Eleganz und Wut. Ich sagte nichts, folgte ihr einfach.

Wir gingen eine Treppe hinauf und erreichten den Wohnbereich der Familie. Ich hörte ein Brummen und Zischen.

»Warten Sie hier«, sagte Vera, ohne meine Antwort abzuwarten. Sie betrat einen Raum.

»Papa, gleich bringe ich dir das Essen. Ja, Papa, alles gut. Ein bisschen Geduld, später komme ich, und wir lesen etwas zusammen.«

Vera verließ das Zimmer, und ich konnte für einen Moment einen alten Mann in einem Sessel sehen. Er atmete durch eine Maske. Das Brummen kam aus dem Raum. Sauerstoff wahrscheinlich.

Vera ging weiter, öffnete eine Tür. »Sofías Zimmer.«

Ich trat ein.

»Lassen Sie bitte alles so, wie es ist.«

Es entging mir nicht, dass Vera mich jetzt siezte.

Ich schaute mich um.

Das Zimmer eines Teenagers. Ein Bett. Ein Schreibtisch. Ein Schrank für Kleidung. Ein Buchregal voll mit Mädchenzeug, Büchern und einigen Heften.

An der Wand hingen Poster von Popstars. Alejandro Sanz kannte ich noch. Zwei andere waren mir völlig unbekannt. Und Pablo Alborán. Es stand unter dem Poster. Ein junger, attraktiver Sänger mit verträumten Augen. Jetzt wunderte ich mich nicht mehr, dass die Mädchen ihn anhimmelten. Was hatte Elena gesagt? Sofía war in ihn verliebt? Das arme Mädchen. Jetzt würde sie ihn nie wieder hören. Ich wandte mich ab.

»Vera! Vera!«, rief jemand draußen.

Sie ging zum Fenster. Von hier aus konnte man auf den Hof hinausschauen. Unten stand Mario, ihr älterer Bruder mit dem Bart. Er winkte ihr zu, dass sie herunterkommen sollte.

»Ich kann jetzt nicht!«, rief sie.

Er antwortete irgendetwas, was ich nicht verstand, und sie seufzte.

»Fassen Sie hier nichts an!«, sagte Vera und ging nach unten.

Ich ignorierte ihre Anweisung, öffnete den Kleiderschrank. Nichts Besonderes. Auf dem Schreibtisch lagen Papiere, Hefte und Schulbücher. Nichts davon schien relevant für mich. Ich öffnete eine der Schubladen. Dort lag ein iPhone. Ich überlegte kurz. Sollte ich es einfach mitnehmen, würde ich mir sehr wahrscheinlich Ärger einhandeln. Doch Vera war nicht da. Also steckte ich das iPhone ein. Sie hasste mich sowieso, dachte ich mir.

Ansonsten sah ich nichts Besonderes. Pablo Alborán lächelte mich weiter von der Wand aus an, und der Anblick ging mir auf die Nerven. Also verließ ich das Zimmer und ging nach unten. Auf der Treppe kam mir Vera entgegen.

»Nichts«, sagte ich.

Sie rümpfte die Nase und drehte sich um. Wieder folgte ich ihr, und sie begleitete mich zur Tür.

Als wir hinaus in die Sonne traten, blendete mich das Licht.

»Verlaufen Sie sich nicht!«, sagte Vera und ging.

Ihre Brüder waren beschäftigt. Antonio sah ich nicht.

Ich ging über den staubigen Hof hinüber zum Haupttor und verließ das Gelände.

22

Als ich zu meinem Wagen ging, näherten sich mir drei Autos. Kurz vor mir bremsten sie ab. Ein Mercedes SLK Cabrio.

Silber. Neu. Aus ihm sprang der Mann von heute Morgen: Mateo Vargas. Aus den beiden anderen Autos, zwei Audis, stiegen vier weitere Männer aus. Zusammen mit Mateo fünf Männer insgesamt. Sie kamen auf mich zu.

»Ey, hatte ich dir nicht gesagt, dass ich dich hier nicht mehr sehen will?«, schrie Mateo.

»Mateo Vargas, Sie hatten sich mir nicht vorgestellt«, sagte ich.

»Sag mal, kannst du nicht hören? Wenn ich dir sage, dass du hier verschwinden sollst, dann verschwindest du, hast du verstanden?«

»Der Wein war gut. Der Schinken nur okay«, sagte ich.

Vargas baute sich vor mir auf. Das Eau Sauvage von heute Morgen hatte sich verflüchtigt. Es roch jetzt nach Gewalt. Hinter ihm die Männer. Sie kreisten mich ein.

»Welchen Teil von ›Fresse halten und abhauen‹ hast du nicht verstanden?«

»Ein Besuch bei Freunden. Ist das verboten?«, fragte ich.

»Du hast hier keine Freunde!«, sagte Vargas. Er ballte die Fäuste, ich sah es aus dem Augenwinkel.

Die Männer vor mir waren nicht gekommen, um zu reden. Ich trug meine Glock bei mir. Doch das war mir zu riskant. Sollte einer der Männer ebenfalls eine Waffe tragen, konnte das schnell eskalieren. Das waren keine Jugendlichen in einem Stadtpark. Diese Männer waren gewohnt, Gewalt anzuwenden, das war mir klar. Im Notfall würde ich einfach klein beigeben. Selbst als junger Mann während meiner Jahre in der Spezialeinheit des spanischen Geheimdienstes wäre ein Kampf mit fünf geübten Schlägertypen eine Herausforderung für mich gewesen. Jetzt war ich Mitte vierzig, hatte etwas Übergewicht und in letzter Zeit zu viel Wein getrunken.

Also überlegte ich, wie ich aus der Sache herauskam. Doch Vargas wirkte nicht so, als hätte er die Absicht, mich aus der Sache einfach so herauskommen zu lassen.

»Du wirst dich nie wieder hier blicken lassen ... Das wirst du jetzt von mir lernen ...«, sagte Mateo Vargas.

Es war so weit. Der erste Schlag würde kommen. Jetzt.

»Vargas!«, rief jemand hinter mir. »Was soll der Scheiß? Was macht ihr hier?«

Mateo drehte seinen Kopf in die Richtung der Stimme.

Sofort wich ich einen Schritt zurück. Distanz. Das konnte alles entscheiden. Gleichzeitig musterte ich die anderen Männer neben mir. Sie blickten irritiert.

Ich überlegte für Sekunden, Vargas mit einem Schlag gegen den Hals kampfunfähig zu machen.

Doch dann wichen sie alle zurück.

Antonio kam zu uns.

»Was macht ihr hier für eine Scheiße? Fahrt die Autos weg. Ihr blockiert die ganze Straße«, schrie er.

»Das hier ist unsere Sache, Antonio. Misch dich nicht ein!«, sagte Vargas.

»Was hast du gesagt?«

Antonio schritt auf ihn zu.

Vargas ließ ab von mir.

Die Männer zögerten.

Antonio ging an mir vorbei und stellte sich direkt vor Vargas. »Was hast du gerade gesagt?«, fragte Antonio erneut.

»Misch dich hier nicht ein. Das geht dich nichts an«, sagte Vargas. Etwas leiser als zuvor.

»Das hier ist die Auffahrt zu meinem Haus. Zu meinem Geschäft. Alles geht mich hier etwas an. Haben wir uns verstanden?«

»Der Typ ist auf Ärger aus.«

»Der Einzige, der hier auf Ärger aus ist, bist du. Vor allem, wenn ich sehe, dass du Leute direkt vor meinem Haus belästigst.«

Vargas knurrte etwas.

»Señor Rivera ist mein Gast. Ein Freund meiner Familie. Mein Freund. Du verhältst dich ihm gegenüber freundlich und zuvorkommend, oder wir beide unterhalten uns unter vier Augen.«

»Der Typ zieht die Ehre deiner Familie in den Dreck!«

»Der Name meiner Familie ist meine Angelegenheit. Nicht deine. Jetzt verpiss dich. Und lass dich hier nicht mehr blicken!«

Mateo Vargas scharrte mit den Füßen. Ballte die Hände. Doch Antonio schaute ihn nur an. Und Vargas winkte seinen Männern. »Wir verschwinden.«

Sie gingen.

»Das wird dir noch leidtun, Antonio!«, rief Vargas aus sicherem Abstand.

Antonio sagte nichts, schaute nur zu, wie sie in ihre Autos stiegen und davonfuhren.

»Unter diskret habe ich mir etwas anderes vorgestellt.«

»Wer sind diese Typen?«

»Ganoven. Schläger. Kleinkriminelle. Niemand, den ich in der Nähe meiner Familie haben will. Verstanden?«

Ich nickte.

»Dieser Mateo Vargas, er hat mich heute Morgen gewarnt. In einer Bar, beim Frühstück. Warum?«

»Was weiß ich? In diesem Scheißkaff wird zu viel geredet«, sagte Antonio. »Vergiss ihn. Ich regele das. Der wird dich nicht mehr belästigen.«

Er schaute die Straße hinab. Für einen Moment wirkte er müde.

»Ich will kein Aufsehen«, sagte er. »Bleib in der Sache diskret und sprich dich mit mir ab.«

»Einverstanden.«

Wir standen da. In der Sonne.

»Mach weiter«, sagte Antonio. »Sag mir Bescheid, wenn du etwas findest.«

Dann ging er. Ich blickte ihm nach. Er ging durch den Staub zurück zum Haus.

Unser Land war ein seltsamer Ort. Ein Paradies mit Dornen, voller Wein, schöner Frauen und wütender Männer. Und etwas davon brachte uns irgendwann um. Auf die ein oder andere Weise. Aber das war okay. Alles hatte seinen Preis.

Ich ging zu meinem Wagen und fuhr los.

23

Von meinem Auto aus sah ich Elena. Sie stand am Ende des Zauns, der den Hof der Morells umgab. Sie redete mit Álvaro. Ich fuhr zu ihnen und öffnete das Wagenfenster.

»Elena?«

»Manuel? Was machst du hier?«

»Das kann ich dich ebenso fragen, oder?«

»Álvaro …«, sagte Elena, doch der Junge verschwand hinter dem Zaun.

»Na toll«, seufzte sie. »Du hast ihn verscheucht.«

»Bisschen schüchtern, der Kleine?«

»Sensibel«, sagte sie und öffnete die Tür zu meinem Wagen. Sie setzte sich.

»Er versorgt mich mit Informationen.« Sie schloss die Tür.

»Was für Informationen?«

»Er hält die Augen und Ohren für mich offen.«

»Wir haben doch besprochen, wie das läuft.«

»Du hast besprochen, nicht ich. Du erzählst mir nur ständig, wie die Dinge laufen sollten, während ich hier etwas bewege.«

»Aha. Und was hast du bewegt? Klär mich bitte auf.«

»Álvaro glaubt, dass Sofía irgendwo ein Tagebuch hatte.«

»Und er sucht es für dich?«

»Genau.«

Ich zweifelte daran, dass der junge Álvaro mehr finden würde, als ich gerade in Sofías Zimmer gesehen hatte.

Ich griff in meine Tasche und warf ihr Sofías iPhone zu. »Während du ›etwas bewegst‹, habe ich uns Sofías iPhone organisiert.«

Sie pfiff durch die Zähne. »Ich habe dich wohl unterschätzt, Dicker.«

»Ich bin nicht dick.«

»Joggen würde nicht schaden.«

»Irgendeine Idee für den Code?«

Sie schaltete das iPhone ein, tippte einige Kombinationen ein. Es tat sich nichts.

»Vorsicht. Wenn du es übertreibst, dann verlängern sich die Abstände, oder das Gerät löscht sich selbst.«

»Das weiß doch jedes Kind«, sagte sie.

»Okay, ich mein ja nur …«

»Ich hab Hunger.

»Dann lass uns was essen. Es ist fast Mittag.«

Wir verließen Baixa und fuhren zurück nach El Palonet.

24

Wir saßen in Rosabellas Bar. Ich hatte darauf bestanden, dass sich Elena mit einer Cola begnügte, obwohl Rosabella ihr ein Bier angeboten hatte. Paco stand mit der dunkelhaarigen Wirtin an der Theke, und die beiden lachten und turtelten. Mathieu war nirgendwo zu sehen.

Paco brachte uns zwei Teller an den Tisch. Frische Patatas bravas und Boquerones en Vinagre. Er trug ein sorgfältig gebügeltes Hemd, eine Bundfaltenhose und seine besten Schuhe. Er strahlte.

»Hast du hier einen neuen Job?«, fragte ich ihn.

»Nein, ich helfe nur aus«, sagte er.

»Wo ist dieser andere Typ?«, fragte Elena. »Dieser französische Spinner?«

»Der ist weg. Er hat sich überlegt, dass er woanders besser aufgehoben ist.«

»Aha, verstehe«, sagte ich. »Gut für dich, oder?«

Er zwinkerte mir zu.

Elena legte ihre Hand auf die von Paco und lächelte. Er lächelte zurück. Die beiden hatten anscheinend ein Band der Freundschaft geknüpft. Was wohl Vanessa dazu sagen würde?

Mir fiel ein, dass einige Nachrichten von ihr in meinem Handy auf Antwort warteten.

Ich drehte mich zur Seite und tippte: »Hallo, wie geht es dir? Ich war unterwegs. Kommst du bald zurück?«

Sie antwortete sofort. Zwei Herzen. »Vermisst du mich?«

Elena musterte mich, und ich legte das Handy vor mir auf den Tisch. Den Bildschirm nach unten.

Elena griff zur Gabel und begann die Patatas bravas in sich hineinzustopfen, als würde in den nächsten fünf Minuten das Ende der Weltversorgung in Sachen Bravas anstehen. Ich beeilte mich, die ein oder andere Patata vor ihr zu retten, doch ich verbrannte mir den Mund. Sie waren viel zu heiß. Elena schien das nicht zu stören.

»Wie läuft es mit euren Ermittlungen?«, fragte Paco.

»Wieso weißt du davon?«

»Elena war heute Morgen bei mir. Auf dem Boot.«

»Aha.« Ich musterte die beiden. »Und wie bist du danach von hier aus nach Baixa gekommen?«, fragte ich Elena.

Sie zuckte mit den Schultern.

»Du sollst doch keine Motorroller stehlen.«

Sie stopfte sich eine weitere Brava in den Mund.

»Wir haben das Handy von Sofía gefunden«, murmelte sie Paco zu, und ihre Gabel wanderte bereits zur nächsten Kartoffel auf dem Teller.

»Und? Was steht drin? In dem Handy?«, fragte Paco.

»Wir brauchen erst noch den Code für den Zugang«, sagte Elena.

»Ach so. Und eure Liste der Verdächtigen?«

»Also, die –«, setzte ich an, doch mein Handy brummte. Eine neue Nachricht.

Ich tat so, als hätte ich es nicht gehört.

»Schau mal lieber nach, was deine Frauen so machen«, sagte Elena. »Sonst kommen die noch auf dumme Gedanken.«

Ich fing an, mich über sie zu ärgern. Und an den Bravas hatte ich mir den Mund verbrannt.

»Ich persönlich bleibe dabei, dass dieser eklige Nachbar unser Hauptverdächtiger ist«, sagte Elena, während ich auf mein Handy schaute. Und zwar so, dass Elena nicht auf den Bildschirm blicken konnte.

»Du vermisst mich anscheinend nicht!«, hatte Vanessa geschrieben. Mit einem weinenden Emoji.

»Doch. Doch«, schrieb ich. Warum, wusste ich selbst nicht. Und dann tippte ich: »Wann kommst du?«

»Frauen brauchen Aufmerksamkeit«, sagte Elena.

»Was geht dich das an?«

»Etwas gereizt heute? Vielleicht zu wenig geschlafen letzte Nacht?«

Sie stocherte jetzt in den Sardellen und würdigte mich mit keinem Blick.

Ich schaltete das Handy aus und nahm einen tiefen Schluck Wein. Und dann noch einen. Schon besser.

»Paco, Schätzchen. Der Pulpo Gallego ist fertig«, rief Rosabella.

»Ich komme schon, meine Schöne«, rief Paco und lief hinüber zur Theke. Er flüsterte Rosabella etwas zu, und sie kicherten wie zwei Teenager. Dann kam er zurück zu uns an den Tisch.

»Also, was habt ihr bisher in dem Fall?«, fragte Paco und stellte einen weiteren Teller vor uns hin. Darauf lag Pulpo Gallego: ein Tintenfisch auf Kartoffeln, garniert mit Paprikapulver.

Diesmal griff ich als Erster zu, und wieder verbrannte ich

mir den Mund, während Elena ihren Bissen einfach mit einem Schluck Cola herunterspülte.

»Was ist mit dem Anwalt? Kommt er in Frage?« Paco schaute mich an.

Wieder fragte ich mich, woher er das wusste. Doch des Rätsels Lösung saß wahrscheinlich direkt neben mir und schaufelte sich Pulpo Gallego in den Mund.

»Kann ich nicht doch vielleicht ein Bier haben?«, fragte sie.

»Nein.«

»Du trinkst doch auch Wein.«

»Das ist was anderes.«

»Warum?«

»Weil ich erwachsen bin.«

»Deine Freundinnen sind da vielleicht anderer Meinung«, sagte sie und kippte die restliche Cola in einem Schluck herunter.

Paco lief los, um ihr eine neue Cola zu holen.

»Hör zu, Elena, du kannst nicht der ganzen Welt von unserer Sache erzählen.«

»Was meinst du damit? Haben wir beide eine Sache?«, fragte sie. Sie neigte ihren Kopf etwas zur Seite und schaute mich an.

»Du weißt ganz genau, was ich meine: unsere Ermittlungen.«

»Ach so. Und wieso nicht?«

»Weil das nicht geht.«

»Paco ist Polizist.«

»Er war Polizist.«

»So wie du. Wo ist der Unterschied?«

Wieder griff ich zum Wein, doch diesmal ließ ich ihn stehen. Mein Denken war bereits etwas benebelt, und die Blöße wollte ich mir nicht geben. Paco kam mit einem neuen Glas Cola zu uns.

»Manuel will nicht, dass wir mit dir über die Ermittlungen reden«, sagte Elena zu Paco, als er ihr das Glas Cola hinstellte.

»Oh«, sagte Paco. »Schon gut, schon gut!« Er hob die Hände. »Geht mich ja auch nichts an.«

»Das habe ich so nicht gesagt, Paco!«

»Das hast du wohl so gesagt!«, beharrte Elena.

»Nein, aber wir können nicht der ganzen Welt von dieser Sache erzählen.«

»Ach so, dann bin ich hier wohl ›die ganze Welt‹, oder wie?«, sagte Paco und drehte sich um.

Er ging zur Theke, lehnte sich Rosabella entgegen und kitzelte ihren Unterarm, um sie zum Lachen zu bringen. Sie kicherte. Er kicherte. Und mir war nach Urlaub zumute.

»Danke, Elena.«

»Wieso? Ich hab doch nur gesagt, was du mir auch gesagt hast.«

»Ach, vergiss es.« Ich winkte ab. »Was weißt du von dem Praktikum, das Sofía im Rathaus gemacht hat?«

»Sie wollte damit ihr Zeugnis aufbessern. Weil wir doch eine etwas schwierige Phase hatten. Mit den Noten und so.«

»Hat sie dort irgendwelche Kontakte geknüpft? Irgendwelche Leute kennengelernt?«

»Woher soll ich das wissen? Ich hab sie nicht zur Arbeit begleitet.«

»Ihr habt doch über alles geredet, hast du mir gesagt.«

»Ja, aber doch nicht über so was.«

»So kommen wir nicht weiter.«

»Du bist heute irgendwie anstrengend, Manuel«, sagte sie. »Hast du was?«

»Nein. Aber ich wäre weniger anstrengend, wenn wir uns auf unser Thema konzentrieren könnten. Irgendeine Idee zu dem iPhone?«

»Ich sagte doch, ich denke nach.«

»Sieht mir nicht sehr danach aus.«

»Musst du heute immer nur stänkern? Sei doch mal etwas positiver!«

Jetzt nahm ich doch einen Schluck Wein. Die Dinge erschienen mir im Moment deutlich besser mit ausreichend Wein, auch wenn mir dieser Gedanke nicht besonders behagte.

»Sie mag ihn. Aber sie hat noch Zweifel«, sagte Elena und seufzte.

»Was meinst du?«

»Na, Rosabella. Das zwischen ihr und Paco.«

»Ja und?«

»Was ›ja und‹? Interessiert es dich nicht, was mit deinem Freund ist?«

»Doch, schon. Aber woher soll ich denn wissen, was sie denkt?«

»Das weiß man doch.«

»Ach ja? Und woher?«

»Oooch, Männer!«

An der Theke kicherten Paco und Rosabella wieder.

»Ich muss jetzt nach Hause«, sagte ich. »Ich brauche eine Siesta.«

Ich legte das Geld auf den Tisch und stand auf. Hinaus auf die Straße. Elena lief mir hinterher. Paco und Rosabella bemerkten nicht einmal, dass wir die Bar verließen. Sie hatten nur Augen füreinander.

25

Es war spät geworden. Ich war auf dem Sofa eingeschlafen. Als ich aufwachte, war es draußen dunkel, und die Abendnachrichten liefen.

Ich hörte Elena oben in meinem Schlafzimmer herumkramen, und ich fragte mich, was sie dort machte.

Ich lief hinauf.

Sie hatte es sich in meinem Bett gemütlich gemacht. Der Fernseher, der in meinem Schlafzimmer stand, war eingeschaltet, und sie hatte sich die Decke bis zum Kinn gezogen.

»Was wird das, Elena?«, fragte ich sie.
»Ich leg mich hin. Es ist spät. Ich bin müde.«
»Elena, du kannst nicht jede Nacht hier schlafen!« Sie antwortete nicht. »Elena, wir müssen reden ...«
»Muss das jetzt sein? Ich will das sehen.«
Es klingelte an der Haustür.
Ich verbiss mir meinen Kommentar, lief die Treppe hinab zur Haustür und öffnete.
»Ich hoffe, ich störe nicht?«
Vera stand vor mir.
»Ääh ...?«
Ich hasste mich wirklich in diesen Moment, aber ich bekam tatsächlich nichts anderes heraus.
Vera trug einen kurzen Rock, eine elegante Bluse. In einer Hand eine Flasche Wein und in der anderen eine große Tüte, die nach Essen roch.
»Meine Tante hat Canelones de Pollo gemacht. Es sind die besten Canelones im ganzen Land! Die musst du einfach probieren! Und Wein? Du trinkst doch Wein, oder?«
»Ich, also ich ...« Es wurde nicht besser. Ich bekam kein vernünftiges Wort heraus.
»Manuel, lass mich bitte hier nicht so stehen. Ich will mich entschuldigen. Wegen heute Morgen. Das war alles zu viel für mich. Ich war unfreundlich und unfair zu dir. Kann ich es wiedergutmachen?«
»Ja, ja, natürlich ... komm herein!«
Ich ließ sie an mir vorbei und in mein Haus. Sie duftete.
»Manuel ...?«, rief Elena von oben aus dem Schlafzimmer.
»Sie ist hier?«, fragte mich Vera.
»Ja«, seufzte ich.
»Soll ich ein anderes Mal wiederkommen?«
»Nein, auf keinen Fall. Einen Moment«, sagte ich und lief die Treppe hinauf.
»Los, du kannst auch ins Gästezimmer, wenn du schlafen willst. Da ist genug Platz.«

»Da ist kein Fernseher!«

»Dann schau YouTube oder mach irgendwas auf Instagram oder was auch immer.«

»Warum bist du denn so komisch?«

»Das bin ich nicht.«

»Das bist du doch.« Sie musterte mich. »Es ist die Nachbarin, stimmt's? Deine Freundin!« Ihre Augen glänzten vor Neugierde.

»Nein!«, sagte ich.

»Du lügst doch! Das ist toll. Jetzt lerne ich sie endlich mal kennen!«

Elena sprang auf und rannte nach unten.

Ich lief ihr nach.

Elena stand in der Tür zur Küche und machte einfach nur: »Oh!«

»Hallo, Elena ...«, sagte Vera. »... Ich mache gerade Essen ...«

Elena drehte sich um. »Kein Hunger! Könnte kotzen!«

Sie ging ins Wohnzimmer und legte sich auf das Sofa. Der Fernseher dort lief noch. Sie stellte ihn lauter. Zu laut.

»Es tut mir leid ...«, sagte ich zu Vera.

Sie winkte ab. »Machen wir das Essen?«

Wir stellten uns an Herd und Anrichte und bereiteten das Essen zu. Aus dem Wohnzimmer dröhnte der Fernseher.

Ich drehte das Radio auf, das in der Küche stand. Es lief »La gata bajo la lluvia« von Rocía Dúrcal.

»Oh, das mag ich«, sagte Vera.

»Ich auch.«

Sie lächelte.

»Der Herd ...?«, fragte sie.

Ich schaltete den Ofen ein und öffnete ihn. Vera schob die Canelones hinein.

Dann bereiteten wir das Essen zu: Salat, gesalzene Mandeln, frisches Brot, Käse und Jamón Ibérico legten wir auf die Teller. Vera probierte den Jamón.

»Du hast einen guten Geschmack!«

»Danke.«

»Ich war heute Morgen sehr unfreundlich. Das tut mir leid!«

»Nein. Ich muss mich entschuldigen. Ich habe mich in Dinge eingemischt, die mich nichts angehen.«

»Der Tod meiner Schwester hat meiner Familie viel Kummer bereitet.«

»Es tut mir leid.«

»Wir haben sehr gelitten, schwere Zeiten hinter uns. Meine Mutter ist vor ein paar Jahren gestorben. Mein Vater ist krank. Dann die Krise im ganzen Land. Das macht es auch nicht einfacher. Wir sind neun Geschwister. Ich versuche sie zusammenzuhalten. Am Ende hat man eben nur die Familie. Das ist alles, was zählt.«

Ich dachte an meinen griesgrämigen Vater. Meine Schwestern, die nicht aufhörten, sich in mein Leben einzumischen. An meinen nervigen Schwager, den ich gerne einfach im Meer versenken würde.

Familie war alles, was zählte?

Vielleicht. Vielleicht auch nicht. Ich wusste es manchmal nicht so genau.

Trotzdem rang ich mich zu einem »Ja, das stimmt« durch und hoffte, dass es überzeugend genug klingen würde.

»Hast du Familie?«, fragte Vera. »Ich meine … Kinder …? Frau?«

»Nein.«

»Und warum nicht?«

»Ich glaube, mein Job hat es nie zugelassen.«

»Das sind Ausreden.«

»Wahrscheinlich sind sie das. Und du?«

Sie schüttelte den Kopf. »Einmal verlobt. Vor der Hochzeit stellte sich heraus, dass er krumme Geschäfte machte.«

»Und dann?«

»Du kennst doch meine Brüder? Sie haben ihm erklärt, wie

die Dinge in unserer Familie laufen. Danach habe ich ihn nie wieder gesehen.«

»Und danach?«

»Tja, ein Familienunternehmen. Sechs Brüder. Zwei jüngere Schwestern. Ehe man sich's versieht, sind die Jahre verflogen.«

»Das sind Ausreden«, sagte ich.

Sie lachte. »Kann sein.«

Ein Moment der Stille zwischen uns. Eine gute Stille.

»Die Canelones«, sagte sie. »Wir müssen aufpassen, dass sie nicht von unten anbrennen.«

Ich stellte den Ofen aus und öffnete ihn einen Spaltbreit.

»Das riecht gut!«, hörte ich. Elena stand in der Tür.

Vera drehte sich zu ihr um. »Ich mache dir einen Teller.«

»Danke ... Vera, es tut mir leid. Wegen vorhin. Und gestern. Ich wollte nicht ...«

Vera winkte ab. »Schon gut. Wir kennen uns lange genug. Hier, nimm die Teller und bring sie ... wohin? Wo essen wir?« Sie wandte sich an mich.

»Terrasse«, sagte ich.

Elena nahm die Teller und verschwand.

»Warum kümmerst du dich um sie?«, fragte Vera.

»Ich weiß nicht. Ich glaube, sie tut mir leid.«

Sie nickte.

»Vera, ich ... ich war nicht ganz ehrlich. Ich kenne ihre Eltern nicht.«

»Ja, ich weiß.«

»Woher?«

»Männer sind leicht zu durchschauen.«

»Ich wollte dich nicht anlügen.«

»Sie tat dir leid. Du kümmerst dich um sie. Das reicht mir.«

Vera hielt mir die Schüssel mit dem Salat entgegen. »Das Essen ist fertig.«

26

»Was ist das?« Vera stand vor der Pinnwand, auf der wir die Verdächtigen und die möglichen Motive zum Tod ihrer Schwester aufgelistet hatten.

»Ich wollte nicht … Es tut mir leid.« Ich versuchte mich zwischen sie und die Pinnwand zu drängen.

Doch sie schob mich zur Seite. »Das braucht es nicht. Mein Bruder hat recht: Wenn am Tod meiner Schwester etwas nicht stimmt, dann müssen wir es wissen.«

»Vera, ich habe viele Jahre Verbrechen aufgeklärt, auch Mordfälle.«

Sie winkte ab. »Ich weiß, wer du bist. Das Internet macht es leicht, dich zu finden.«

»Ich wollte dich nicht anlügen.«

»Das hast du nicht. Ich verstehe schon, dass du nicht jedem gleich deine Vergangenheit auftischen möchtest. Interessant ist sie allerdings.«

Sie schaute auf das, was wir über den Fall an der Pinnwand zusammengetragen hatten. Dann drehte Vera sich zu mir um. »Tu mir nur einen Gefallen: Sei vorsichtig. Auch für dich selbst. Und für Elena. Es gibt ein paar Männer in Baixa, denen man nicht zu nahe kommen sollte.«

»Wie diesem hier zum Beispiel?« Ich deutete auf den Anwalt.

»Wahrscheinlich.«

»Was weißt du von ihm?«

»Ich mag ihn nicht. Aber er arbeitet mit Antonio. Seit Jahren. Er macht die Buchhaltung und den Papierkram, ansonsten versuche ich ihn von uns fernzuhalten.«

»Könnte Sofía in irgendetwas hineingeraten sein?«

»In was? Sie war ein Schulmädchen. Sie wusste doch nichts vom Leben.«

»Manchmal reicht das.«

»Ich weiß nicht, Manuel. Das alles fühlt sich immer noch so

fremd an. Es ist meine kleine Schwester. Ich habe sie praktisch großgezogen. Und jetzt ist sie nicht mehr da.«

Sie schwieg.

Ich legte den Arm um sie.

»Ihr erfahrt alles als Erste. Und wenn da nichts ist, dann halte ich mein Wort. Einschließlich Elena.«

»Störe ich?« Elena kam ins Wohnzimmer.

»Nein«, sagte ich und ließ Vera los.

»Könnte man fast meinen.« Sie griff sich ihr iPhone, das sie auf dem Sofa liegen gelassen hatte. Dann verschwand sie. Nach oben. Allerdings nicht, ohne noch zu sagen: »Du solltest auch schlafen, Manuel. Deine Nächte sind etwas sehr lang in letzter Zeit. Gute Nacht!«

Vera musterte mich.

»Sie ist halt schwierig«, sagte ich.

»Hm«, machte sie nur und musterte mich noch einmal. Dann wandte sie sich wieder der Pinnwand zu. »Was macht der da?«

»Euer Nachbar.«

»Ja, ich weiß.«

»Was kannst du mir über ihn sagen?«

»Verrückter Kerl. Junkie. Hat er was damit zu tun?«

»Das weiß ich nicht.«

»Und Ricardo?«

»Du kennst ihn?«

»Ich bin Sofías Schwester. Natürlich wusste ich davon.«

»Und?«

»Es gefiel mir nicht, aber ich sagte mir, dass das eine Phase sei. Und das war es wahrscheinlich auch. Sie schien ihn sattzuhaben. Zum Glück, bevor meine Brüder davon erfahren konnten.«

»Warum?«

»Sie sind etwas altmodisch.«

»Was bedeutet das?«

»Sie hätten ihn verprügelt, was denkst du denn?« Vera

drückte sich für einen Moment an mich. »Es ist schon spät. Ich muss gehen«, sagte sie.

Ich begleitete sie zur Tür.

»Das war sehr schön heute, Manuel«, sagte sie.

Und sie hatte recht. Sogar Elena hatte sich freundlich und unterhaltsam während des gemeinsamen Essens gegeben. Während der Zeit auf meiner Terrasse wirkten die beiden fast wie Freundinnen. Oder Schwestern. Die eine oder andere Stichelei hatten sie sich nicht verkneifen können. Aber insgesamt war es ein lustiges, harmonisches Abendessen gewesen. Fast melancholisch hatte ich gedacht, ob es sich wohl so anfühlen würde, eine eigene Familie zu haben?

Nun stand Vera in meiner Haustür, um sich von mir zu verabschieden. Sie lächelte. Sie streichelte mir über die Wange.

»Danke.«

Sie gab mir zum Abschied Küsschen links, rechts, und dann ging sie. Wieder schaute ich ihr nach. Und wieder drehte sie sich nicht um. Aber das machte mir heute nichts aus. Sie war bei mir gewesen. Nur das zählte.

Drei

1

Ich schaute verschlafen in das Gesicht meiner Mutter. Ihr Blick und die Mundwinkel verrieten nichts Gutes. Ich war auf dem Sofa eingeschlafen. Der Fernseher lief noch. Morgenlicht fiel durch die Fenster.

»Manuel.«

»Mama?«

»Manuel, warum liegt ein junges Mädchen in deinem Bett?«

»Ach so, das ist –«

»Was hast du mit so jungen Mädchen zu schaffen?«

»Also, das ist –«

Meine Schwester Ángela tauchte neben meiner Mutter auf. »Ich bin sehr enttäuscht von dir, Manuel. Dass du so tief sinken würdest, hätte ich nicht gedacht.«

»Nein, das ist alles ganz anders.«

»Das Mädchen ist doch nie im Leben volljährig. Willst du dich jetzt endgültig ruinieren?«

»Jetzt hört mir doch mal zu –«

»Habe ich dich etwa auf diese Weise großgezogen?«, fragte Mama.

»Ich habe immer gesagt, dass das alles hier nicht gut für ihn ist. Hier draußen. Und immer allein«, sagte Ángela und verschwand.

Ich wischte mir über das Gesicht. Ich war viel zu müde für das hier. Doch Mama war anderer Ansicht.

»Du kannst doch nicht …« Und dann ging es los, die ganze Litanei, und ich schloss die Augen in der Hoffnung, dass es einfach aufhören würde. Aber es hörte nicht auf.

»Manuel!«, kreischte Ángela irgendwo im Haus.

Sie lief herbei. Das Pornoheft des Nachbarn in der einen Hand und die Sammlung Schlüpfer in der anderen.

»Manuel? Was … ist … das?«

Eigentlich hatte Elena gestern alles weggeräumt. Doch anscheinend hatte Ángela das ganze Zeug gerade irgendwo in einer Schublade gefunden.

»Manuel, sag mir bitte nicht, dass …«, stammelte meine Mama.

»Ich wusste es. Ich wusste es. Ich wusste es immer … Er hätte heiraten sollen. Er braucht eine Familie. Dann wäre das hier nicht passiert!«, rief Ángela und lief im Wohnzimmer umher. Sie warf die Sachen angewidert auf den Boden.

Ich erhob mich vom Sofa. »Würdet ihr mir jetzt bitte einmal zuhören?«

Mama warf sich in meine Arme und rief: »Ach, Sohn, ach, Sohn, was habe ich falsch gemacht?«

»Verdammt, haltet jetzt bitte mal die Klappe. Lasst mich ausreden!«

»Nicht in diesem Ton«, rief Ángela. »Und was ist das hier eigentlich?« Sie deutete auf die Pinnwand.

»Klappe halten. Alle«, schrie ich.

»Warum schreit ihr denn so?«

Elena stand in der Tür. Müde rieb sie sich die Augen und blinzelte uns an. Sie trug nur ein T-Shirt und offenbar nicht viel darunter. Ángela und Mama schauten sich entsetzt an.

»Würdest du uns sagen, wer du bist?«, fragte Ángela.

»Manuel, erklärst du ihnen das? Ich bin so müde«, sagte Elena und ließ sich in den Sessel fallen. Sie gähnte.

»Ja, bitte, Manuel. Eine Erklärung. Und zwar schnell«, sagte Ángela.

»Die würde ich euch ja gerne geben, wenn ihr mich verdammt noch mal ausreden lassen würdet.«

»Also?«

»Das ist Elena.«

»Und?«

»Es ist nicht, was ihr denkt.«

»Was denken wir denn?«

»Da ist nichts zwischen uns.«

Elena gähnte. »Ach?«, sagte sie.

»Lass das, Elena. Das ist nicht der Moment für Witze.«

»Schon gut, schon gut.« Sie rieb sich das Gesicht und streckte sich.

Ángela und Mama starrten sie an.

Elena schüttelte den Kopf. »Keine Sorge. Er ist nicht mein Typ.«

Dann schauten die beiden wieder mich an.

»Was macht das Mädchen hier?«

»Elena«, sagte sie.

»Okay, Elena«, antwortete Ángela.

»Sie ist hier, weil wir in einem Vorfall ermitteln.«

»Ein Vorfall? Ermitteln? Was soll das bedeuten?«

»Jemand hat meine Freundin umgebracht«, sagte Elena.

Es herrschte Stille. Elena bekam einen Schluckauf. Mama starrte mich an. Ángela suchte nach Worten. Und ich stand einfach nur da.

»Junge, wo bist du nur hineingeraten?« Mama schlug die Hände über dem Kopf zusammen.

»Bist du wieder bei der Polizei?«, fragte Ángela.

»Nein.«

»Er hat doch gekündigt«, rief Mutter. »Arbeitslos ist er!«, wimmerte sie.

»Mama, ich bin nicht arbeitslos.«

»Ach, Junge. Du hättest niemals deine Arbeit aufgeben dürfen.«

»Mama, was redest du da?«

»Was soll denn jetzt aus dir werden? So ohne Arbeit. Ohne Frau. Einen Arbeitslosen will doch niemand heiraten.«

»Und dann kommt so was dabei heraus.« Ángela deutete auf Elena. Die kämpfte mit ihrem Schluckauf.

»Mama, ich bin nicht … Ach, vergiss es einfach. Und du, Ángela, das ist es ganz bestimmt nicht.«

»Bist du sicher?« Sie musterte das Mädchen, ihre nackten Beine, und Elena lächelte sie an, bis sie wieder Schluckauf bekam und die Schultern hob.

»Das klingt doch alles völlig verrückt, Manuel. Du brauchst Hilfe!«, sagte Ángela.

»Oh Gott, ich halte das nicht aus«, rief ich.

»Schrei mich nicht an«, fauchte Ángela.

»In meinem Haus schreie ich, wie es mir passt!«

»Kannst du vielleicht auch mal an Mama denken? Oder an Papa? Du denkst immer nur an dich!«, schrie sie. »Und das arme Mädchen hier!« Sie ging zu Elena und schlang ihre Arme um sie. Überrascht von Ángelas Umarmung setzte Elena sich auf, schüttelte sich unter dem Schluckauf.

»Kann ich etwas Wasser haben?«, fragte sie.

»Natürlich. Komm, meine Kleine. Wir gehen in die Küche. Da mache ich dir etwas zu essen.«

Ángela führte Elena in die Küche.

Mama weinte.

Ich legte den Arm um sie.

»Mama, wirklich. Es ist nichts. Das Mädchen hat mich um Hilfe gebeten. Weil ich doch mal Polizist war.«

»Ach Gott, Junge, immer steckst du in Schwierigkeiten.«

Da hatte sie diesmal nicht ganz unrecht. Doch das konnte ich ihr nicht sagen.

»Es gibt keine Schwierigkeiten. Und mit dem Mädchen, da ist nichts. Du kannst später Paco fragen. Er wird dir alles erklären«, sagte ich. Das beruhigte sie. Paco vertraute sie.

»Lass uns etwas essen«, sagte Mama. »Ich brauche jetzt einen Kaffee.«

Ich nickte. Den brauchte ich auch.

2

Ich hatte gefrühstückt und geduscht. Natürlich hatten wir gestritten. Doch irgendwann konnte ich Mama und Ángela davon überzeugen, dass Elena nicht meine Geliebte war. Elena hatte genickt und es bestätigt, denn offensichtlich hatte sie verstanden, dass das jetzt nicht der richtige Moment für Spielchen war.

Nun saß sie mit Mama in der Küche und erzählte ihr, wie ihre Familie sie verlassen hatte und dass sie im Heim lebte. Mama schluchzte, nickte, streichelte und drückte Elena. Es tat ihr gut. Also ließ ich die beiden dort in ihrer eigenen Welt. Das war eine Sache zwischen Frauen. Je mehr Mama von Elenas Erzählungen hörte, desto mehr Essen stellte sie auf den Tisch. Elena aß dankbar.

Mir war das nur recht. Ich sah eine Chance, zu verschwinden. Denn ich hatte einen Plan für heute Morgen. Als ich die Haustür öffnete, hielt mich Ángela auf.

»Wo willst du hin?«

»Seit wann schulde ich dir Rechenschaft darüber, wo ich hinwill?«

»Manuel, dein Verhalten in letzter Zeit gefällt mir überhaupt nicht.«

»Nun, es steht dir frei, mein Haus zu verlassen.«

»Das Mädchen ist aus einem Heim. Sie hat es mir gesagt.«

»Und?«

»Das kann dir Schwierigkeiten machen.«

»Größere Schwierigkeiten als meine eigene Familie könnte ich mir im Moment nicht vorstellen!«

»Papa ist sehr enttäuscht von dir.«

»Seit wann ist er das nicht?«

»Mama hat den ganzen Tag geweint.«

»Was willst du, Ángela?«

»Du solltest mit Raúl reden.«

»Auf keinen Fall.«

»Sei nicht so dickköpfig.«

»Ich bin nicht dickköpfig. Ich will nur nicht mit ihm reden.«

»Er ist dein Schwager. Der Mann deiner Schwester.«

»Er ist ein Arschloch.«

»Könntest du auch mal an deine Schwester denken? Oder an mich? Vielleicht nur das eine Mal?«

»Ich muss jetzt los.«

»Das Mädchen bedeutet Schwierigkeiten.«

»Nicht mehr Schwierigkeiten, als du gemacht hast, als du jung warst.«

»Komm mir nicht so.«

»Schließt bitte ab, wenn ihr geht!«

»Du bist ein Arsch, Manuel!«

»Adiós!«

Ich ging hinaus. Nur um Alba auf der Türschwelle zu begegnen.

»Wo ist Enzo?«, fragte sie. Ihre Augen waren rot. Sie hatte geweint.

»Das weiß ich nicht!«

»Du lügst.«

»Warum sollte ich lügen?«

»Ihr wisst doch immer alles. Ihr Kerle haltet doch zusammen, egal was kommt. Euch ist doch ganz egal, was mit mir ist.«

»Was ist los, Alba?«

»Er war die ganze Nacht nicht zu Hause.«

»Das tut mir leid. Aber ich weiß wirklich nichts darüber.«

»Er ist bei einer anderen Frau, erzähl mir doch nichts!«

»Davon weiß ich nichts.«

»Du bist auch so ein Scheißkerl, Manuel. Ich weiß alles über deine Frauengeschichten.«

Ich zuckte mit den Achseln. Was hätte ich sagen sollen?

»Du bist ein schlechter Einfluss. Enzo braucht keine anderen Frauen. So wie du. Er hat eine Familie. Merk dir das.«

»Alba, ich weiß wirklich nicht …«

Elena tauchte in der Tür hinter mir auf. Immer noch nur im T-Shirt, immer noch mit zu viel Bein.

Alba starrte sie an. »Du bist ein Schwein, Manuel«, sagte sie. »Du bist wirklich ein Schwein!«

Dann drehte sie sich um und stampfte davon.

»Ärger?«, fragte Elena. »Ich hoffe, du hast nichts mit ihr?«

»Red keinen Quatsch. Enzo hat sich nicht zu Hause blicken lassen. Sie weiß nicht, wo er ist.«

»Oh. Das stimmt. Den hab ich seit neulich nicht mehr gesehen.«

»Sie auch nicht.«

Elena kratzte sich am Kopf. »Männer!«, sagte sie. Und dann zu mir: »Und du? Wo willst du hin?«

»Sag mal, bist du jetzt wie meine Schwester, oder was? Muss ich hier bald einen öffentlichen Fahrplan aufhängen, wann ich wohin fahre, damit ihr mich in Ruhe lasst?«

»Sei doch nicht so biestig. Ich dachte, wir haben zu tun? Wir ermitteln weiter.«

»Ich fahre jetzt zu einem Termin. Und du bleibst hier.«

»Tue ich nicht. Du willst irgendwohin, und das hat mit Sofía zu tun.«

»Du machst heute mal Pause«, sagte ich und ging.

Sie folgte mir einfach.

»Was wird das?«, fragte ich sie.

»Ich komme mit, oder ich sage deiner Schwester, dass wir eine Affäre haben.«

»Nicht nötig. Das denkt die doch sowieso schon.«

»Vanessa auch?«

»Halt die Klappe.«

»Weiß Vera eigentlich von Vanessa?«

»Da gibt es nichts zu wissen.«

»Bist du dir sicher?«

»Das bin ich.«

»Du warst etwas sehr freundlich zu ihr, zu Vera.«

»Ich bin eine freundliche Person.«

»Zu mir nicht.«

»Ich lasse dich bei mir wohnen. Ist das nicht nett?«

»Jetzt gerade bist du nicht nett.«

»Aus gutem Grund.«
»Kommt deine andere Freundin auch? Die Polizistin?«
»Nein, wie kommst du darauf?«
»Weil du nicht willst, dass ich mitkomme.«
»Das hat damit nichts zu tun.«
»Sie mag mich nicht.«
»Kann sein.«
»Ist sie deine Ex?«
»Geht dich nichts an.«
»War sie nicht etwas lange bei dir? Neulich? So gegen Abend?«
»Elena, was willst du?«
»Ich will mitkommen.«
»Dann komm halt mit. Aber halt die Klappe.«
»Kein Wunder, dass du allein lebst. Ständig diese schlechte Laune.«
»Zieh dir was an, aber beeil dich«, sagte ich und deutete auf ihre spärliche Bekleidung.
»Okay!« Sie lief zum Haus.
Ich sagte nichts mehr und ging zu meinem Auto, um dort zu warten. Tatsächlich, Elena brauchte nicht lange und kam fertig angezogen zum Wagen.
»Lass uns los«, sagte sie und stieg ein.

3

Elena weinte auf Kommando. Tränen der Verzweiflung. »Sie war meine Freundin. Meine beste Freundin. Ich hatte nur sie. Und jetzt ist sie nicht mehr da. Ich will doch nur verstehen … nur verstehen … Oh Gott, es tut so weh!«
Ich starrte sie an, rang mit meiner Überraschung. Das Mädchen hatte einige Tricks auf Lager.
Vor uns saß eine dicke Sachbearbeiterin, die wir im Rathaus

von Baixa angetroffen hatten. In der Abteilung für Baugenehmigungen. Hier hatte Sofía ihr Praktikum gemacht.

Doch die Frau wollte uns keine Auskünfte geben. Und darum hatte Elena mit ihrer Show angefangen. Sie war einfach in Tränen ausgebrochen.

Die Frau rutschte auf ihrem Stuhl hin und her, zupfte an ihrem Kleid. Sie wusste nicht, wohin, weder mit ihren Händen noch mit ihren Blicken.

Elena weinte. »Ich habe sie geliebt ... und jetzt ist sie nicht mehr da ...«

Tränen rannen ihr über die Wangen. Ich war erstaunt. Es wirkte so dramatisch wie echt. Die dicke Sachbearbeiterin kramte in ihrer Tasche und reichte ihr ein Taschentuch.

»Schon gut, schon gut«, sagte sie. »Ein paar Fragen kann ich sicherlich beantworten. Aber viel weiß ich auch nicht. Was willst du denn wissen?«

»Ist Ihnen irgendetwas aufgefallen an ihr? Hat sie vor ihrem Tod irgendetwas gesagt?«

»Nein. Sie war nur etwas ruhiger während der letzten Tage vor ihrem Tod. Ich hatte das wohl bemerkt. Aber mir nichts dabei gedacht. Junge Mädchen halt. Liebeskummer oder so.«

»Sie hat nichts gesagt? An jenem Tag? Als sie ...?«, fragte Elena und wischte sich die Tränen aus den Augen.

»Nein, nichts. Nur: ›Bis morgen.‹«

Die Frau kämpfte für einen Moment selbst mit den Tränen.

Also fragte ich sie: »Hat Sofía hier jemanden getroffen? Vielleicht auf dem Weg hinaus? Oder nach der Arbeit?«

»Nein. Nicht dass ich wüsste.«

»Wirklich niemanden?«

»Na ja, da war dieser Anwalt.«

»Víctor García Gonzáles.«

»Ja, genau.« Sie verzog das Gesicht. »Er hat sie morgens zur Arbeit gebracht und gegen Abend immer abgeholt, um sie nach Hause zu fahren.«

»War er auch mal mit ihr hier im Büro?«

»Er ist ständig hier. Das ist sein Job.«

Ich nickte. »Sonst noch irgendjemand?«

»Ich weiß nicht wirklich was. Sie hat hier gearbeitet. Aber wir haben nur über die Arbeit geredet. Über ihr Privatleben weiß ich nichts. Es tut mir leid.«

»Kennen Sie einen Mateo Vargas?«

»Ja, leider. Warum?« Ihr Gesichtsausdruck sagte mir alles.

»War er vielleicht mal hier?«

»Er ist regelmäßig hier. Macht Erledigungen für allerhand Leute.«

»Hatte er Kontakt zu Sofía?«

»Das weiß ich nicht. Hören Sie, das tut mir alles sehr leid. Und es ist schrecklich. Und du, meine Kleine, ich hoffe, dass du stark bist und deine Freundin nie vergisst und irgendwann darüber hinwegkommst, aber ich muss jetzt wirklich arbeiten.«

»Natürlich. Vielen Dank. Sie haben uns sehr geholfen.«

Die Frau erhob sich, ging um den Bürotisch und drückte Elena an sich. »Sei stark, Liebes. Alles wird gut.«

»Danke«, flüsterte Elena.

Dann gingen wir hinaus.

Vor der Tür wischte Elena sich die Tränen vom Gesicht. »Nicht sehr ergiebig. Ich hatte mir mehr erwartet«, sagte sie, als sei nichts gewesen.

»Immerhin, es war den Versuch wert«, meinte ich, immer noch beeindruckt von ihrer schauspielerischen Leistung im Büro. Ob sie das öfter machte? Wundern würde es mich nicht.

Da hörte ich hinter mir im Gang eine Stimme, die ich kannte. Ich griff Elenas Hand und zog sie hinter eine Säule.

»Was soll das?«, fragte sie.

»Schhht«, sagte ich.

Drei Männer kamen den Gang hinauf. Ich lugte um die Säule. Sie gingen an uns vorbei und bemerkten uns nicht. Es waren der Anwalt Víctor García. Mateo Vargas. Und ein weiterer Mann. Er war älter, stattlich, und es ging Autorität von ihm aus. Die Männer erreichten eine Tür am Ende des Ganges. Víctor García klopfte, und sie traten ein.

»Der Anwalt!«, flüsterte Elena.

»Ja. Kennst du die beiden anderen?«

»Nein. Du?«

»Mit dem einen hatte ich gestern eine etwas unfreundliche Begegnung. Den Älteren kenne ich nicht.«

»Hat das etwas zu bedeuten? Vielleicht damit …?«, fragte Elena. Sie deutete in die Richtung des Büros, in dem Sofía vor ihrem Tod gearbeitet hatte.

»Ich weiß es nicht«, sagte ich. »Aber vielleicht finden wir es heraus.«

Ich blickte sie an. »Du bleibst hier!«

»Warum?«

»Bitte, Elena. Nicht jetzt! Du machst jetzt einmal das, was ich dir sage. Bleib hier, ich bin gleich zurück!«

Ich ließ sie stehen und lief zur Tür, hinter der die drei Männer verschwunden waren.

4

Ich öffnete die Tür und trat ein. Vier Männer saßen an einen Tisch. Ich sah Dokumente und Baupläne.

»Kann ich Ihnen helfen?«, fragte ein Mann. Er trug einen dunklen Anzug, wirkte wie ein Beamter. Es war sein Büro.

Mateo Vargas wartete nicht auf meine Antwort. Er sprang auf und schrie: »Duuu …«

»Vargas! Setz dich!«, sagte der ältere Mann, der mir zuvor im Gang aufgefallen war. Er war Ende fünfzig, groß und attraktiv. Das graue Haar hatte er sorgfältig zurückgekämmt. Hemd und Schuhe sahen teuer aus. Sehr teuer. Von ihm ging eine Ruhe aus, die nur jemand besaß, der ganz genau wusste, dass er das Sagen hatte.

»Wer sind Sie?«, fragte er.
»Ach, nur jemand, der sich um den Müll kümmert«, sagte ich und griff nach dem Papierkorb neben der Tür.
»Lassen Sie den Unsinn. Was wollen Sie hier?«
»Irgendjemand muss sich doch darum kümmern. Sonst fängt es an zu stinken. Vor allem in den Ecken. Dort, wo niemand so genau hinschaut.«
Ich schob den Papierkorb in die Ecke. Das Geräusch hallte durch den Raum.
»Das ist doch ...«, sagte Víctor García, der Anwalt. »Sie waren vorgestern in meinem Büro! Sie handeln sich hier gerade jede Menge Ärger ein, das ist ihnen doch klar, oder?«
»Ich rufe die Security!«, sagte der Mann, dem das Büro gehörte, und griff zum Hörer.
Der ältere Mann winkte ab. »Lassen Sie das. Unser Besucher ist doch vermutlich aus einem bestimmten Grund hier, oder nicht?«
»Könnte man so sagen.«
»Und der wäre?«
»Sofía Morell.«
»Jetzt reicht es«, rief Vargas und wollte sich auf mich stürzen.
»Mateo! Lass das. Setz dich. Wer sind Sie?«
»Manuel Rivera.«
Jetzt musterte er mich.
»*Der* Manuel Rivera?«
»Wahrscheinlich.«
Er seufzte und lehnte sich zurück.
»Sie haben mich viel Geld gekostet. Damals. In der Sache von Alta Hills.«
»Das tut mir leid.«
»Keine Sorge, das meiste davon konnte ich von der Steuer absetzen.«
»Alles hat seine zwei Seiten, nicht wahr?«
Er nickte. »Ich wusste lange nicht, ob ich Sie umbringen

lassen sollte. Oder Ihnen für die Steuervergünstigungen dankbar sein musste.«

»Ich habe nicht viele Freunde in der Region. Das ist mir klar.«

»Und dann sind Sie einfach verschwunden. Vielleicht hätten Sie es dabei belassen sollen?«

»Wenn Sie mir jetzt auch Ihren Namen verraten würden?«

»Hugo Carrasco Cabrera.«

»Erfreut.«

»Das bin ich im Moment weniger. Was soll das Gerede von dem Mädchen der Morells?«

»Hugo, dieser Mann hat keinerlei Befugnis …«, mischte sich der Anwalt wieder ein.

»Es war kein Selbstmord. Sie wurde umgebracht«, sagte ich. Ich wollte sehen, wie sie reagierten.

»Ich hau ihm auf die Fresse.« Vargas sprang auf.

Carrasco hielt ihn fest. »Setz dich hin und bleib ruhig!

»Sie werden jetzt sofort hier verschwinden!«, sagte Víctor García. »Oder die ganze Sache wird ein sehr übles Nachspiel für Sie haben.«

»Hätte ich Angst vor einem üblen Nachspiel oder Anwälten wie Ihnen, hätte ich damals nicht die Hälfte von euch an dieser Küste ins Gefängnis gebracht. Wollen Sie es darauf ankommen lassen, ob ich das immer noch kann?«

»Sie verdammter …«

Ich hatte genug von dem Anwalt und seinen Drohungen. Er war nur ein Handlanger. Carrasco war der Mann, der hier das Sagen hatte.

Der musterte mich sehr genau. »Und Sie glauben das wirklich?«, sagte er dann. »Dass das Mädchen ermordet wurde? Warum?«

»Ich habe einige sehr überzeugende Anhaltspunkte.«

»Aber keine Beweise?«

»Im Moment noch nicht. Aber was wäre, wenn ich sie fände?«

Sein Blick wich meinem nicht aus.

»Wenn Sie Beweise dafür finden, dann bezahle ich Ihnen persönlich die Aufwendungen«, sagte Hugo Carrasco.

Der Anwalt und Vargas schauten ihn an.

»Und eine stattliche Prämie. Für den Erfolg, wenn Sie den Mörder schnappen. Wenn es ihn denn gibt«, ergänzte Carrasco sein Angebot.

»Das ist nicht nötig. Ich brauche kein Geld.«

»Gut. Ich glaube nicht, dass ich Sie mag, Rivera. Aber ich bin mir sicher, dass Sie der richtige Mann dafür sind, durch die Scheiße zu kriechen, um herauszufinden, von wo es stinkt. Sollten Sie recht haben und jemand hat die kleine Morell umgebracht, bringen Sie uns Beweise. Und am besten den Mörder gleich mit.«

»Und dann?«

»Dann regeln wir das auf unsere Weise. Sollte diese ganze Sache nur ein Hirngespinst von Ihnen sein oder irgendeine üble Verleumdung, dann verschwinden Sie jetzt besser wieder dahin, wo Sie hergekommen sind. Und beten Sie, dass ich es mir nicht anders überlege und Ihnen nicht noch einmal die Steuervorteile zugutehalte, verstanden?«

Ich nickte.

Carrasco war ganz sicher ein Mann, der Wort hielt. Und zwar in beide Richtungen. Würde ich ihm noch einmal auf die Füße treten, dann würde mein Schlaf in dem kleinen Sommerhaus draußen am Strand nicht mehr so unbeschwert sein. Das war mir klar.

Hinter mir ging die Tür auf.

Elena marschierte herein. Ihr Handy in Selfieposition und die Kamera aktiviert.

Sie zeichnete ein Video auf und redete in die Kamera: »Dieses Rathaus. Es ist so geil. So voll echt antik und so. Echt der Wahnsinn. Und die ganzen Leute hier. Die sind voll krass. Das müsst ihr sehen!«

Sie schwenkte die Kamera durch den Raum.

»Jetzt reicht es aber«, schrie der Bürohengst im dunklen Anzug. »Raus hier! Oder ich rufe die Polizei!«

Diesmal glaubte ich ihm.

»Seht ihr, Politiker sind echt irgendwie alle so voll schlecht gelaunt und so«, plauderte Elena weiter in die Kamera. »Entspannt euch mal. Echt, ey. Voll Liebe und so! Und jetzt ein Lächeln bitte!«

Sie drückte auf den Auslöser ihres iPhones und machte eine Reihe von Fotos von den Männern am Tisch.

»Raaaaauuuuussss!«, kreischte der Bürohengst.

Ich zerrte Elena hinaus auf den Flur, stieß die Tür hinter uns zu.

»Kannst du nicht einmal machen, was man dir sagt?«

»Was denn? Wir brauchen doch Fotos. Von den Verdächtigen. Machen wir doch immer so. Oder?«

Ich zerrte sie den Gang hinunter. Sagte nichts. Zu wütend.

»Sei doch nicht immer so schlecht gelaunt!«, murmelte sie.

Doch ich zerrte sie weiter, hinaus und raus aus dem Rathaus.

5

Wir standen vor der Pinnwand. Zwei neue Bilder ergänzten die Liste der Verdächtigen: Hugo Carrasco und Mario Vargas. Tatjana, die junge Russin, hatten wir von der Liste gestrichen. Auch, um uns einen weiteren Kommentar von Isabel zu ersparen.

Ich betrachtete die Fotos von Carrasco und Vargas. Das waren Verbrecher, ich hatte keine Zweifel. Sollte Sofía ihnen auf irgendeine Weise, und sei es durch Zufall oder vielleicht durch das Praktikum im Rathaus, in die Quere gekommen sein, dann würden diese Männer nicht zögern, ein junges

Mädchen aus dem Weg zu räumen. Und sei es mit einer Dosis K.o.-Tropfen und einer Fahrt hinaus aufs Meer.

Ein Mann wie Carrasco hatte zudem die finanziellen und politischen Möglichkeiten, um einen Polizeibericht verwässern oder sogar fälschen zu lassen.

Wir kamen der Sache näher.

»Dieser Hugo Carrasco gefällt mir nicht«, sagte Elena.

»Mir auch nicht.«

»Vielleicht gefällt euch das hier erst recht nicht!«

Wir drehten uns um.

Isabel stand dort, warf eine Akte auf den Wohnzimmertisch.

»Was ist das?«

»Die Akte zum Fall Sofía Morell. Und jetzt ratet mal …?«

»Was?«

»Keine Fotos!«

»Was soll das heißen?«

»Die Fotos sind verschwunden. Aus der Datenbank. Ich wollte heute Morgen alles ausdrucken, und dabei habe ich bemerkt, dass die Fotos fehlen. Sie wurden gelöscht.«

»Das kann doch nicht sein!«

»Ich habe die internen Logfiles angefordert, um zu sehen, wer wann und wo Veränderungen an der Datenbank vorgenommen hat, aber das wird dauern.«

»Was bedeutet das?«, fragte Elena.

»Das bedeutet, dass irgendjemand bei der Polizei von Baixa Interesse daran hat, dass wir diese Fotos nicht mehr sehen können. Oder dass jemand die lokale Polizei dafür bezahlt hat, sie zu löschen.«

»Echt jetzt?«, fragte Elena.

Isabel nickte. »Allerdings.«

»Also hängt die Polizei mit drin?«

»Sieht so aus!«

»Krass!«

»Ja, krass«, seufzte Isabel. »Hast du heute keine Schule?«

»Meine Klasse macht einen Ausflug. Und ich hatte kein Geld, um die Busfahrt bezahlen zu können.«

»Ja, natürlich«, sagte Isabel und setzte sich an den Tisch vor uns.

»Was muss eine Frau machen, um hier ein Bier und ein paar Oliven angeboten zu bekommen?«

Ich holte zwei Bier, eine Cola, ein paar Oliven und gesalzene Mandeln aus der Küche und stellte sie auf den Tisch.

Das Bier schob ich Isabel zu.

Das zweite öffnete ich mir, und die Cola reichte ich Elena.

»Kein Bier mehr übrig?«, fragte sie.

»Nein, ganz sicher nicht.«

»Und du?« Sie deutete auf das Bier in meiner Hand.

Ich zuckte mit den Achseln.

Elena schaute zu Isabel. »Manuel braucht eine Frau. Allein sein ist nicht gut für ihn.«

Die beiden tauschten einen Blick aus, wie ihn wohl nur Frauen verstehen. Dann sagte Isabel: »Der Spaß ist ab jetzt und hier vorbei. Wenn interne Dokumente verschwinden, dann ist hier etwas im Gange, das größer ist, als uns das zu Anfang klar war.«

»Mir war das schon immer klar!«, sagte Elena.

»Du hältst jetzt mal die Klappe«, sagte Isabel. Überraschenderweise verstummte Elena.

»Was schlägst du vor?«, fragte ich.

»Wir werden dieser seltsamen Polizeibehörde von Baixa jetzt mal einen Besuch abstatten. Ich will mir ein Bild davon machen, was da so vor sich geht.«

Elena erhob sich. Isabel schüttelte den Kopf. Elena setzte sich wieder. Ich war verblüfft.

»Nein, Elena. Du bleibst hier. Das ist unsere Sache«, sagte Isabel.

Elena nahm ihr iPhone, sagte nur: »Was auch immer«, und tippte auf dem Bildschirm herum.

»Wir haben übrigens Sofías iPhone«, sagte ich.

»Habt ihr Zugang?«

»Nein. Es hat einen Code. Kannst du einen Techniker darauf ansetzen?«

»Sogar die Geheimdienste beißen sich die Zähne daran aus. Ohne Code kein Zugang. Leider.«

Sie wandte sich an Elena. »Irgendeine Idee?«

»Das ist doch jetzt alles eure Sache«, sagte sie, ohne von ihrem Telefon aufzublicken.

»Wie du meinst. Manuel, dann fahren wir beide jetzt zur Polizei von Baixa.«

Isabel erhob sich.

»Die Akte lasse ich hier. Es ist nur eine Kopie. Aber keinen Unsinn damit anstellen, verstanden?«

Ich nickte.

»Dann lass uns los!«

Wir gingen zu ihrem Wagen. Sie hatte etwas abseits geparkt vor dem Pfad, der an der Küste entlang- und zu meinem Haus führte. Das Meer duftete, und die Sonnenstrahlen des frühen Nachmittags spiegelten sich auf der blauen Oberfläche.

»Wie geht es Elena wirklich?«, fragte Isabel mich. »Ist das alles nicht ein bisschen zu viel für sie?«

Ich hob die Schultern. »Ich werde nicht schlau aus ihr.«

»Man merkt, dass du keine Kinder hast.«

Ich antwortete nicht.

»Du wirst dich bald darum kümmern müssen. Sie kann nicht ewig von dem Heim wegbleiben, das für sie zuständig ist. Und sie muss zur Schule. So kann das nicht weitergehen.«

Ich nickte. Das war mir klar.

Ein Mercedes E Kombi, neu und in einem dezenten Silber, fuhr in die Zufahrt meines Hauses. Der Wagen hielt, und ein Mann stieg aus. Er schaute zu uns herüber.

»Das ist doch jetzt nicht wahr, oder?«, sagte Isabel.

Sie blieb stehen.

Auch ich stutzte.

Sie hatte recht. Das war nicht gut.

Ich kannte den Besucher.

Es war ihr Ehemann.

Er ließ das Auto stehen und kam auf uns zu.

»Sag mal, was machst du denn hier, Darío?«, fragte Isabel.

»Ich habe dich gesucht. In der Behörde sagte man mir, dass du hier bist.«

»Ich habe dort niemandem gesagt, wo ich bin.«

Er sagte nichts.

Schweigen.

Er musterte mich.

Ich hatte nie erfahren, ob er etwas von der Sache zwischen mir und Isabel wusste oder nicht.

»Du warst gestern nicht da. Und dann den ganzen Tag unterwegs. Verständlich, dass ich etwas beunruhigt bin, oder nicht?«

»Nichts davon ist verständlich. Ich arbeite. Und du fährst mir nach? Was ist in dich gefahren?«

»Vielleicht solltest du den Leuten, die für dich verantwortlich sind, mal häufiger sagen, wo du bist.«

»Niemand ist für mich verantwortlich.«

Ihr Ton war Eiswasser.

»Und die Menschen, für die du verantwortlich bist? Deine Kinder zum Beispiel?«, fragte Darío.

»Du fährst jetzt besser in dein Büro. Oder nach Hause«, sagte Isabel und ging an ihm vorbei.

Sie würdigte ihn keines Blickes, sagte keinen Ton mehr.

Ich folgte ihr. Darío schaute ich nicht an.

Wir gingen zu ihrem Wagen. Sie stieg ein, ich setzte mich neben sie.

»Vielleicht sollten wir reden«, sagte ich.

»Du hältst die Klappe. Das hier ist ein Job. Und den erledigen wir jetzt.«

Sie fuhr los.

6

»Wer war für die Ermittlungen im Todesfall Sofía Morell zuständig?«

Isabel war in das lokale Polizeigebäude in Baixa marschiert und hatte dem Beamten am Empfang ihren Ausweis unter die Nase gehalten.

»Unser Chef, glaube ich, Bruno López.«

»Ich will mit ihm sprechen.«

»Ich weiß nicht ...«

»Er wird mit mir sprechen. Jetzt. Verstanden?«

Ein Polizist, Anfang fünfzig, Bart, Bauchansatz und geringschätziger Blick, kam aus einem der Flure. »Würden Sie mir sagen, was das zu bedeuten hat?«

»Und Sie sind?«, fragte Isabel.

»Bruno López. Der Leiter dieser Einheit.«

»Gut, López. Dann unterhalten wir uns jetzt mal.«

»Wüsste nicht, wieso.«

»Oh doch, ich denke, das wissen Sie ganz genau.«

»Glauben Sie wirklich, dass Sie hier einfach so reinmarschieren können? Auf diese Weise? Und vor meinen Kollegen?«

Die Augen des jungen Beamten am Empfang wanderten umher. Er fühlte sich sichtlich unwohl in der Situation.

»Ja, das kann ich«, sagte Isabel und deutete auf ihren Ausweis.

»Ihr Scheißpapier ist mir egal.«

»Das glaube ich nicht. Wir sprechen jetzt mal unter vier Augen.«

»Verschwinden Sie. Ihr Wichtigtuer aus der Zentrale habt hier nichts zu melden.«

»Das stimmt nicht. Wir haben Befugnis, jederzeit.«

»Das ist mir egal. Ohne offizielle Genehmigung spaziert hier niemand einfach so durch unsere Büros, verstanden? Das ist unser Bereich, und den haben wir bestens unter Kontrolle.«

»Wenn Sie Ihre Bereiche so sehr unter Kontrolle haben, dann verraten Sie mir doch mal, warum hier Beweismaterial verschwindet?«

»Wovon reden Sie da?«

»Ich habe Akten dieser Behörde überprüft, und seltsam, seltsam: Auf einmal verschwinden wichtige Dokumente und Aufnahmen einer Spurensicherung in der uns zugänglichen Datenbank.«

»Das ist doch Blödsinn. Raus hier! Hauen Sie ab! Aber schnell!«

»Das werden wir ganz sicher nicht. Ich will jetzt Zugang zu Ihrem lokalen Netzwerk.«

López kam auf Isabel zu. Baute sich vor ihr auf. »Sie verschwinden jetzt.«

»Zugang. Sofort.«

»Ohne Genehmigung kein Zugang.«

»Gefahr von Verschleierung. Ich kann jetzt und hier den Zugang einfordern.«

»Sie können Ihren süßen Hintern mal ganz schnell hier rausbewegen, bevor ich mich um ihn kümmere!«

»Sexuelle Belästigung eines Vorgesetzten?«

»Kommt darauf an, was du dir wünschst, Kleines.«

Er legte seine Hand auf ihren Arm. Das hätte er besser nicht machen sollen.

Es ging viel zu schnell, als dass ich noch hätte einschreiten können.

Isabel griff die Hand, hebelte den Arm des Polizisten und drückte den Körper des Mannes gegen die Wand des Einganges.

Der Polizist am Tisch sprang auf.

»Denk nicht mal dran«, sagte ich. »Nicht gegen eine Vorgesetzte!«

Er zögerte. Dann setzte er sich.

Isabel presste López gegen die Wand, den Arm verdreht und sehr unangenehm gehebelt. Ich sah an der Position, wie schmerzhaft das für ihn sein musste. Sein Gesicht war rot, und Speichel spritzte an die Wand. Er keuchte.

»Du kleiner Scheißer wirst jetzt deine Klappe halten und mir deinen Computer zeigen. Oder du hast hier in zwanzig Minuten Besuch von zehn Beamten der Internen, die alles auf den Kopf stellen. Und die sind nicht so nett wie ich.«

López gurgelte etwas gegen die Wand, das nicht sehr überzeugend klang.

Isabel verschärfte den Griff, und er knirschte mit den Zähnen.

»›Einverstanden‹ habe ich gehört, richtig?«, fragte sie ihn.

Er keuchte. Dann nickte er.

»Wie bitte?«, fragte Isabel.

»Einverstanden«, keuchte er.

»Ich lasse jetzt los. Sie sind ein Ehrenmann und wissen sich zu benehmen, richtig?«

Er nickte, den Kopf hochrot und die Adern am Hals geschwollen.

Isabel verschärfte für einen kurzen Moment noch einmal den Griff, und López zuckte zusammen.

Dann ließ sie ihn los und trat zurück.

López atmete schwer und hielt sich den Arm. Bewegen konnte er ihn nicht. Und das würde noch einige Zeit andauern.

»Zum Büro«, sagte Isabel.

Er nickte und trottete voran. Dem jungen Polizisten befahl er: »Du sagst nichts. Warte hier am Telefon.«

Der junge Mann blickte verlegen zur Seite, griff nach einigen Papieren.

Wir gingen über den Flur und in das Büro von López.

Isabel setzte sich an seinen Computer.

»Passwort?«

Er tippte etwas ein. Mit der linken Hand.

»Das wird nicht ohne Folgen bleiben, das wissen Sie doch hoffentlich, oder?« Seine Stimme klang rau.

»Ich habe einen Zeugen für den tätlichen Angriff auf einen Vorgesetzten.« Sie deutete auf mich. »Und der Junge da vorne vom Eingang, der wird ganz schnell einknicken, wenn es für ihn eng wird.«

López knurrte. Er hielt sich den Arm.

»Sie sollten Ihren Desktop mal aufräumen.«

Er antwortete nicht.

Isabel tippte einige Zeit in den Computer.

López musterte sie wütend.

Ich ließ ihn nicht aus den Augen.

»Ich sende mir mal die lokalen Logfiles von diesem Computer an meine E-Mail. Nur für alle Fälle.«

Bruno López scharrte mit den Füßen, sagte jedoch nichts.

»Keine Bilder«, sagte Isabel zu mir.

Ich nickte nur.

»Das machen Sie nicht zum ersten Mal, habe ich recht?«, fragte sie López.

»War es das jetzt? Könnte ich zurück an meine Arbeit?«, sagte er.

»Natürlich.« Isabel erhob sich.

Sie ging an ihm vorbei zur Tür. »Fühlen Sie sich nicht zu sicher, López. Ich behalte Sie im Auge.«

Er sagte nichts. Wir verließen das Büro.

Kurz darauf standen wir draußen, in der prallen Sonne des Tages.

Isabel schaute mich an. »Warum lässt die lokale Polizei die Fotos verschwinden?«

»Jemand hat sie gekauft.«

»Und was bedeutet das?«

»Dass das Ganze viel größer ist, als wir bisher angenommen haben.«

Sie nickte. »Genau das befürchte ich.«

7

Ich schlenderte durch meinen Garten und dachte nach. Isabel war zurück ins Hauptquartier gefahren und hatte mich vor meinem Sommerhaus abgesetzt.

Elena war mit Paco zusammen auf seinem Boot. Sie hatte mir vorhin getextet, dass Paco sie eingeladen hatte, mit ihm hinaus aufs Meer zu fahren, um eine Weile zu fischen. Ich war froh darüber. Elena brauchte etwas Abstand, Freunde, Natur.

Ich machte mir zunehmend Sorgen um sie. Auch wegen der Dinge, die nach und nach ans Tageslicht kamen. Wir hatten uns mit lokalen Kräften angelegt, die gefährlich waren.

Hier draußen, etwas abseits der großen Städte, lebte Spanien immer noch gerne nach eigenen Regeln. Zumindest hielten es bestimmte Kreise und Familien so. Vor allem Familien, die Geld und Einfluss hatten.

Wenn jemand die Polizei von Baixa kaufen konnte, um Beweise verschwinden zu lassen und offizielle Ermittlungen zu korrumpieren, dann hatte derjenige Macht und Geld. Doch wo war die Verbindung zu einem einfachen Mädchen wie Sofía?

Ich schaute hinaus auf das Meer.

Wenn es beim Mord an Sofía tatsächlich um Macht ging, vielleicht um Geld und politischen Einfluss, was brachte diese drei Faktoren auf eine Weise zusammen, die ein junges Mädchen wie Sofía in Schwierigkeiten bringen konnte? Und zwar genug, um sie deswegen umzubringen?

Das Mittelmeer schwieg und umgab mich mit seinem Blau, seinem Duft. Ich hatte eine Idee. Es war nur eine vage Vorstellung, aber als Polizist kannte ich die Abgründe in meinem Land nur zu gut.

Ich ging zurück ins Haus. Dort nahm ich meine Waffe an mich und ging zu meinem Auto.

8

Der Park von Baixa. Ich entdeckte schnell, was ich suchte: Lidia, das Mädchen, das uns zu Ricardo geführt hatte. Sie saß auf einer Bank, rauchte und tippte in ihr Handy.

Ich ging zu ihr. »Hi. Lidia, richtig?«

Sie blinzelte zu mir auf. »Wer bist du denn?«

»Wir haben uns gesehen. Vor ein paar Tagen. Mit Elena.«

»Ach ja. Du bist der Typ, der Ricardo aufs Maul gehauen hat.«

»Ließ sich nicht vermeiden.«

»Und was willst du?«

»Weißt du, wo sich Elena herumtreibt?«

Natürlich war das keine echte Frage. Sie sollte einfach anfangen, mit mir zu reden.

»Wo wird sie sich schon herumtreiben? Irgendwo wird sie ganz sicher sein. Geht mich nichts an.«

»Ihr seid doch Freundinnen.«

»Sind wir das?«

»Dachte ich.«

»Du denkst zu viel.«

»Und du? Was machst du so?«

Sie schaute mich an. »Sag mal, was willst du?«

»Nur reden.«

»Ach, Scheiße, das glaubt dir doch keiner.« Sie musterte mich. Dann fragte sie: »Vögelst du Elena?«

»Sehe ich so aus?«

»Ja. Du gefällst mir nicht.«

»Was brauche ich denn, um dir zu gefallen?«

»Du? Gar nichts. Hör mal, ich finde es cool, dass du Ricardo aufs Maul gehauen hast. Das hat der mal gebraucht. Aber jetzt tu mir einen Gefallen und stress mich hier nicht, okay?«

»Und wenn ich was habe?«

Ihr Blick wurde milder. »Hast du was?«

»Nicht hier bei mir. Aber das kann ich schnell ändern.«

Sie musterte mich wieder. Diesmal sehr genau.

»Vielleicht. Irgendwann mal«, sagte sie dann.

»Bist du auch manchmal draußen auf den Fincas?«

»Ey, Mann, du fängst echt an, mich zu nerven. Hast du was dabei, okay, aber laber mir hier nicht die Taschen voll. Darauf hab ich jetzt keinen Bock, okay, Alter?«

»Okay, okay, keinen Stress! Wir können ja mal sehen.«

»Glaub ich nicht. Verpiss dich. Geh zu deiner Elena. Lass mich in Ruhe!«, sagte sie und konzentrierte sich wieder auf ihr Handy.

Ich ging.

9

Ich saß in meinem Wagen und wartete. Lidia verließ den Park. Sie setzte sich auf einen Motorroller und fuhr los. Ich folgte ihr.

Fast eine Stunde hatte ich in meinem Wagen gewartet. Es war nur ein Gefühl gewesen, aber mein Instinkt hatte mir geraten zu warten. Diese Lidia wusste mehr darüber, was in Baixa vor sich ging. Folgte ich ihr, folgte ich auch dem, was hier im Verborgenen lag.

Ich fuhr ihr mit einigem Abstand nach.

Sie erreichte den Stadtrand. Dort hielt sie vor einem Haus, dessen Farbe deutlich unter der Sonne gelitten hatte. Ich fuhr an ihr vorbei, während sie in das Haus ging. Sie bemerkte mich nicht. Ich machte einen Bogen über die andere Straße und fuhr zurück. Ich wählte wieder einen sicheren Abstand, hielt an und beobachtete.

Lidia kam aus dem Haus. Gefolgt von einem jungen Mädchen, kaum zehn Jahre alt. Sie sahen sich ähnlich, vielleicht ihre Schwester. Sie setzte das Mädchen auf ihren Motorroller und fuhr los.

Wieder folgte ich ihr. Als mir klar wurde, wohin sie wollte, verkrampfte sich mein Magen. Auch wenn ich es auf eine gewisse Weise geahnt hatte. Aber die Konsequenz meiner Ahnung erschreckte mich. Ich stoppte den Wagen und verfolgte aus einem sicheren Abstand, wie sich die beiden Mädchen auf dem Motorroller ihrem Ziel näherten.

Es war das Haus des Nachbarn der Morells. Lidia fuhr die Auffahrt dieses verrückten Junkies hinauf. Ich verließ meinen Wagen und lief zu einem kleinen Waldstück, das am Rande des Gebäudes lag. Von dort aus beobachtete ich, was am Haus vor sich ging.

Lidia hatte den Motorroller abgestellt. Sie nahm dem anderen Mädchen den Helm ab und streichelte ihr über den Kopf. Dann ging sie hinüber zur Tür und klopfte.

Der Nachbar öffnete, starrte sie einen Moment an. Dann rief er etwas in den Flur hinein. Er begaffte Lidia. Es schien sie nicht zu stören. War sie es gewohnt? Ich hoffte nicht. Unruhig bewegte ich mich in meinem Versteck. Was immer dort vor sich ging, es verursachte mir ein flaues Gefühl in der Magengegend.

Lidia stand weiter vor der Haustür. Dann trat ein anderer Mann hinaus ins Freie. Ich fluchte leise. Die Sache war plötzlich so schmutzig, wie sie logisch für mich wurde. Elena hatte recht gehabt: Diese Stadt stank zum Himmel. Und ausgerechnet die, die sich als ihre Aufpasser aufspielten, waren diejenigen, die für den meisten Gestank verantwortlich waren.

Denn der Mann, der sich da im Hauseingang aufbaute, war Mateo Vargas. Ich erkannte ihn sofort. Er schaute Lidia einen Moment lang an. Dann fiel sie ihm um den Hals, und sie küssten sich. Am liebsten wäre ich hinübergelaufen und hätte diesem Widerling ein paar Kugeln verpasst. Lidia schmiegte sich an ihn, und er legte seinen Arm um sie, während er mit dem verrückten Nachbarn redete. Er machte ein paar Gesten, dann nahm er ein Bündel Geldscheine aus seiner Tasche und reichte es Lidia. Sie steckte es ein.

Vargas gab dem Nachbarn Geld und deutete auf das andere Mädchen. Lidia machte sich einen Moment von ihm los und redete auf das junge Mädchen ein. Dann lief sie wieder hinüber zu Vargas, küsste ihn und verschwand mit ihm in dem Haus.

Der schäbige Nachbar winkte dem Mädchen zu, und sie folgte ihm hinter das Haus. Das reichte mir. Ich zog meine Waffe und lief los. Bei der Sache würde ich ganz sicher nicht nur zuschauen. Unmöglich. Dazu war ich nicht gemacht.

Doch nach einigen Schritten hörte ich das Geräusch eines Wagens, der hinter dem Haus gestartet wurde. Ich stoppte. Was nun? Verdammt. Wenn dieser verrückte Perverse das Mädchen irgendwohin fuhr, würden wir vielleicht morgen eine andere Leiche an der Küste finden. Oder zumindest ein weiteres Opfer mit Erfahrungen, die ein junges Mädchen niemals machen sollte. Das konnte ich nicht zulassen.

Ich musste überlegen, schnell. Was war jetzt wichtiger? Das, was ich gerade von Lidia gesehen hatte, sah nicht so aus, als sei sie in unmittelbarer Gefahr. Es gefiel mir nicht, aber sie war offensichtlich freiwillig hier. Das kleine Mädchen, das sie hierhergebracht hatte, schien dagegen sehr wohl in Gefahr zu sein. Ich traf meine Wahl. Dieses Mädchen war wichtiger.

Ich machte kehrt und rannte, so schnell ich konnte, zu meinem Wagen. Gerade als ich ihn erreichte, bog der staubige Opel des Nachbarn von der Ausfahrt zum Haus ab und folgte der Straße in die andere Richtung. Ich sah das Mädchen auf dem Beifahrersitz. Und den Nachbarn am Steuer. Der Wagen entfernte sich. Ich wartete einen Augenblick, damit sie mich nicht bemerkten. Dann fuhr ich ihnen nach.

10

Sie fuhren zu einer Finca. Irgendwo draußen im staubigen Niemandsland zwischen den Bergen und der Küste.

Als wir uns dem Gebäude näherten, brauchte ich den beiden nicht mehr zu folgen. Es gab nur eine Zufahrt. Sie lag inmitten von Orangenfeldern. Ich stellte meinen Wagen ein Stück weit von der Zufahrt ab und lief durch die Reihen der Orangenbäume auf das Gebäude zu.

Dort hatte der Nachbar der Morells seinen Wagen abgestellt.

Er winkte das Mädchen heraus. Eine Gruppe von Männern stand vor dem Wagen und musterte das junge Mädchen. Ich zählte fünf. Gut gekleidet. Gepflegt. Das waren keine Zuhälter oder Kriminelle. Das waren Kunden.

Wut stieg in mir auf. Keiner von denen würde das Mädchen anfassen. Heute nicht. Nicht, wenn ich hier war.

Ich schlich näher heran. Der Nachbar legte seinen Arm um das Mädchen, und dann ging die Gruppe in die Finca hinein.

Ich zog meine Waffe. Es war fast wie früher. Ich konnte es wieder spüren. Instinktiv übernahm meine Vergangenheit jeden einzelnen Schritt, den ich jetzt tat. Konzentriert. Wach. Und lebendig.

In einem toten Winkel lief ich auf das Gebäude zu. Ich drückte mich an die Hausmauer. Sie war warm von der Sonne. Ein Fenster. Ich lugte hinein. Ein staubiger Raum, keine Möbel. Nur eine Matratze lag in der Mitte. Einer der Typen hatte eine Kamera aufgebaut.

Das Mädchen stand neben der Matratze. Sie griff nach ihrer Bluse. Sie würde sich ausziehen. Das reichte mir.

Ich lief um die Ecke zur Tür. Sie war nicht abgeschlossen. Die Typen schienen sich hier heute sehr sicher zu fühlen. Gut für mich. Schlecht für sie.

Ich trat die Tür auf, stürmte in den Raum hinein, die Waffe im Anschlag, und rief: »Keiner rührt sich! Hände hoch! Hände hoch! Alle! Keine Bewegung!«

Die Männer zuckten zusammen.

Dem Mann mit der Videokamera schlug ich mit der Waffe ins Gesicht, und er stürzte zu Boden, spuckte eine Masse aus

Blut und Zähnen aus. Ich trat ihm auf die Hand und brach sie damit. Er wimmerte und krümmte sich vor mir.

Die übrigen Männer wichen zurück. Ich hatte sie damit unter Kontrolle. Die Gewalt hatte sie paralysiert. So sollte es sein.

Das Mädchen fing an zu weinen.

»Keine Sorge, Kleines«, sagte ich zur ihr. »Dir passiert nichts. Nicht heute!«

Und an die Männer gerichtet schrie ich: »Keiner rührt sich hier. Ihr habt gesehen, was passiert, wenn ich wütend werde.«

Sie wechselten Blicke untereinander. Blieben aber ruhig.

Am anderen Ende des Raumes ging eine Tür auf. Dort tauchte der Nachbar auf. Er hatte im hinteren Bereich des Hauses irgendetwas gesucht und starrte mich nun an.

Er schlug einfach die Tür zu. Und verschwand.

Ich hörte ihn durch das Gebäude laufen, konnte nichts dagegen tun. Würde ich ihm folgen, wären die Männer vor mir sofort weg.

Ich zog es vor, fünf Männer für ihre Schweinereien einzubuchten und dafür diesen einen entkommen zu lassen.

An das Mädchen gewandt: »Geh nach draußen. Dort wartest du, verstanden?«

Sie lief an mir vorbei, schaute mich nicht an.

»Polizei?«, fragte einer der Männer vor mir.

Er trug Gucci, war Anfang dreißig. Ich fragte mich, ob er für das Geld nicht irgendetwas in seinem Alter bekommen konnte. Aber das war wohl nicht der Kick, den er hier suchte.

»Schlimmer!«, sagte ich.

Die Blicke der Männer waren jetzt nicht mehr starr auf mich und meine Waffe gerichtet. Ihre Augen wanderten heimlich umher, suchten nach einem Ausweg.

Ich zog mein Handy und rief Isabel an.

»Was willst du?«, fragte sie.

»Ich habe sie. Fünf Mann. Und eine Minderjährige. Schick Verstärkung. Sofort!«

»GPS!«, sagte sie nur. Ein warmes Gefühl erfüllte mich. Was für eine Frau! Sie verlor keine Zeit.

Ich sendete ihr meine Position via Messenger. Die Männer vor mir ließ ich dabei abwechselnd in die Mündung meiner Waffe schauen, damit sie nicht auf dumme Gedanken kamen.

»Zwanzig Minuten«, sagte sie.

»Okay, bestätigt. In drei Minuten«, sagte ich, um die Männer vor mir im Ungewissen zu lassen. Der Mann am Boden wimmerte.

Ich legte auf.

»Sie können uns nicht alle erschießen«, sagte einer von ihnen, wahrscheinlich in der Hoffnung, seine Gefährten zu einem Angriff auf mich zu bewegen.

»Doch, kann ich. Ich bin darauf trainiert.« Meine Stimme ließ keinen Zweifel daran. Und es stimmte. Der Mut verließ ihn, er machte einen Schritt zurück.

»Lassen Sie mich gehen! Ich habe sehr viel Geld«, sagte nun der Gucci-Träger.

»Das habe ich auch.«

»Als Polizist? Reden Sie doch keinen Unsinn.«

»Ich sagte Ihnen doch, ich bin etwas Schlimmeres.«

Wieder wechselten sie Blicke, versuchten, aus meinen Worten schlau zu werden.

»Haben Sie einen Durchsuchungsbefehl?«

»Brauche ich nicht. Es besteht eine unmittelbare Gefahr für Schutzbedürftige. Alles rechtmäßig.«

»Hören Sie, ich habe wirklich sehr, sehr viel Geld.« Der Gucci-Mann machte einen Schritt vor.

»Stehen bleiben. Ich brauche Ihr Geld nicht.«

»Jeder hat seinen Preis.« Er kam weiter auf mich zu.

Ich schoss ihm in den Fuß.

Die Kugel zerfetzte seinen teuren Schuh, und er stürzte zu Boden. Er stöhnte.

Die anderen wichen zurück.

»Keinen Mucks mehr. Keine Bewegung. Von niemandem!«

Sie befolgten meine Anweisung.

Am Boden krümmte sich der Gucci-Mann.

»Faschist«, brüllte er mich an.

Es belustigte mich, dass ausgerechnet ein Pädophiler mich als Faschisten bezeichnete. Sollte das seine Definition von Faschismus sein, dann konnte ich damit leben.

Er fluchte und wimmerte.

»Das ist Polizeigewalt!«, rief ein anderer.

»Und was ist das hier?« Ich deutete auf die Matratze und die Kamera. Er schwieg.

»Sie haben keine Beweise. Es ist nichts passiert«, sagte ein älterer Mann in einem Anzug, der wahrscheinlich mehr kostete als das Monatsgehalt eines Polizisten in Spanien.

»Wir finden was. Wenn nicht hier, dann woanders. Irgendwo haben Sie zu Hause oder in Ihrem Büro etwas von diesem Dreck versteckt. Auf einer Festplatte. In einem Telefon. Wir finden alles. Immer.«

»Und wenn nicht?«

»Dann lassen wir etwas finden, verstanden?«

Er nickte, zog es vor, zu schweigen.

»Und jetzt Ruhe! Ich will nichts mehr hören. Ihr widert mich an!«

Die Waffe im Anschlag ließ ich sie warten.

Niemand sagte ein Wort. Die Zeit verstrich.

Einer hatte sich in die Hose gemacht, ich konnte sehen, wie sich der Stoff an seinem Bein verfärbte.

Dann hörte ich den Wagen. Es waren kaum zehn Minuten vergangen. Rodríguez stürzte in den Raum. Er war zu meiner aktiven Zeit noch ein junger Polizist gewesen, der an meiner Seite gearbeitet hatte, als wir auf die Altea-Hills-Affäre gestoßen waren. Jung, loyal, ohne Vorgeschichte hatte er den Anstand gehabt, sich damals nicht kaufen zu lassen, sondern mir beizustehen, bis unsere Untersuchungen reif für die Öffentlichkeit gewesen waren. Bis heute war ich ihm dankbar dafür. Und es freute mich, ihn zu sehen. Besonders jetzt.

Hinter ihm standen zwei weitere Polizisten. Eine Polizistin kümmerte sich auf dem Hof um das Mädchen.

»Manuel?«, sagte Rodríguez.

»So sieht man sich wieder! Wir haben hier eine Versammlung von Pädophilen, die Bekanntschaft mit euch machen möchten«, sagte ich zu ihm.

Rodríguez schaute umher. Die Matratze. Die Kamera. Das Mädchen draußen auf dem Hof. Er wusste Bescheid.

»Los, Handschellen!«, sagte er.

Die beiden Beamten betraten den Raum und griffen sich die Anwesenden.

»Ich will Anzeige erstatten!«, kreischte der Gucci-Mann auf dem Boden. »Polizeigewalt. Versuchter Mord!«

Rodríguez schaute mich an. »Was ist hier passiert?«

»Nun, als ich hierherkam, lag der eine Typ dort neben der Kamera und blutete aus seinem Mund. Er ist offensichtlich gestürzt.«

»Offensichtlich«, sagte Rodríguez.

»Und der da … der lag halt schon so da, mit einer Kugel im Fuß.«

»Du verdammter –«, schrie Gucci-Mann.

»Einer von denen ist flüchtig. Wahrscheinlich haben sie sich gestritten, und er hat auf den da geschossen. Dann ist er abgehauen, und ich bin zufällig in der Nähe gewesen. Orangenplantagen. Meine Leidenschaft.«

Rodríguez nickte. »Klingt überzeugend für mich. Das sollte ich so ins Protokoll schreiben.«

»Ganz bestimmt!«, sagte ich.

Der Mann am Boden schrie uns an: »Ihr Schweine. Ihr korrupten Schweine. Meine Anwälte werden euch auseinandernehmen.«

Rodríguez ging vor ihm in die Hocke. »Wissen Sie, ich sehe hier nur vier Verdächtige. Der fünfte ist verschwunden, weil er zu viel Krach gemacht hat. Niemand hat ihn jemals wiedergesehen. Verstehen Sie, was ich meine?«

Gucci-Mann starrte Rodríguez an. Stille. Dann nickte er.

»Sehr gut. Jetzt sehe ich hier auf einmal wieder fünf Verdächtige. Also schreibe ich in meinen Bericht doch ›fünf Festnahmen‹, richtig? Und alle waren ruhig und äußert kooperativ, stimmt das so?«

Gucci-Mann nickte. Er biss die Zähne zusammen, aber er nickte. Kein Ton mehr.

Rodríguez winkte mich nach draußen.

Ein zweiter Streifenwagen fuhr auf das Gelände.

»Kannst du mir sagen, was hier vorgeht?«

»Wenn du in der Zentrale bist, dann sprich mit Isabel. Sie wird es dir erklären.«

Auf keinen Fall wollte ich an Isabel vorbei irgendwelche Informationen herausgeben.

»Wenn Isabel Bescheid weiß, ist das für mich Ordnung. Du solltest jetzt allerdings verschwinden. Es sind noch mehr Streifenwagen unterwegs. Je weniger Beamte dich hier sehen, desto besser«, sagte Rodríguez. »Soll ich dich nach Hause fahren?«

Ich schüttelte den Kopf. »Mein Wagen steht dort drüben.«

»Dann ist das jetzt von hier an unsere Sache.«

»Das ist sie. Wir sprechen uns.«

»Ganz sicher.«

Er ging zurück in die Finca. Ich verließ das Grundstück.

Ein Polizeiwagen fuhr an mir vorbei. Darin saß das Mädchen. Unsere Blicke trafen sich. Ich hob die Hand und winkte ihr zu. Sie schaute nur. Der Wagen beschleunigte und bog von dem Grundstück ab. Dann fuhr er davon.

Ich sah ihm eine Weile nach. Was das Mädchen jetzt erwartete, wusste ich nicht. Aber es war besser als das hier. Und so ging ich über Orangenfelder zurück zu meinem Wagen.

11

Ich war von der Finca aus direkt nach Baixa gefahren. Der silberne Mercedes SLK von Mateo Vargas stand vor der Kanzlei des Anwalts. Das überraschte mich nicht. Vargas hatte sein Schäferstündchen da draußen im Haus des Nachbarn vorzeitig beenden müssen. Der Nachbar hatte ihn ganz sicher sofort gewarnt, nachdem er aus der Finca geflüchtet war.

Wenn er nun hier war, hatten Vargas und der Anwalt anscheinend etwas Dringendes zu besprechen.

Also ging ich hinein. Die Frau an der Anmeldung ignorierte ich einfach.

»Hey …«, rief sie mir nach, doch ich ließ mich nicht aufhalten.

Mateo Vargas saß in einem Sessel vor dem Büro des Anwalts. Als er mich sah, sprang er auf, doch ich war schneller. Ein Schlag unter den Solarplexus, dann einen gegen den Kehlkopf. Vargas erstarrte. Mit der Unterseite meiner Faust schlug ich gegen seine Schläfe, und er sackte zusammen.

Ich packte ihn am Kragen und schlug ihm ins Gesicht. Seine Nase brach. Blut spritzte über den Anzug.

»Wenn ich dich noch einmal in der Nähe einer Minderjährigen sehe, bringe ich dich um!«, versprach ich ihm.

Die Frau an der Anmeldung kreischte.

Die Tür des Büros sprang auf, und der Anwalt in Begleitung von Hugo Carrasco stürzte in den Gang. Zwei weitere Faustschläge in Vargas' Gesicht, ich nutzte die Gelegenheit. Zähne brachen. Nach dem, was ich von ihm vorhin gesehen hatte, war das Geräusch mein dunkler Triumph.

Carrasco griff nach mir und riss mich zurück.

Seine Kraft überraschte mich.

Auch Víctor García drängte mich zurück.

»Was machen Sie, Rivera? Sind Sie verrückt geworden?«, schrie Carrasco mich an.

»Lena, rufen Sie die Polizei!«, rief der Anwalt der Frau am Eingang zu.

»Keine Polizei!«, widersprach Hugo Carrasco. »Ich will zuerst wissen, was hier los ist!«

Die Frau verharrte vor dem Telefon.

Der Anwalt schüttelte den Kopf.

Sie wählte nicht, die Hand blieb auf dem Hörer.

Carrasco ließ mich los.

Ich ordnete mich.

Vargas ächzte, rollte sich zur Seite, spuckte Blut. Es lief über die weißen Fliesen.

»Rivera. Eine Erklärung. Sofort!«, fuhr mich Hugo Carrasco an.

»Dieser Dreckskerl verkauft kleine Mädchen an Freier und Pornoproduktionen. Minderjährige.«

»Das glaube ich nicht«, sagte Carrasco. »Haben Sie Beweise?«

»Heute ist er noch einmal davongekommen. Aber ich werde ihn mir holen. Verlassen Sie sich darauf!«

»Ihre Anschuldigungen sind nicht nur dreist, sondern auch unrechtmäßig. Sie lassen sich besser nie wieder hier blicken«, sagte Víctor García.

»Wenn Sie da mit drinhängen, dann hole ich Sie mir auch. Versprochen.«

»Das reicht jetzt, Rivera«, sagte Carrasco. »Sie verlieren die Kontrolle über sich. Auf diese Weise sind Sie nicht nur eine Gefahr für sich, sondern auch für andere.«

Vargas röchelte am Boden.

»Wenn einer von euch Sofía umgebracht hat, dann gnade euch Gott.«

»Rivera. Es reicht! Verschwinden Sie!«, schrie Hugo Carrasco mich an.

»Haben Sie die Polizei hier vor Ort gekauft, Carrasco? Wenn ja, dann finden wir das raus. Und dann nageln wir Sie fest. Zusammen mit Ihren pädophilen Freunden.«

»Raus, Rivera. Kein Wort mehr.«

Ich ging. Verließ die Kanzlei. Blut tropfte von meinen Händen.

12

Mein Haus war leer. Elena war nicht da.

Ich rief sie an. Keine Antwort. Ich sendete ihr eine Textnachricht. Keine Reaktion.

Müde ließ ich mich aufs Sofa fallen. Meine Hände schmerzten von den Schlägen.

Eine Nachricht erreichte mich.

Vera: »Das Restaurant Plaerdemavida hat Mejillones aus Galicien bekommen.«

Ich freute mich über ihre Nachricht. Etwas Aufmunterung tat gut nach dem, was ich heute gesehen hatte.

»22 Uhr. Ich lade dich ein«, schrieb ich ihr.

»Das hatte ich erwartet«, antwortete sie mit einem Smiley.

Ich stand auf, versorgte meine Hände und stellte mich unter die Dusche. Zum ersten Mal seit Tagen lächelte ich, einfach so.

13

Vera und ich saßen in den Dünen und etwas abseits vom Strand. Es war Nacht. Das Meer rauschte, und der Mond spiegelte sich auf dem Wasser.

Der Abend war wundervoll gewesen.

Wir hatten gelacht, gegessen, getrunken.

Die Mejillones waren exzellent. Dazu hatten wir einen Vega Sicilia Tinto Valbuena 5 aus dem Jahr 2007. Mein Versuch, eine

Frau mit meiner Weinauswahl zu beeindrucken, funktionierte diesmal besser als das letzte Mal mit Isabel.

Während Vera trank, schaute sie mir in die Augen. Sie scherzte wie ein Mann, aß ohne Scheu, achtete jedoch sehr geschickt darauf, dass ich hin und wieder sehen konnte, dass sie sehr wohl eine Frau war.

Zum Nachtisch servierte man uns eine halbierte Ananas, die ausgehöhlt und dann mit Crema catalana gefüllt worden war. Darüber hatte der Koch eine Schicht aus flambiertem Zucker gelegt, sodass es knackte und knisterte, während man aß.

Die Rechnung hatte ich bezahlt und mit dem Trinkgeld übertrieben. Danach waren wir in der Wärme des Abends hinaus- und die Strandpromenade entlangspaziert und hatten geredet. Einfach so geredet.

Vera schmiegte sich an mich, und ich legte den Arm um sie.

Irgendwann endete die Promenade, und wir waren in die Dünen hineingeschlendert. Nun saßen wir hier, abseits vom Strand, in der warmen Luft einer Nacht am Mittelmeer.

»Irgendetwas beschäftigt dich«, sagte Vera.

»Natürlich beschäftigt mich etwas. Ich wünschte mir, wir hätten uns unter anderen Umständen kennengelernt.«

»Die besten Umstände sind diejenigen, die man nimmt, wie sie sind«

»Kalendersprüche?«

»Eine App. Jeden Morgen.«

Ich lächelte. Wenn doch immer alles einfach sein könnte. Nähe genießen, entspannt, ohne die Zeit und ohne die Welt dort draußen.

»Irgendetwas ist in deinem Blick heute. Als wärst du woanders«, sagte sie.

»Vielleicht wünsche ich mir das manchmal.«

»Ist es wegen Elena?«

»Nein.«

»Ich mag es, wie du mit ihr umgehst.«

»Wie gehe ich mit ihr um?«

»Gut. Du gehst gut mit ihr um. Sie fühlt sich wohl bei dir.«

»Ich dachte, du magst sie nicht?«

»Das ist es nicht. Ich glaube, sie hat es sehr schwer. Und du gibst ihr Ausgleich.«

»Sie reizt mich bis zur Weißglut.«

»Ja, natürlich macht sie das. Trotzdem lässt du sie, wie sie ist. Das braucht sie.«

»Wer braucht das nicht?«

»Du bist ein guter Mann«, sagte Vera. Sie streichelte mein Gesicht.

»Das weiß ich nicht.«

»Ich weiß es. Das genügt mir.«

Ich küsste sie. Ihre Arme legten sich um meinen Nacken. Sie drückte sich mir entgegen. Wir sanken in die Dünen. Die Nacht begleitete uns. Das Meer schwieg.

14

»Findest du nicht, dass elf Uhr morgens etwas spät ist, um aufzustehen? Jedenfalls für einen erwachsenen Mann?«

Ich setzte mich auf. Mein Vater stand vor mir. Mitten in meinem Schlafzimmer.

»Papa. Was machst du denn hier?«

Ich erhob mich, griff nach meiner Hose. Vera war die ganze Nacht bei mir gewesen und erst am frühen Morgen nach Hause gefahren. Ich war wohl wieder eingeschlafen.

»Was ich hier mache? Anscheinend immer noch an deiner Erziehung arbeiten. Du solltest hier mal aufräumen. Wie sieht das denn aus hier?«

Er ging nach unten.

Ich hörte die Stimmen meiner Familie. In der Küche klapperte Geschirr. Zumindest nach Frühstück roch es. Ich ging nach unten.

Im Wohnzimmer saßen Ángela, ihr Mann Roberto und Papa am Esstisch und schienen auf mich zu warten.

»Guten Morgen, Manuel«, sagte Ángela.

»Guten Morgen, ha! Wohl eher guten Abend für den jungen Herrn!«, grummelte mein Vater.

»Setz dich bitte«, sagte Ángela.

»Sag mal, spinnt ihr? Was soll das?«, fragte ich.

»Spricht man so mit seinem Vater?«, knurrte mein Papa.

»Tut mir leid, Papa«, sagte ich. »Aber was soll das hier?«

»Vielleicht sollten wir uns alle einmal unterhalten«, sagte Ángela.

»Worüber?«

»Ángela hat mir gesagt, dass du hier im Haus eine Minderjährige aus einem Heim wohnen hast«, sagte Roberto, Ángelas Mann. Er war Anwalt. Und eigentlich mein Freund. Doch anscheinend hatte ihm meine Schwester irgendwelche absurden Märchen über mich aufgetischt, sodass er jetzt dort vor mir saß und ich mich fühlte wie auf einem Gerichtstermin.

»Wenn das stimmt, kann das eine Menge Ärger für dich bedeuten«, sagte Roberto.

»Ihr seid doch verrückt«, sagte ich und drehte mich um, wollte gehen.

Nora und Raúl kamen zur Tür herein.

Gefolgt von meiner Mutter.

»Was macht der denn hier?«, rief ich.

»Keinen Streit, Manuel!«, sagte meine Mutter.

Nora schaute zur Seite, sagte kein Wort.

»Ist euch eigentlich klar, dass das hier mein Haus ist? Ihr spaziert hier ein und aus, als wäre ich hier nur eine Art Untermieter.«

»Manuel, bitte. Wir machen uns Sorgen«, sagte Ángela.

»Die mache ich mir auch«, rief ich.

»Ich möchte jetzt, dass du dich bei Raúl entschuldigst«, sagte meine Mutter.

Hinter mir konnte ich Ángelas Nicken spüren, und zwar ohne dass ich sie dafür sehen musste.

Mein Vater seufzte.

Raúl schaute nur umher.

»Ich ... will ... dass ... ihr ... geht ...«, sagte ich sehr leise und sehr langsam. »Alle. Sofort.«

Wie selten zuvor in meinem Leben rang ich um Fassung.

»Sohn, sei doch nicht so störrisch!«, seufzte Mama.

»Verschwindet, verdammt! Raus hier! Alle!«, schrie ich.

Roberto erhob sich. »Manuel, ich glaube wirklich nicht, dass ...«

Ich hörte nicht mehr zu.

Ich stampfte in die Küche, griff mir ein Stück der Tortilla de Patata, die meine Mutter gerade erst zubereitet hatte. Sie war viel zu heiß und brannte mir in der Hand. Aber das war mir egal. Ich öffnete den Kühlschrank, nahm mir ein Bier und ging hinaus in den Garten.

Im Wohnzimmer hörte ich meine Familie streiten.

Sie riefen alle durcheinander.

Ich biss in die Tortilla und ging hinunter zum Strand.

15

Ich hatte gerade das letzte Stück Tortilla verspeist und mit einem Schluck Bier heruntergespült, als ich Vanessa sah. Sie kam über den kleinen Pfad, der von unseren Häusern zum Strand führte.

Die Tortilla lag auf einmal schwer in meinem Magen. Und das kalte Bier machte es nicht besser.

Sie hatte geweint.

»War es das jetzt, Manuel?«, fragte sie.

Ihre Stimme gab mir einen Stich. Ich sagte nichts.

»Ich habe sie gesehen. Die andere Frau. Heute Morgen. Wie sie aus deinem Haus kam.«

Tränen liefen ihr über das Gesicht.

Ich hatte Mist gebaut.

Nicht mal eine Entschuldigung kam mir über die Lippen.

Es gab keine.

Sie weinte.

Ich starrte in den Sand vor mir.

»Ruf mich nicht an. Schreib mir nicht. Komm nicht vorbei«, sagte Vanessa. »Ich will dich nie wiedersehen.«

Ich nickte.

Konnte sie nicht anschauen.

Sie ging.

Und ich blieb allein zurück. Mit einer leeren Dose Bier in der Hand, einem schlechten Gefühl in der Magengegend und Vanessas Tränen im Sand.

16

Als ich zurück zu meinem Haus ging, war meine Familie immer noch da. Sie berieten sich im Wohnzimmer.

Ich betrat das Haus durch die Hintertür und ging in die Küche. Dort sah ich Raúl. Er hatte mir den Rücken zugewandt und kramte in irgendetwas herum. Dann wurde mir klar, was er da machte. Er hatte das Glas in der Hand, in dem ich immer das Geld für Enzo zurückließ. Ich hatte Enzo wieder etwas Geld dagelassen, für alle Fälle. Ich wusste nicht, wo er steckte, aber vielleicht brauchte er es.

»Raúl«, sagte ich.

Er drehte sich um.

Das Glas fiel zu Boden.

Splitter verteilten sich über den Küchenboden.

»Raúl«, sagte ich. »Bestiehlst du mich etwa?«
»Was …? Nein, wieso?«
»Raúl, bestiehlst du mich etwa in meinem eigenen Haus?«
»Was soll das, Manuel? Was sagst du da?«
»Leg das Geld zurück.«
»Ich hab kein Geld.
»Leg das Geld zurück.«
»Als müsste ich dich bestehlen. Nimm dich nicht zu wichtig, Manuel!«
Er drängelte sich an mir vorbei. Ich packte ihn und zerrte ihn hinaus in den Hausflur. Er kreischte. Die anderen kamen aus dem Wohnzimmer gelaufen.
»Er bringt ihn um. Er bringt ihn um«, schrie Nora.
Ich hörte sie kaum.
Ich wollte nur noch, dass dieser Abschaum aus meinem Haus verschwand.
Ich riss die Vordertür auf und schleuderte Raúl hinaus in den Vorgarten.
Er stolperte, grunzte und fiel zu Boden.
Nora lief zu ihm. Sie legte sich schützend über ihn und funkelte mich an. »Ich hasse dich, Manuel, ich hasse dich!«
»Ich will dich hier nie wieder sehen, Raúl!«, schrie ich.
Roberto packte mich von hinten, um mich wegzuziehen, und im Reflex schlug ich ihn mit dem Ellbogen gegen den Brustkorb.
Er keuchte und taumelte zurück.
Ángela schlang die Arme um ihn. »Manuel!«, kreischte sie. Mama weinte.
Papa schüttelte den Kopf. »Wie kannst du nur, Manuel? Man tritt nicht nach, wenn jemand schon am Boden liegt!«
Ich verbiss mir eine Antwort, die ich wahrscheinlich mein Leben lang bereut hätte.
Stattdessen ging ich ins Wohnzimmer, nahm die Autoschlüssel und verließ das Haus.
Alle hielten Abstand zu mir.

Als ich an Raúl vorbeiging, der immer noch im Gras vor meiner Haustür lag, Nora weinend an ihn geklammert, sagte ich: »Nie wieder, Raúl! Lass dich hier nie wieder blicken! Denk nicht einmal daran!«

»Lass uns in Frieden, Manuel!«, weinte Nora.

Ich ging.

Ich nahm meinen Wagen und fuhr los.

17

Mit der gezogenen Waffe schlich ich durch den dunklen Garten auf das Hotel zu. Es war Nacht. Kurz vor zwölf. Und das Hotel vor mir sollte eigentlich verlassen sein. Der Eigentümer hatte sich vor Jahren mit dem Bau übernommen, und jeder in der Region wusste das. Es stand leer. Trotzdem war nun Licht in den unteren Etagen. Und ich wollte herausfinden, wieso.

Ich schlich vorbei an einem leeren Swimmingpool und näherte mich der Hintertür des Hotels.

Den ganzen Tag über war ich Lidia gefolgt. Nach dem Streit mit meiner Familie war ich einfach umhergefahren. Bis mir einfiel, dass ich meine Zeit auch besser nutzen konnte. Keine Nachricht von Elena. Es war mir gerade egal. Ich hatte genug um die Ohren.

Also fuhr ich zum Park in Baixa und nahm dort vom Auto aus wieder meinen Beobachterposten ein. So wie gestern. Lidia war im Park und bemerkte mich nicht. Manchmal stieg ich aus, um sie von der Straße aus besser sehen zu können. Sie unterhielt sich mit Freundinnen, tippte ständig in ihr Handy oder telefonierte. Irgendetwas hatte sie vor.

Als sie später den Park verließ, folgte ich ihr. Sie fuhr mit ihrem Motorroller durch Baixa. Hin und wieder hielt sie an und betrat ein Haus. Nach einer Weile verließ sie es dann wieder und telefonierte erneut. Dann fuhr sie weiter. So ging das den ganzen Nachmittag über.

Gegen Abend fuhr sie zu einer alten Finca am Stadtrand. Mateo Vargas wartete dort auf sie. Er hatte das Gesicht zum Teil verbunden und die Nase geschient. Diesmal war er nicht in seinem Mercedes unterwegs, sondern in einem alten Saab. Wahrscheinlich, um nicht aufzufallen. Lidia gab ihm einen Kuss, stieg in den Wagen ein, und sie fuhren gemeinsam los. Wieder folgte ich ihnen. Bis zu diesem Hotel.

Ich wusste nicht, wie lange das Gebäude leer stand, vielleicht zwei, drei Jahre. Der Eigentümer war verschwunden, nachdem er für ein paar Wochen erfolglos versucht hatte, aus dem insolventen Hotel ein Bordell zu machen. Nun stand das Hotel leer, abseits vom lokalen Tourismus hier draußen im Niemandsland ab von der Küste.

Mateo Vargas und Lidia stellten den Wagen ab und verschwanden im Hotel. Lichter gingen an. Nach und nach folgten weitere Autos. Meinen eigenen Wagen hatte ich jenseits der Zufahrt geparkt und mich dem Hotel dann durch das Unterholz einiger Büsche und Palmen genähert. Von hier aus beobachtete ich, was vor sich ging.

Ich hatte das in meinem Leben oft genug gemacht. Während der Jahre in der Einheit des militärischen Geheimdiensts von Spanien, lange vor meiner Zeit als Polizist in Altea. In den Grenzgebieten zu Frankreich machten wir Jagd auf die Terroristen der ETA. Wir unterstützten unsere internationalen Partner während der Suche nach Kriegsverbrechern in Bosnien. Dann kam der Krieg gegen den Terror. Die spanische Regierung schickte uns nach Marokko, Algerien, Libyen, Tunesien und später in den Irak, um die Amerikaner bei Laune zu halten. Natürlich gab es nie ein offizielles Mandat. Wir kamen in der Nacht. Ohne Abzeichen. Ohne Dokumente, ohne Berichte. Zusammen mit amerikanischen und britischen Spezialeinheiten zerrten wir Nacht für Nacht Dschihadisten aus ihren Häusern, um sie verschwinden zu lassen: entweder in Gräbern ohne Namen oder in Flugzeugen ohne Kennzeichen, die sie zu den Verhören in Gefängnisse brachten, die nirgendwo aufgeführt wurden.

Später verabschiedete sich Spanien vom Krieg der Amerikaner, und uns blieb das organisierte Verbrechen in Südeuropa. Es gab genug zu tun. Irgendwann hatte ich genug davon. Man schulte mich einige Wochen als Polizist und gab mir den Posten in der Sonderermittlungsgruppe von Altea. Ein neues Leben. Mit einer Vergangenheit, von der niemand wissen durfte.

Jetzt hier, im Schatten der Nacht und vor diesem maroden Hotel mitten im Niemandsland unserer eigenen Küste, erinnerte ich mich wieder an diese längst vergangenen Tage. An meine Einheit, meine Freunde, die zahllosen Einsätze im Dunkel der Nacht, die letzten Minuten vor dem Angriff und die ersten Sekunden danach: den Geschmack des Drecks und den Geruch der Schüsse. Ich war damals lebendiger gewesen. Nicht nur jünger, sondern lebendiger. Wahrscheinlich hatte Isabel recht. Es fehlte mir. Es lag mir im Blut. Als ich es aufgegeben hatte, hatte ich auch mich selbst aufgegeben. Nun kehrte es zu mir zurück. Zumindest für diesen Moment.

Ich schaute aus meinem Versteck in der Dunkelheit hinaus in das Licht rund um das Hotel. Ich sah die Autos. Gut gekleidete Männer und einige ebenso elegante Frauen stiegen aus. Es roch nach Geld und Macht. Weitere Autos fuhren vor. Dann wurde es ruhiger. Die Besucher verschwanden im Hotel. Stille auf dem Parkplatz. Alles in allem, schätzte ich, waren etwa dreißig Personen eingetroffen.

Eine Handvoll Männer blieb draußen vor dem Hotel zurück. Russen, Rumänen und Latinos. Sie unterhielten sich nur leise, aber ihr Akzent verriet ihre Herkunft. Wahrscheinlich waren sie als Kellner und Aufpasser hierherbestellt worden. Und als Aufräumkommando, falls nötig.

Ich gab meine Deckung abseits der Zufahrt auf und umrundete das Gelände. Niemand würde mich sehen. Es war dunkel. Nur etwas gedämpftes Licht fiel aus einigen Fenstern nach draußen. Damit fand ich mich zurecht.

Auf diese Weise hatte ich mich nun bis zum Hintereingang des Hotels vorgearbeitet. Ich prüfte ihn. Er war offen.

Doch zuerst schlich ich weiter die Fassade entlang. Ich hatte Licht gesehen, das direkt aus dem Erdgeschoss in den Park fiel. Das wollte ich mir ansehen. Ich näherte mich dem Schein. Es handelte sich um eine Glastür. Dahinter lag ein luxuriöser Wellnessbereich. Durch das Glas konnte ich sehen, was drinnen vor sich ging.

Junge Mädchen, die meisten zwischen zehn und sechzehn Jahren, lagen dort um einen Pool herum. Sie hatten ihre Arme um die älteren Männer geschlungen, die ich zuvor auf dem Parkplatz gesehen hatte. Sie saßen auf dem Schoß der Männer, tranken Cocktails, kicherten, küssten sie. Einige der Männer waren in Bademäntel gekleidet, manche waren nackt. Die Mädchen trugen Bikinis. Oder gar nichts. Ich sah Frauen. Nur wenige, doch anscheinend machte es gewissen Ehen nichts aus, wenn sich beide Partner mit jungen Mädchen vergnügten. Das reichte mir. Ich hatte genug gesehen.

Gerade wollte ich mich abwenden, als ich Víctor García Gonzáles, den Anwalt, entdeckte. Er hatte seinen Arm um zwei junge Mädchen gelegt, und eines davon ließ ihre Hand unter seinem Bademantel verschwinden. Dieser Scheißkerl.

Ich lief zurück zum Hintereingang, überlegte. Was konnte ich tun? Mit der Waffe einfach so in das Hotel zu stürmen und mir diese perverse Versammlung vorzunehmen, wie ich es gestern in der Finca getan hatte, war ausgeschlossen. Ich konnte keine dreißig Personen plus Personal in Schach halten. Außerdem musste ich damit rechnen, dass zumindest einige der Männer, die ich zuvor auf dem Hof des Hotels gesehen hatte, bewaffnet waren. So leicht wie gestern würde ich es heute nicht haben. Trotzdem, einfach verschwinden würde ich nicht.

Ich öffnete die Hintertür und lugte in den Gang. Er führte

zu einem Lager und von dort in die Küche. Von hier aus würde ich mich in das Innere des Hotels schleichen können.

Ich hatte vor, zumindest an Beweismaterial zu kommen. Vielleicht konnte ich Fotos machen. Und irgendwo mussten Kleidung und die Handys der Teilnehmer liegen. Wenn ich einige Brieftaschen und Telefone an mich bringen konnte, könnte das für diese Leute eine Menge Ärger bedeuten.

Ich versuchte im Halbdunkel vor mir etwas zu erkennen. Der Gang war leer. Ich öffnete die Tür ein weiteres Stück. Dann traf mich der Schlag. Von hinten. Gegen meinen Kopf.

Ich sackte zusammen, versuchte dennoch auf den Beinen zu bleiben, aber sie gaben unter mir nach.

Dann kam der zweite Schlag.

Es wurde dunkel für mich.

18

Als ich erwachte, schaute ich in ein Gesicht, das als eine Mischung aus Wladimir Putin und Arnold Schwarzenegger durchgehen konnte.

»Was willst du hier?«, fragte das Gesicht.

Russischer Akzent.

»Ich bin der Lieferservice«, sagte ich und kämpfte gegen den Nebel in meinem Kopf an.

Der Russe schlug mich.

Das Echo des Schlages war brutal in meinem Kopf.

Aber der Mann wusste, was er tat.

Ich wurde nicht ohnmächtig.

Das machte er nicht zum ersten Mal.

»Was willst du hier?«, fragte er wieder.

»Paracetamol?«, lallte ich.

Wieder schlug er zu.

Mir wurde schwindelig.

Und wieder war der Schlag so dosiert, dass er wehtat, aber mich nicht besinnungslos werden ließ.

»Was willst du hier?«, fragte er.

»Ach, fick dich doch«, sagte ich. Mir war der Humor vergangen.

Wieder schlug er zu.

Diesmal wurde mir übel.

Er wandte sich an einen weiteren Russen, der neben ihm stand, und sie berieten sich eine Weile auf Russisch.

Ich versuchte zu Sinnen zu kommen. Man hatte mich an einen Stuhl gefesselt. Mit Bändern aus Plastik, wie wir sie bei der Polizei verwendeten. Sie waren also auf solche Vorfälle vorbereitet.

Ich beruhigte meinen Atem und blinzelte umher. Die Sicht verschwamm mir, trotzdem erkannte ich genug.

Es war ein Raum, der als Lager benutzt wurde. Kisten standen an den Wänden.

Und in der Mitte des Raumes saß ich.

Das hier würde ungemütlich für mich werden, das wusste ich.

Aber es war nicht das erste Mal. Ich hatte so was schon hinter mir. Es ging vorbei. Spätestens, wenn man starb. Bis dahin war ich diesen Weg noch nicht gegangen. Aber man hatte mich darauf vorbereitet.

Der Russe wandte sich wieder mir zu.

»Du bist dumm!«, sagte er.

Ich nickte. »Ganz offensichtlich.«

»Und zu laut. Wenn du dich bewegst.«

Das traf meinen Stolz schon eher.

»Zu fett. Zu laut. Zu dumm. Vor allem für das hier!«

Er hielt mir meine Pistole vor das Gesicht.

»Speznas?«, fragte ich ihn. Er war überraschend leise im Garten gewesen. Ich hatte ihn nicht gehört.

Er schüttelte den Kopf. »Straße.«

Ich nickte. »Die beste Schule.«

Eine Tür wurde geöffnet. Jemand näherte sich mir von hinten. Er legte seine Hand auf meine Schulter.

»Ich glaube, die Sache endet hier heute für Sie, Rivera.«

Es war der Anwalt. Víctor García Gonzáles. In einem Bademantel.

»Sie haben mich genug genervt«, sagte er.

»Haben Sie Sofía umgebracht?«

»Wen interessiert das schon? Sie werden es sowieso niemandem erzählen können.«

»Schenken Sie einem sterbenden Mann Frieden.«

»Sie sollten etwas über Sofía wissen.«

»Und das wäre?«

Er nahm sein Handy, beugte sich vor zu mir, sodass ich den Bildschirm sehen konnte.

Er zeigte mir Fotos.

Von Sofía.

Beim Sex mit ihm. Beim Sex mit anderen Männern. Beim Sex mit Frauen. Nacktbilder. Drogen. Alkohol.

»Das hat Sofía umgebracht«, sagte er.

»Haben Sie das Mädchen also einfach irgendwann entsorgt?«

»Sie hat sich selbst entsorgt, Rivera. So wie wir Sie jetzt entsorgen werden. Sergei und Michail haben in Russland und später in Syrien gelernt, wie man das macht. Niemand wird jemals wieder etwas von Ihnen hören, Rivera. Und erst recht nichts finden.«

Er ging.

Die beiden Russen berieten sich erneut. Dann verließen sie den Raum.

Ich rüttelte an meinen Fesseln. Es war nichts zu machen.

Ich konnte nur warten. Mit der vagen Hoffnung, dass es schnell gehen würde und die beiden keine Sadisten waren, die sich Zeit für das Sterben eines Mannes nahmen.

Für einen Moment hatte ich mich wieder lebendig gefühlt. Und bezahlte das jetzt mit meinem Leben.

Ich dachte an Isabel. Wie sie mir sagte, dass ich im Herzen immer noch Polizist war. Und ich dachte an Elena, wie sie vor meiner Haustür gelegen hatte und mich darum bat, niemanden anzurufen.

Scheiß auf Isabel und ihre Weisheiten, dachte ich und rüttelte wieder an meinen Fesseln. Scheiß auf Elena. Scheiß auf sie alle. Ich hätte einfach in Ruhe weiter dort draußen in meinem Sommerhaus saufen und gut leben sollen. Jetzt würde ich einen dreckigen Tod an einem noch dreckigeren Ort sterben. Scheißweiber, dachte ich. Nur Ärger!

Ich würde sterben im Streit mit meiner Familie. Mit zwei Schwestern, die mich hassten. Einer Mutter, der ich Kummer gemacht hatte. Mit einer Erinnerung an den letzten enttäuschten Blick meines Vaters. Das war's also. Ein unrühmlicher Abgang eines unrühmlichen Lebens. Scheiße.

Die Tür ging auf.

19

»Sie sind nicht der tolle Polizist, den ich in Ihnen gesehen habe«, sagte eine Stimme hinter mir.

Er also auch.

Es wunderte mich nicht einmal.

Eigentlich hatte ich gehofft, dass er nichts mit dem hier zu tun hatte.

Aber am Ende war es zu offensichtlich. Eine Sache von dieser Größe sprach für seine Beteiligung.

Er trat neben mich. Schaute mich an.

»Das hier ist ein ziemlich unrühmliches Ende für Ihre Ermittlungen.«

»Ich hatte es mir auch anders vorgestellt«, sagte ich.

Es war Hugo Carrasco.

Er musterte mich. »Ihr Ruhm war entweder ungerechtfertigt oder nur Zufall. Oder Sie sind alt und fett geworden da draußen in El Palonet, mit all der Ruhe, dem Wein und zu viel Müßiggang.«

»Wahrscheinlich ist es von allem ein bisschen«, sagte ich.

»Die Sache hier ist äußerst enttäuschend für mich. Vor allem, weil ich mehr von Ihnen erwartet habe.«

»Können wir es nicht einfach zu Ende bringen?«, fragte ich.

»Das ist wahrscheinlich am besten«, sagte er und verschwand aus meinem Sichtfeld.

Ich hörte ihn in irgendetwas kramen.

Dann kam er zurück, stand hinter mir.

Er legte die Klinge eines Messers auf meinen Nacken.

»Das hier sollte es tun«, sagte er.

Ich schluckte. Ich hatte auf eine Kugel gehofft.

Unter einem Messer zu sterben ist kein schöner Abgang.

Ich hatte es oft genug gesehen. Bosnien, Algerien, Irak. Auch die Korsen und Albaner hatten eine Vorliebe für Messer. Nun war also ich dran.

Ich hatte Freunde auf diese Weise verloren. Der Gedanke gab mir etwas Kraft. Aber er nahm mir nicht die Angst. Ich schloss die Augen.

Okay. Also dann. Fang an.

Der Druck der Klinge verschwand von meinem Nacken. Und ich bereitete mich vor. Er würde um mich greifen, das Kinn festhalten. Ich würde nicht mehr atmen können, wenn er schnitt. Das war das Schlimmste. Ein Nebel aus Übelkeit und Panik stieg in mir auf. Ich dachte an alle, die ich liebte. Und zu meiner Überraschung waren es mehr, als ich geglaubt hätte.

Die Klinge fuhr über meine Arme, und der Druck an meinen Handgelenken verschwand.

Ich konnte mich bewegen.

Meine Arme waren frei.

Hugo Carrasco trat vor mich. Er beugte sich herab und schnitt mir die Fesseln an den Fußgelenken auf.

»Haben Sie gedacht, dass ich hier bin, um Sie umzubringen?«, grinste er.

»Äh … ja …« Ich schluckte.

»Sie brauchen mal Urlaub, Rivera. Sie sind etwas überspannt.«

Ich atmete aus. Zwischen Erleichterung und Brechreiz.

»Natürlich bringe ich Sie nicht einfach um, Sie Idiot. Das hätte ich anders erledigt.«

Ich stand auf. Meine Beine waren wackelig, aber es ging.

Sergei und Michail wurden durch die Tür und in den Raum gestoßen. Hinter ihnen vier Männer, die nicht weniger russisch aussahen, mit Waffen im Anschlag.

Carrasco ging zu den beiden Russen, die mich überwältigt hatten.

»Ihr beide habt jetzt zwei Möglichkeiten. Erstens: Ihr arbeitet für mich. Viel Arbeit, aber dafür gute Bezahlung. Oder zweite Möglichkeit: ein Steinbruch. Und eine Kugel. Was möchtet ihr?«

»Gute Bezahlung«, sagte Sergei. Michail nickte.

»Gute Wahl«, sagte Carrasco.

Er winkte mir. »Kommen Sie, Rivera. Oder wollen Sie sich weiter so ausruhen wie bisher?«

Ich folgte ihm.

Als ich an den beiden Russen vorbeiging, starrten sie mich an.

»Jeder hat seinen Job. Vergessen wir es einfach!«, sagte ich und ging hinaus in den Flur.

Dort waren noch mehr Männer. Die meisten durchtrainiert und mit unfreundlichen Gesichtern damit beschäftigt, die nächtlichen Besucher des Hotels aus den Zimmern und dem Wellnessbereich zu treiben. Diese flüchteten, in Bademäntel und Handtücher gewickelt, vor den Tritten und Schlägen dieser Männer hinaus zu ihren Autos.

Die Mädchen standen draußen auf dem Parkplatz, in Decken gehüllt. Ein Van fuhr vor, und die ersten Mädchen stiegen ein.

Carrasco schaute sich um. »Das alles hätte sich niemals hier breitmachen dürfen«, sagte er. »Das ist eine gottverdammte Krankheit. Wie Krebs. Es zerfrisst unsere Werte, unsere Familien, unsere Gesellschaft. Und das endet hier heute.«

»Glauben Sie wirklich, dass die damit aufhören?« Ich deutete auf die halb nackten Männer, die in ihren Autos davonfuhren. Bentley, Mercedes, Porsche.

»In unsere Gegend werden die sich nicht mehr herwagen. Das kann ich Ihnen versichern«, sagte er. »Ich habe zu lange gewartet. Gezweifelt. Aber Sie hatten recht. Die Scheiße kocht hier schon viel zu lange mitten unter uns. Jetzt ist Schluss damit!«

Zwei Männer begleiteten Lidia an mir vorbei zu einem zweiten Van, der noch mehr von den Mädchen abholte. Sie schaute mich nicht an, stieg in den Van.

»Und was ist mit Víctor García, dem Anwalt? Er war auch hier.«

Carrasco winkte mich zu einem Auto. Er öffnete den Kofferraum. Víctor García Gonzáles lag darin. Gefesselt und geknebelt. Er zitterte, weinte. Seine Nase war zertrümmert, seine Augen geschwollen.

»Was passiert mit ihm?«, fragte ich.

Carrasco ließ den Kofferraum zufallen. Sagte nichts.

Und ich fragte nicht erneut.

»Mateo Vargas?«

»Abgehauen. Der ist zu gerissen. Aber den bekommen wir, keine Sorge!«

Am Eingang des Hotels kreischte und heulte jemand. Ich schaute hinüber und sah dort Antonio Morell. Er zog einen Mann an den Haaren aus dem Hotel. Er schlug den Mann gegen ein Auto, brach ihm die Nase. Er öffnete die Tür und presste ihn in den Wagen.

»Du verschwindest. Sehe ich dich wieder, bringe ich dich um.«

Der Mann im Innern zitterte, weinte und fuhr los.

Antonio Morell kam zu uns.

Er nickte mir zu.

»Wie seid ihr darauf gekommen?«, fragte ich die beiden Männer vor mir.

»Wir haben die schon lange unter Verdacht. Vor allem Víctor Gonzáles«, sagte Antonio.

»Nach Ihrer kleinen Show in der Finca und im Büro des Anwalts sind wir der Sache, sagen wir mal, etwas nachdrücklicher nachgegangen«, ergänzte Carrasco.

»Und das hat Sie zu diesem Hotel geführt?«

»Sie sind nicht der Einzige, der sein Handwerk versteht«, sagte Carrasco.

»Ich glaube, ich will gar nicht mehr darüber wissen«, sagte ich.

»Das ist auch besser so.«

Antonio legte mir die Hand auf die Schulter. »Die Sache ist noch nicht vorbei, Manuel. Es gibt noch etwas, das wir zu erledigen haben«, sagte er.

Wir gingen zu seinem Wagen.

»Was?«, fragte ich.

»Fahren wir«, sagte er nur.

20

Wieder ein Hotel. Diesmal am Rande von Almasset. Nicht verlassen, aber auch nicht besonders gut in Schuss. Wir stiegen auf dem Parkplatz aus und schauten uns um.

Aus einem Auto winkten uns Pablo und Mario Morell zu, die beiden Brüder von Antonio.

Wir gingen hinüber.

Sie verließen den Wagen.

»Unverändert?«, fragte Antonio.

Sie nickten.

»Okay, dann kommt!«, sagte er.

Wir betraten das Hotel. An der Rezeption saß ein junger Mann, der offensichtlich nicht viel zu tun hatte.

Die drei Männer bauten sich vor ihm auf.

»Schalt das aus«, sagte Antonio.

»Was? Was meinen Sie?«

»Die Kamera.«

»Nein. Warum sollte ich?«

»Deswegen.« Antonio machte eine Geste zu seinem Bruder.

Der junge Mann schaute in die Mündung einer Pistole, die Mario unter einer Zeitung in das Hotel getragen hatte.

Der Junge schaltete die Kamera aus, rührte sich nicht.

»Okay, wir gehen!«, sagte Antonio. »Mario bleibt an der Rezeption und passt auf.«

Antonio, Pablo und ich gingen zum Fahrstuhl.

Wir fuhren in den dritten Stock, folgten dem Flur und standen dann vor einem der Zimmer.

Antonio klopfte.

»Was?«, rief jemand im Innern.

»Zimmerservice. Eine Aufmerksamkeit des Hauses.«

Der Türöffner summte. Antonio und Pablo drückten die Tür auf.

Sie drängten in das Zimmer, griffen sich einen Mann, der auf dem Bett lag. Antonio packte den Mann an der Kehle, zerrte ihn hoch, schlug ihm ins Gesicht. Der Mann krächzte.

Ich ging zu ihnen hinüber. »Was soll das?«

Hinter uns ging die Badezimmertür auf.

Elena verließ das Bad. Sie hatte offensichtlich geduscht und war bereit, zu gehen.

Elena starrte mich an.

Sie war so schnell, ich konnte nicht reagieren.

Sie drehte sich einfach um, lief zur Tür, hinaus auf den Flur. Ich sprintete ihr nach, aber das Mädchen war zu schnell für mich. Sie bog um eine Ecke und lief dann die Treppe hinunter. Ich prallte gegen die Balustrade und sah sie nach unten verschwinden. Sie war weg. Ich schaute ihr hinterher. Keine Chance.

Ich lief zurück in das Zimmer und griff mir den Mann. Mein erster Schlag brach ihm die Nase. Der zweite kostete ihn zwei Schneidezähne. Der dritte brach ihm nichts, aber machte die Sache für ihn nicht besser. Antonio und sein Bruder ließen ihn los, und er fiel auf das Bett. Blut lief über das Laken.

Antonio hob den Kopf des Mannes an. »Wenn wir dich hier noch einmal sehen, dann bist du tot«, sagte er. »Und wenn du nur noch ein einziges Mal daran denkst, dir ein minderjähriges Mädchen zu kaufen, dann erinnere dich daran, dass wir dich hier gefunden haben. Wir werden dich wieder finden! Verstanden?«

Er nickte. Blut tropfte auf das Laken.

»Wir gehen«, sagte Antonio und ging mit seinem Bruder hinaus auf den Gang.

Ich starrte den Mann an. Er hatte Angst, lag quer über dem Bett und zitterte.

Es war nur ein gezielter Tritt. Wir hatten das in unserer Einheit gelernt, damals, um bestimmte Dinge in einem Einsatz schnell zu regeln.

Heute wollte ich das hier regeln.

Ich wollte, dass dieser Mann diesen Moment nie vergaß.

Der Tritt war schnell und trocken.

Sein Kniegelenk knirschte nur ganz leicht, aber er kreischte auf. Für Monate würde er humpeln. Vielleicht für immer. Und jeder Wetterwechsel würde ihn in Zukunft an diesen Augenblick erinnern.

Genau das wollte ich.

Er übergab sich vor Schmerz.

Und ich ging hinaus zu den anderen.

21

Auf der Fahrt zurück schwiegen wir. Ich versuchte Elena anzurufen. Sie antwortete nicht. Ich schickte ihr Nachrichten. Sie hatte mich blockiert.

Dann schaute ich von meinem Handy auf und fragte Antonio: »Warum habt ihr das getan? Ich dachte, ihr habt etwas gegen Elena?«

»Ich mag keine Männer, die mit Minderjährigen schlafen. Wenn sie dafür bezahlen, mag ich sie noch weniger«, sagte er. »Ich will diesen Scheiß hier nicht. Nicht in unserem Land, nicht in unserer Stadt, nicht dort, wo unsere Familien leben.«

Ich nickte. Das reichte mir.

Wir fuhren zurück zu dem Hotel im Niemandsland. Mittlerweile standen Polizeiwagen vor der Einfahrt und hatten das Gebiet abgeriegelt.

Ich sah den Chef der lokalen Polizei, Bruno López, an der Straßensperre stehen.

Als wir sie passierten, schaute er mich an.

»Polizei?«, fragte ich.

»Carrasco«, sagte Antonio nur.

Was mich nicht gerade beruhigte.

Hugo Carrasco schien weitaus mehr Macht hier in der Region zu haben, als mir das als ehemaliger Polizist und als jemand, der vielleicht immer noch auf seiner Liste stand, lieb sein konnte. Wenn er die Polizei einfach so hierherbeordern konnte, damit sie ein Gebiet für ihn absperrte, in dem er nach seinen Vorstellungen aufräumen wollte, dann war das eine ganz andere Liga.

Auf dem Parkplatz vor dem Hotel verließen wir den Wagen der Morells.

Carrasco kam zu uns. »Wo steht Ihr Auto, Rivera?«, fragte er mich. »Wir säubern jetzt die Gegend, und dann vergessen wir das alles, was hier heute Nacht geschehen ist. Das gilt für Sie, für uns, für alle. Das hier ist nie passiert.«

Die Morells nickten.

Ich nahm Carrasco beiseite. »Víctor García hat Bilder und Beweismaterial in seinem Handy. Auch, was Sofía angeht.«

Hugo Carrasco schaute mich an. Er schwieg eine Weile.

Dann sagte er: »Belassen wir es dabei. Wenn niemand weiß, wo er ist, weiß auch niemand, was er bei sich trug, als er verschwand.«

»Vielleicht hat er Sofía umgebracht«, sagte ich. »Zumindest hat er damit zu tun. Die Fotos, die er hat, könnten Beweise sein.«

»Dann können Sie ab jetzt beruhigt schlafen, weil der Mörder des Mädchens nicht davongekommen ist.«

»Und ihre Familie? Hat sie kein Recht, zu wissen, was wirklich geschehen ist?«

Er nahm mich am Arm und begleitete mich in Richtung Ausfahrt. »Wissen Sie, Rivera, ich glaube, dass Sie ein sehr aufrichtiger und ehrlicher Mann sind. Doch Aufrichtigkeit und sogar die Wahrheit können manchmal mehr Schaden anrichten als unbedingt nötig.«

»Bitte, geben Sie mir das Handy des Anwalts.«

»Wozu? Es wird nie eine Anklage geben.«

»Die Familie Morell sieht das vielleicht anders.«

»Hören Sie, Antonio Morell ist ein guter, ein stolzer Mann. Glauben Sie nicht, dass vieles, was Sie auf diese Weise ans Tageslicht bringen, ihm nur das Herz brechen würde? Möchten Sie einen Mann zerstören? Einen guten Mann? Nur wegen Ihren Prinzipien? Und vielleicht dazu noch seine ganze Familie?«

»Die Familie leidet. Sie wollen wissen, was geschehen ist.«

»Vor allem wollen sie, dass ihre Wunden heilen. Und das werden sie, wenn Ruhe einkehrt. Wenn sie sich an ihre Schwester so erinnern können, wie sie sich an sie erinnern möchten.«

Ich schwieg. Auch wenn es mir schwerfiel, auf eine gewisse Weise hatte er recht. Als Polizist dachte ich an Wahrheit, Strafe und Sühne. Als Familie brauchten die Morells vielleicht einfach nur Erinnerung, Liebe und Versöhnung.

Wir schauten uns an. Er reichte mir die Hand.

»Ich schätze Sie, Rivera«, sagte Hugo Carrasco. »Ich mag Sie nicht, aber ich schätze Sie.«

Ich nahm seine Hand. »Geht mir ähnlich.«

Er nickte. Und ich ging.

22

Ich fuhr durch Almasset. Ich fuhr durch Baixa. Ich lief durch den Park von Baixa. Ich stolperte sogar durch einige Orangenfelder, weil ich dachte, dass ich dort einen Motorroller gesehen hatte. Einen, wie Elena ihn sich regelmäßig »auslieh«, wenn sie irgendwohin wollte. Meine Anrufe beantwortete sie nicht. Meine Nachrichten gingen ins Leere.

Dann kam der Anruf von Paco. »Komm schnell vorbei. Elena ist hier!«

»Wo ist sie?«, rief ich.

»Sie liegt hier in meinem Boot und hört nicht auf zu weinen. Bitte komm, schnell.«

Ich legte auf. Viel zu schnell fuhr ich zurück nach El Palonet.

Meinen Wagen ließ ich einfach mitten auf der Straße vor dem kleinen Hafen stehen, in dem Paco sein Boot hatte.

Ich lief den Pier hinauf.

Dort standen Paco und Rosabella zusammen und winkten mich herbei.

Ich erreichte das Boot.

»Was ist los mit ihr?«, fragte Paco.

»Das arme Mädchen hört nicht auf zu weinen!«, stammelte Rosabella.

Ich stieg in das Boot.

Elena hatte sich im Bug zusammengerollt wie ein Baby und weinte.

Ihr Gesicht hatte sie in ihren Armen verborgen.

Ihr Körper schüttelte sich unter dem ständigen Schluchzen.

Ich ging zu ihr.

»Elena …«

Sie sah zu mir auf. »Hasst du mich jetzt?«, fragte sie mich. Tränen rollten über ihre Wangen.

»Wie könnte ich dich hassen, Elena?«, sagte ich.

»Ich hab doch nur dich.«

»Natürlich. Und daran wird sich auch nichts ändern.«

»Bitte hasse mich nicht.«

»Niemals.«

Ich legte meinen Arm um sie. Sie klammerte sich an mich.

»Bitte verlass mich nicht, Manuel«, schluchzte sie.

»Nein, keine Sorge. Komm, wir gehen jetzt nach Hause.«

Ich hob sie in meine Arme und trug sie über die Reling.

Paco schaute mich an.

Rosabella streichelte das weinende Mädchen.

Ich drückte sie fest an mich und ging mit ihr zurück.

Ich trug sie nach Hause.

Vier

1

Vera kam die Treppe herunter.

»Sie ist jetzt wach. Ich hab sie unter die Dusche gestellt und ihr frische Kleidung mitgebracht«, sagte sie.

»Woher?«

»Unterwegs gekauft.«

Ich griff nach meiner Brieftasche.

»Denk nicht einmal daran!«, sagte Vera. Sie streichelte mir über die Wange. »Hatte ich dir nicht gesagt, dass du ein guter Mann bist?«

Ich nickte.

»Du bist manchmal auch etwas unbeholfen, mein Lieber.«

Sie küsste mich. Ich war froh, dass sie hier war.

Paco und Rosabella waren die ganze Nacht über bei mir gewesen. Nachdem ich Elena nach Hause gebracht hatte, waren sie vor meiner Tür aufgetaucht und bestanden darauf, mich nicht allein mit ihr zu lassen.

Rosabella setzte sich neben Elena ans Bett. Paco hatte meinen Wagen von der Straße im Dorf abgeholt und danach den örtlichen Apotheker aus dem Bett geklingelt, um etwas zur Beruhigung für Elena zu besorgen.

Irgendwann war sie dann eingeschlafen. Doch gegen Morgen musste Rosabella in ihren Laden, und Paco war mit ihr ins Dorf gegangen, um Essen für uns zu holen.

Also rief ich Vera an, und sie kam sofort vorbei.

Sie fragte nur: »Wo ist sie?«

»Oben.«

Und sie ging die Treppe hinauf, um nach Elena zu sehen.

Ich ließ die beiden allein. Manchmal war ein Mann überflüssig.

Nun kam Vera ins Wohnzimmer und hielt mich im Arm. »Geh mal nach oben. Sie hat nach dir gefragt.«

Ich ging nach oben. Unruhig.

Elena saß auf meinem Bett. Sie hatte geduscht und trug die neue Kleidung, die Vera ihr gebracht hatte. Mit einem Kamm fuhr sie sich durch die Haare. Sie lächelte, als sie mich sah. Nur kurz. Ich setzte mich neben sie.

»Geht es dir besser?«

Sie nickte. »Brauchte wohl etwas Schlaf.«

»Und Frühstück?«, fragte ich.

»Mir ist ein bisschen komisch. Von den Tabletten.«

Wir saßen da. Sie kämmte sich das Haar, blickte umher.

»Wenn du hierbleiben möchtest …?«, sagte ich und rieb mir einen unsichtbaren Fleck von meiner Hose.

»Ich bin bald achtzehn. Dann kann ich allein wohnen.«

»Das Gästezimmer. Da schläft sowieso niemand. Wenn wir es ein bisschen herrichten?«

»Das hat doch keinen Fernseher«, sagte sie.

Wir lachten. Es tat gut.

Ich legte meine Hand auf ihre. »Du bleibst hier. Und das mit dem Fernseher regeln wir.«

Sie kämpfte mit den Tränen.

»Es ist meine Schwester!«

»Was?«

»Wenn ich damit aufhöre, machen sie das mit meiner Schwester!«

»Elena, was meinst du? Was bedeutet das?«

»Es sind einige von den Aufsehern im Heim. Sie zwingen uns dazu. Manche Mädchen machen es freiwillig, manche für Geld, manche, weil sie uns erpressen.«

»Was genau geht da vor sich?«

»Sie suchen sich die Mädchen aus. Dann werden sie dazu gebracht, loszuziehen und reiche Freier zu bedienen. Die sind organisiert. In mehreren Heimen hier an der Küste bis runter nach Alicante.«

»Und deine Schwester? Ich wusste nicht, dass du eine Schwester hast.«

Sie nahm ihr Handy, zeigte mir ein Bild. Ich sah ein achtjähriges Mädchen zwischen zwei erwachsenen Männern. »Ich bin die Nächste«, hatte jemand unter das Bild geschrieben.

»Ronaldo, einer der Aufseher in unserem Heim, organisiert das. Er wählt die Mädchen aus, hat die Kontakte zu den Kunden, kassiert achtzig Prozent, den Rest lässt er uns. Oder auch nicht. Wir haben keine Wahl. Erpressung. Schläge. Privilegien für diejenigen, die mitmachen. Vergewaltigung und Erpressung für alle, die sich weigern.«

»Wo ist deine Schwester?«

»In einem Heim in Alicante. Meine Eltern haben sie damals zuerst mitgenommen. Irgendwo in Alicante haben sie es sich dann anders überlegt und sie in einem Kaufhaus zurückgelassen.«

»Und diese Männer im Heim erpressen dich?«

»Ja. Ich wollte nicht mitmachen. Aber die sind organisiert. Die in Alicante kennen die Organisation hier in den Heimen vor Ort. Also hat Ronaldo da angerufen, und die haben mir das Bild geschickt. Ich hatte Angst.«

»Haben sie ihr etwas getan?«

Sie schüttelte den Kopf. »Noch nicht. Nicht, solange ich Geld heranschaffe. Es tut mir so leid, Manuel.«

Sie weinte.

Ich legte meinen Arm um sie und drückte sie an mich. »Du bleibst hier, Elena.«

»Wie soll das gehen? Ich bin noch keine achtzehn. Das Heim wird Probleme machen.«

»Ich habe zwei Anwälte in der Familie. Und Freunde bei der Polizei. Zu irgendwas wird das schon gut sein.«

»Die Sachen von meiner Familie sind noch da, im Heim. Mir bleibt nichts von ihnen, wenn die im Heim das rausfinden.«

Ich stand auf. »Dann holen wir die jetzt.«

2

Wir fuhren durch El Palonet, um das Dorf in Richtung Autobahn zu verlassen. Als wir die Zufahrt überquerten, sah ich Enzo. Er kam aus einem Haus. Es war nicht sein Haus. In der Tür stand eine schöne dunkelhaarige Frau. Etwas älter, aber sehr attraktiv.

Ich bremste.

»Was ist los?«, fragte Elena.

»Enzo. Da ist Enzo.«

»Und?«

»Das ist nicht sein Haus.«

»Verdammt.«

»Warte bitte«, sagte ich und stieg aus.

Enzo lief die Straße hinunter, bis er mich sah. Er blieb stehen.

»Was machst du denn hier?«, fragte er.

»Das könnte ich dich auch fragen, Enzo. Alba sucht nach dir und macht das ganze Dorf verrückt, einschließlich mich.«

»Du darfst ihr nichts sagen. Versprich mir das.«

»Nein, Enzo, tut mir leid. Ich lass mich nicht von dir in diese Geschichte einspannen. Du hast eine Frau. Kinder.«

»Sei doch nicht so. Ist doch nichts Schlimmes. Nur Alba soll es halt nicht wissen. So unter Freunden.«

»Nein, tut mir leid. Bekomm deinen Scheiß allein auf die Reihe. So lange lass dich nicht mehr bei mir blicken. Ich habe schon genug Stress.«

»Sei doch nicht so … Manuel …« Er klang kläglich. Mitleid hatte ich mit ihm nicht. Ich selbst war ganz sicher kein Waisenknabe, aber zumindest hatte ich nicht Frau und Kinder, die meine Fehltritte ausbaden mussten. Ich war wütend auf ihn.

Er hielt mir fünfzig Euro hin. Das Geld, das er sich von mir geliehen hatte. »Hier. Du hast dein Geld zurück«, sagte er.

»Behalt es. Ich will es nicht«, meinte ich und ging zurück zum Wagen.

»Manuel ...«, rief er.
»Vergiss es.«
Ich stieg ein.
»Was ist los?«, fragte Elena.
»Nichts. Nur ein weiterer Dummkopf. So wie wir alle.«
Dann fuhr ich los.

3

»Da drüben, da ist es. Das ist der Haupteingang.«
»Und dein Zimmer?«
»Im zweiten Stock.«
»Wie erreichen wir es am besten? Ohne große Aufmerksamkeit auf uns zu ziehen?«
»Von hier aus.«
»Dann komm!«
Wir verließen den Wagen und gingen durch die Sonne auf das Gebäude zu. Der Eingang hatte eine Rezeption, aber niemand saß dort. Die Flure vor uns waren spärlich eingerichtet, leer, und es gab nur wenig Licht. Betreuer sah ich nicht.
»Los, beeil dich«, sagte ich.
Elena deutete auf den Eingang zu einem Treppenhaus.
Wir liefen zwei Treppen nach oben, folgten einem Flur und erreichten Elenas Zimmer. Ich winkte ihr zu, dass sie sich beeilen sollte.
So schnell sie konnte, stopfte sie ihre Sachen in einen Rucksack und in eine Sporttasche. Kleidung, Bücher, ihren Schmuck. Ich sah ein paar Bilder und ein Fotoalbum, ein kleines Einhorn aus Stoff. Alles verschwand in den beiden Taschen. Eine davon drückte sie mir in die Hand. Ein letzter Blick. Wir verließen den Raum.
Als wir über den Flur gingen, kam ein Mann auf uns zu. »Was machen Sie da?«

Er war kräftig. Groß. Ein Aufseher.

Elena erstarrte. Ich zog sie weiter, ging auf den Mann zu.

»Hey, Sie? Ich hab gefragt, was Sie da machen.«

Ich warf ihm die Tasche zu. Im Reflex fing er sie auf, und da war ich schon über ihm, schlug zu. Er stolperte zu Boden.

Ich drehte ihn um und hebelte seinen Arm, zog gleichzeitig sein Kinn nach oben.

»Zum Auto, Elena!«, rief ich.

Sie lief los. Der Mann unter mir versuchte sich zu wehren, konnte sich aber nicht befreien. Ich schätzte die Zeit, die Elena brauchte, um zu meinem Wagen zu kommen.

Dann ließ ich ihn los.

Er sprang auf.

So leicht ließ er sich nicht einschüchtern. Wahrscheinlich hatte er als Aufseher in Jugendheimen genügend Erfahrung mit Konflikten und Angriffen. Er sprang mir entgehen.

Ich besann mich auf den ältesten Präventivschlag der Welt und trat ihm einfach mitten zwischen die Beine. Sofort sackte er zu Boden. Es war gelaufen.

Ich drehte mich um, rannte die Treppe hinunter und hinüber zum Haupteingang.

Als ich in die Sonne draußen auf der Straße lief, sah ich Elena neben meinem Wagen auf einen Mann einschlagen. Er hielt sie am Ärmel fest. Sie wehrte sich, schlug mit dem Rucksack nach ihm, schrie ihn an, spuckte ihm ins Gesicht.

Das konnte nur Ronaldo sein.

Ich spurtete los.

Er hatte mir den Rücken zugewandt. Das machte es einfach für mich. Ich legte beide Arme um seinen Hals und Nacken und drückte ihn zu Boden, presste sein Gesicht in einen Gully.

»Kleine Mädchen vergewaltigen, was?«, fragte ich. »Warum versuchst du es nicht mit mir?«

Er wehrte sich, gurgelte etwas in meinem Griff, doch ich drückte ihm mit meinen Armen die Blutzufuhr ab. Sein Widerstand ließ sofort nach. Ich hielt ihn bei Bewusstsein, zog meine Waffe und drückte sie ihm in den Mund. Seine Zähne knirschten auf dem Metall.

»Elena hast du nie gesehen, verstanden?«, sagte ich. »Niemand fragt nach. Niemand will etwas darüber wissen.«

Er grunzte.

»Ihre Unterlagen und alle Dokumente lässt du verschwinden, verstanden? Zweimal klopfen mit der linken Hand!«

Er klopfte zweimal auf den Asphalt.

»Du suchst dir einen anderen Job. Keine Mädchen mehr, verstanden? Oder ich komme zurück. Wenn es dunkel ist. Du wirst mich nicht sehen. Aber du wirst es spüren, wenn ich da bin. Weil du dann stirbst, verstanden? Zweimal klopfen bitte!«

Er klopfte erneut. Diesmal zitterte seine Hand.

»Bis zweihundert zählen! Nicht aufstehen. Nicht einmal daran denken!« Ich zog die Mündung meiner Waffe aus seinem Mund und ließ ihn los. Die Pistole setzte ich an seinen Hinterkopf. »Was ist …?«, drohte ich.

»Eins … zwei … drei … vier …«

Blut tropfte aus seinem Mund und in den Gully unter ihm.

Ich richtete mich auf und schaute mich um. Niemanden schien zu interessieren, was hier abgelaufen war. Passanten gab es kaum. Zwei ältere Damen mit Einkaufstüten, eine Mutter, die versuchte, ihr weinendes Kind zu beruhigen, und einige Jugendliche, die an einer Ecke herumlungerten. Niemand hatte meine Waffe bemerkt. Also steckte ich sie ein und ging zum Wagen. Elena zitterte.

»Ist er das?«, fragte ich.

Sie nickte.

»Gut, dann komm!« Ich zerrte sie zum Wagen, öffnete die Tür und drückte sie ins Innere.

Ich ging hinüber zu meiner Tür, setzte mich ans Steuer, und wir fuhren davon.

4

Gerade als wir wieder El Palonet erreichten, rief mich Paco an. »Kannst du vorbeikommen?«

»Was ist los?«

»Enzo ist bei mir, in meinem Haus. Er hat zwei Koffer dabei und hört nicht auf zu heulen.«

»Was?«

»Alba hat ihn vor die Tür gesetzt.«

»Na ja, wohl nicht ganz unverdient«

»Wieso?«

»Ich hab ihn vorhin gesehen. Mit einer anderen Frau.«

»Ich weiß.«

»Wusstest du davon?«

»Natürlich.«

»Und du sagst nichts?«

»Was soll ich denn dazu sagen?«

»Dass er seine Ehe und seine Familie ruiniert mit dem Scheiß.«

»Aber das ist doch nicht gleich ein Grund, ihn vor die Tür zu setzen.«

»Also, Paco, ich weiß nicht. Ich bin kein Engel, aber eine andere Frau ist ganz sicher nicht gerade förderlich für eine Ehe.«

»Er hat es doch für sie getan.«

»Was?«

»Na, für sie. Für Alba. Und die Kinder.«

»Willst du mir etwa jetzt erzählen, dass Alba ihn zu dieser Affäre angestiftet hat?«

Elena neben mir runzelte die Stirn.

»Was redest du da? Affäre? Er hat das Haus der Frau renoviert. Um sich einen schönen Urlaub mit Alba und den Kindern leisten zu können. Tag und Nacht hat er dort geschuftet.«

Mir wurde plötzlich ganz anders. Ich hatte meinen Freund

zuerst falsch beschuldigt und ihn dann einfach stehen lassen. Der Gedanke gab mir einen Stich.

»Er hat sich sogar Geld von dir geliehen, um Materialien zu kaufen«, sagte Paco.

»Verdammt«, sagte ich. Wir hatten Enzo nicht vertraut. Weder Alba noch ich.

Ich fühlte mich schlecht.

»Wir regeln das«, sagte ich zu Paco.

»Ja, besser wäre das. Ich glaube, es ist ernst. Er hört nicht auf zu weinen. Scheidung, hat sie gesagt. Das sagt sie sonst nie.«

Ich gab Gas und erreichte die Einfahrt, in der ich Enzo vorhin gesehen hatte. Dort stampfte Alba die Straße entlang. Auf das Haus zu, vor dem ich heute Morgen die attraktive Frau zusammen mit Enzo gesehen hatte.

»Oh, oh …«, entfuhr es mir.

»Was?«

»Das ist gar nicht gut …«

»Was ist los?«

»Ich ruf dich zurück!«, sagte ich und legte auf.

Ich stoppte den Wagen, sprang hinaus und lief die Straße entlang. Elena folgte mir.

Etwas weiter vor uns, am Haus der Frau von heute Morgen, trommelte Alba ihre Fäuste gegen die Haustür. »Komm raus, du Schlampe! Komm raus! Ich werde dich lehren, mir meinen Mann zu stehlen!«

Oben auf einem Balkon schrie die Frau: »Polizei! Polizei! Ruft doch die Polizei! Diese Frau ist völlig verrückt!«

Ich griff mir Alba.

Sie war von Sinnen. Schlug um sich, erwischte mich im Gesicht. »Lass mich los, Manuel!« Dann trat sie mir gegen das Schienbein, und tatsächlich ließ ich sie aus Überraschung los. Alba griff sich den Postkasten der Frau und riss ihn einfach ab, schleuderte ihn gegen die Tür. »Schlampe!«

»Tut doch etwas! Bitte, helft mir!«, kreischte die Frau oben auf dem Balkon.

Ich griff mir Alba erneut. Diesmal mit Hilfe von Elena. Ich schüttelte sie. »Alba, komm zu dir. Da ist nichts! Du irrst dich!«

»Diese Schlampe will mir meinen Mann stehlen!«

»Die ist doch verrückt! Was für ein Mann? Die spinnt doch!«, gestikulierte die Frau auf dem Balkon.

»Das weißt du ganz genau, du Miststück. Männerdiebin!«

»Hör mir doch endlich zu, Alba. Enzo und sie haben nichts miteinander.«

»Scher dich zum Teufel, Manuel! Du bist doch auch so einer!«

Ein Polizeiwagen fuhr vor. Zwei Polizisten stiegen aus. Ich kannte sie vom Sehen.

»Was ist hier los?«, fragte der ältere von ihnen.

»Die Verrückte da unten will mich umbringen«, rief die Frau von oben.

»Oh, ganz sicher werde ich das!«

»Schhht, Alba, bitte!«, versuchte ich sie zu beruhigen. Dann wandte ich mich an den Polizisten. »Ein Irrtum.«

»Sieht mir nicht danach aus!«, sagte er und deutete auf den kaputten Postkasten und die zerkratzte Tür.

»Verhaften Sie die Verrückte!«, schrie die Frau über uns.

»Würden Sie Alba bitte sagen, dass Sie keine Affäre mit ihrem Mann haben?«, bat ich sie.

»Das sag ich ihr doch schon die ganze Zeit!«

»Alba, Enzo hat nichts mit dieser Frau!«, wiederholte ich.

»Enzo? Etwa der Enzo, der mir das Haus renoviert hat?«, fragte die Frau. Dann lachte sie. »Der doch nicht!«

»Siehst du, Alba, Enzo war hier, um zu arbeiten. Er hat ihr das Haus renoviert.«

»Ich glaub euch kein Wort. Schaut sie doch an. Die frisst Männer zum Frühstück.«

Die Polizisten schauten nun etwas interessierter hinauf zu dem Balkon. Dort strich sich die Frau unter den Blicken der beiden Polizisten ihre Haare zurecht und sagte: »Ihr spinnt doch alle.«

Trotzdem blieb ihr Zeit für ein kleines Lächeln für den jungen Polizisten, der neben dem Auto stand.

»Oh, ich bring sie um!«, kreischte Alba.

Ich zog sie zurück.

Der Polizist neben mir hielt sie fest. »Das geht so nicht. Wir müssen Sie mitnehmen!«, sagte er.

Der andere Polizist war damit beschäftigt, zum Balkon hinaufzustarren. Was die dunkelhaarige Frau dort oben zu einem weiteren Lächeln bewog.

»Schon gut, schon gut!«, sagte jemand neben uns. »Das ist nicht nötig.«

Paco und Enzo standen auf dem Gehweg.

»Paco?«, sagte der Polizist neben mir. »Kannst du mir erklären, was dieser ganze Unfug hier soll?«

»Alba, dein Enzo hat keine Affäre. Er hat dieses Haus renoviert. Um sich einen Urlaub mit dir und den Kindern leisten zu können«, sagte Paco.

Alba entspannte sich etwas in unserem Griff. »Ist das wahr?«, fragte sie.

Dem alten Mann vertraute Alba mehr als uns.

Paco nickte.

»Aber er war die ganze Nacht nicht da!«, sagte Alba.

»Sie können ja selbst mal in meinen Keller gehen«, meinte die Frau auf dem Balkon. »Vielleicht beruhigt es Sie, wenn Sie dort mal eine Weile den Schimmel von den Wänden kratzen? Kann schon mal eine ganze Nacht in Anspruch nehmen!«

Alba funkelte zu ihr hinauf, sagte aber nichts.

Die Frau funkelte zurück und stellte sich dann in Pose. Immerhin waren da noch die beiden Polizisten.

Enzo ging zu Alba. »Ich habe die ganze Nacht gearbeitet. Es war einfach zu viel zu tun. Und ich wollte fertig werden, um dir die Überraschung zu machen. Ein paar Tage Urlaub. Nur du und ich und die Kinder.«

Albas Augen füllten sich mit Tränen. »Stimmt das?«

Wir nickten.

Der Polizist neben mir seufzte. »Dann war es das jetzt? Sie benehmen sich?«, fragte er.

Alba nickte. Tränen kullerten über ihre Wangen.

»Ach, ist die Liebe nicht schön?«, rief die Frau auf dem Balkon. »Und könnte ich jetzt bitte wieder meine Ruhe haben?«

Alba fiel Enzo um den Hals und weinte.

Er drückte sie an sich und wischte sich ebenfalls eine Träne aus dem Auge.

»Wir fahren jetzt. Paco, du sorgst mir dafür, dass das hier geregelt wird«, sagte der Polizist.

»Keine Sorge. Danke.«

»Und du, Enzo, du bringst das mit dem Briefkasten und der Tür in Ordnung. Inklusive.«

Enzo nickte. »Natürlich.«

Die Polizisten gingen zum Wagen. Die Frau auf dem Balkon winkte ihnen nach, und sie fuhren davon.

»Schade«, murmelte sie.

Elena kaute auf ihrer Unterlippe. Sie war gerührt, als sie sah, wie Enzo und Alba eng umschlungen zurück ins Dorf gingen.

»Fahren wir nach Hause?«, fragte ich Paco und Elena.

Wir gingen zum Wagen. Die Frau oben auf dem Balkon beugte sich über die Balustrade und achtete darauf, dass sie dabei gut zu sehen war.

»Hey, Sie … Danke für die Hilfe.«

»Schon okay.«

»Sagen Sie mal … Sie haben nicht zufällig heute Abend noch keine besonderen Pläne, oder?«, fragte sie und lächelte.

»Doch, leider«, sagte ich.

»Wie schade«, seufzte die Frau und schloss das Fenster.

5

Ich setzte Pablo im Hafen ab. Er wollte zu Rosabella. Als wir danach an meinem Sommerhaus ankamen, sah ich Raúl auf der schmalen Terrasse, die Vorgarten und Haustür trennte.

Er rutschte auf den Knien umher und schien mit irgendetwas beschäftigt zu sein.

Elena verschwand mit ihren Sachen unter dem Arm in der Haustür, ohne Raúl auf dem Boden vor uns große Beachtung zu schenken. Anscheinend hatte sie genug für heute. Sie wirkte müde. Ich ging zu ihm.

»Raúl, was machst du da?«

Er blickte auf. In der einen Hand hielt er einen Schraubendreher und einige Kabel. In der anderen Hand eine kleine Lampe.

»Ich hab dir LED-Lichter besorgt. Du hast mir irgendwann mal gesagt, dass du hier draußen vor der Haustür etwas wenig Licht hast. Also hab ich … also … ich hab doch noch Beziehungen von früher. Darüber hab ich die hier bekommen. Zu einem wirklich guten Preis. Aber kein Chinaschrott oder so. Das hier ist made in Germany.«

Ich starrte ihn an. Er starrte mich an.

»Was soll der Unsinn, Raúl?«, fragte ich ihn.

Er schaute zu Boden. Dann auf die Lampe in seinen Händen.

Er weinte.

»Bitte … Manuel … Es tut mir leid. Bitte verzeih mir. Nora war so wütend. Und ich hab doch nur noch sie. Sonst niemanden. Sie ist alles, was ich habe.«

Und mir wurde plötzlich klar: Nora und er waren vielleicht ein seltsames und reichlich nerviges Paar, aber sie liebten sich. Sie gehörten zusammen. Ob es mir passte oder nicht. Zudem hatte ich genug Tränen für heute gesehen.

Ich reichte ihm die Hand.

Er nahm sie und stand auf.

Raúl griff in seine Tasche und reichte mir Geldscheine. »Hier. Dein Geld. Plus Zinsen.«

»Vergiss es, Raúl. Es interessiert mich nicht. Behalte es.«

»Nein, ich bestehe darauf.«

»Behalte das Geld und geh mit meiner Schwester essen. Macht euch gemeinsam einen schönen Abend. Sie hat es verdient.«

Er wischte sich über die Augen.

»Danke, Manuel«, sagte er.

»Schon gut. Vergessen wir das Ganze. Ist nie passiert.«

Dann standen wir da und wussten nicht so recht, was wir sagen sollten.

»Hier vorne brauche ich das Licht eigentlich nicht«, sagte ich. »Aber hinten im Garten. Ich wollte immer etwas Licht für meine Palmen, weißt du? Dass sie abends angestrahlt werden.«

Er nickte. »Das sieht toll aus, wenn es gegen Abend dunkel wird, da hast du recht. Das stelle ich dir so ein, kein Problem. Das wird dir gefallen. Und Nora auch.«

Raúl kramte das ganze Zeug zusammen und schleppte die Kabel mit sich. Er verschwand um die Ecke im Garten. Ich schüttelte den Kopf. Wer sollte bloß schlau werden aus meiner Familie? Ich nicht.

Also ging ich ins Haus. Ich hörte Elena oben im Gästezimmer. Wahrscheinlich packte sie ihre Sachen aus. Um sie dabei in Ruhe zu lassen, ging ich ins Wohnzimmer.

Dort saß Isabel auf dem Sofa und sagte nur: »Du kommst jetzt mal besser mit, Manuel!«

6

Der Nachbar der Morells lag in seinem Blut mitten in dem schäbigen Wohnzimmer seines Hauses. Schädelknochen und Gehirnmasse waren über den Boden vor ihm verteilt. Polizisten standen im Raum, sicherten den Tatort. Einige Beamte suchten nach Hinweisen in den Hinterlassenschaften. Das Licht der aufgestellten Scheinwerfer fiel auf den Körper.

»Wonach sieht das für dich aus?«, fragte Isabel.

»Hinrichtung.«

Sie nickte.

»Er musste sich hinknien. Dann wurde er erschossen. Kopfschuss von hinten.«

»Das hat nicht zufällig etwas mit einem gewissen Vorfall zu tun? In einer Finca vor zwei Tagen?«

»Wahrscheinlich hat es das. Er war da. Konnte flüchten.«

Isabel zog mich zur Seite. »Hör jetzt mal gut zu, Manuel. Wenn wir hier irgendetwas von dir finden, dann werden Alonso und Méndez begeistert in die Hände klatschen, um die Sache danach dir in die Schuhe zu schieben!«

Ich wurde nervös. Sie hatte recht. Ich war vor dem Mord hier gewesen. Nicht in diesem Raum, aber rund um das Haus. Reifenspuren, Fußabdrücke, Elenas Foto von mir und dem Nachbarn an der Haustür. Das würde mehr als ausreichen, um mir Schwierigkeiten zu machen, wenn es meine alten Feinde in der Polizei darauf anlegten.

»Als du hier warst, hast du da irgendetwas angefasst?«

Ich verneinte. Und hoffte, dass die Spurensicherung draußen nicht zu intensiv nach Fußabdrücken oder Reifenprofilen suchen würde.

»Ganz sicher?«

Ich hob die Schultern. »Ich war vor der Tür. Das ist alles.«

»Wenn die es in der Zentrale darauf anlegen, kann ich dir da nicht raushelfen. Das könnte übel für dich ausgehen!«

»Klingt danach.«

Ein Beamter ging an uns vorbei. Policía Local. Er trug eine leere Kiste und stellte sie ab. Dann grinste er uns an. Und verließ den Raum wieder. Es war Bruno López.

»Was macht der denn hier?«, flüsterte ich.

»Na was wohl? Die Policía Local hat uns gerufen.«

Ein Beamter saß am Computer und durchstöberte die Festplatte.

»Was war das denn für eine Drecksau?«, rief er und scrollte durch Bilder, die er auf dem Computer gefunden hatte. Es waren Kinder, junge Mädchen, sexuelle Motive.

Und dann Sofía.

Isabel erstarrte.

Der Beamte drehte sich zu uns um. »Also, um den ist es nicht schade. Einer weniger, wenn ihr mich fragt«, sagte er.

Isabel starrte auf das Bild, das vor uns auf dem Monitor zu sehen war: Sofía beim Sex mit einem älteren Mann.

Isabel wurde bleich. Sie zerrte mich nach draußen, aus dem Haus raus, weg von den Beamten.

»Sag mal, das ist doch nicht wahr, oder?«

Ich scharrte mit dem Fuß vor mir im Staub der Zufahrt. »Die Dinge sind etwas komplizierter, als wir angenommen haben.«

»Was heißt das?«

»Sofía war in irgendwas verwickelt. Sehr ungute Dinge.«

»So wie das in der Finca da draußen, die du hochgenommen hast?«

»Ja. Wahrscheinlich. Fincas, Hotels, Clubs, Filme und was weiß ich nicht alles.«

»Organisiert also.«

»Ja. Und zwar sehr gut.«

»Wer steckt da mit drin?«

»Ich weiß es nicht.«

»Die Morells?«

»Nein, auf keinen Fall. Glaubst du, die würden ihre eigene Schwester an alte Männer verkaufen?«

»Ich habe schon Schlimmeres gesehen.«

»Sie haben damit nichts zu tun.«

»Du bist dir sehr sicher. Du scheinst sie ja mittlerweile gut zu kennen.«

Sie musterte mich. Ich wich ihrem Blick aus.

»Was hast du, Manuel? Irgendetwas stimmt doch nicht.«

»Wir haben gestern Nacht Elena mit einem Freier erwischt!«

»Oh mein Gott, Manuel!«

»Die Morells waren dabei, als wir sie erwischt haben. Sie waren es auch, die ihnen gefolgt sind. Warum sollten sie ausgerechnet Elena und mir helfen und gleichzeitig ihre eigene Schwester prostituieren und danach umbringen? Das ergibt absolut keinen Sinn.«

»Du bist schon viel zu tief in diese ganze Sache verwickelt, Manuel. Von allen Seiten aus. Das gefällt mir nicht. Du verlierst immer mehr deine objektive Sicht und die Kontrolle.«

»Wenn es hilft, das Mädchen in meinem Haus vor diesen Schweinereien zu beschützen, dann kann ich damit leben.«

Isabel legte mir die Hand auf den Arm. »Manuel, ich weiß, dass du es gut meinst. Aber du bist weder Polizist, noch bist du im Geheimdienst oder in irgendeiner Einheit. Du kannst nicht durch die Gegend rennen und Dirty Harry spielen. Draußen in der Finca haben wir es noch einmal für dich zurechtgebogen. Ständig können wir das nicht tun.«

»Ja, ich weiß.«

»Hat das hier etwas mit Elena zu tun?«, fragte Isabel mich und deutete hinüber zum Haus des Nachbarn.

»Ich glaube nicht. Das sind zwei verschiedene Dinge. In einigen Kinderheimen an unserer Küste gibt es offensichtlich einen Ring für organisierte Zwangsprostitution. Die Aufseher, Erzieher, vielleicht sogar die Verwaltung der Heime hängen da mit drin.«

»Oh mein Gott, Manuel. Da müssen wir eingreifen. Weißt du das von Elena?«

»Allerdings. So wie es aussieht, reicht die Organisation bis nach Alicante und was weiß ich noch bis wohin.«

»Und der tote Mann dort drin? Sofía? Die Finca?«

»Das ist Baixa. Das wird hier organisiert. Vor Ort. Für die Männer mit zu viel Macht und Geld, die einen Hunger auf junge Mädchen haben. Elena ist da nur zwischen die Fronten geraten.«

»Sofía auch?«

»Das weiß ich nicht.«

»Was weißt du denn?«

»Dass einige sehr mächtige Männer hier in Baixa und Umgebung denken, dass sie machen können, was sie wollen. Und wahrscheinlich stimmt das auch.«

»Was weißt du darüber?«

»Nicht viel.«

»Aber genug, um euch in Gefahr zu bringen?«

»Ja.«

»Wo ist Elena jetzt?«

»Zu Hause. Bei mir. In Sicherheit. Paco ist bei ihr.«

»Reicht das?«

Ich nickte. »Für den Moment, ja.«

»Wenn du irgendetwas weißt, Manuel, irgendetwas an Beweisen hast, irgendetwas, das wir verwenden können, dann nehmen wir sie hoch. Und sei es nur, um ihnen Angst einzujagen. Das ist mir lieber, als dich und Elena später tot aus deinem Sommerhaus tragen zu müssen.«

»Es tut mir leid. Es gibt nichts. Nichts, was wir verwenden könnten.«

»Aber du weißt, wer es ist?«

Ich sagte nichts.

Ein Wagen fuhr vor.

»Oje, die Kavallerie«, seufzte Isabel.

Alonso und Méndez stiegen aus.

»Was macht der denn hier?«, rief Alonso.

»Er kennt die Nachbarn des Toten«, sprang Isabel für mich ein. Natürlich durfte ich nicht hier sein.

»Die Nachbarn, schon klar. Hast du nichts Besseres, Isabel?«, fragte der alte Méndez.

»Wenn du irgendetwas mit der Scheiße dadrin zu tun hast, dann bist du fällig, Rivera«, sagte Alonso.

»Bin nur zufällig hier vorbeigekommen. Das Wetter ist so schön«, sagte ich.

»Natürlich. Wie vorgestern, draußen in dieser Finca, oder?«, meinte Méndez.

»Die Sonne scheint hier fast überall. Schöne Gegend.«

Alonso baute sich vor mir auf. »Hör zu, Rivera. Für die Sache in der Finca schulde ich dir Respekt. Wenn es sich irgendwie einrichten lässt, bezahle ich dir ein Bier dafür. Ich hasse diese verdammten Kinderficker genauso wie du. Aber für den Rest, den du angestellt hast, schulden wir dir gar nichts, verstanden?«

»Schon klar«, nickte ich. »Ist auch gar nicht nötig.«

»Ich werde dich festnageln. Irgendwann. Für irgendwas. Versprochen«, sagte er.

»Das reicht jetzt«, sagte Isabel und ging dazwischen.

»Wir sehen uns, Rivera.«

Sie ließen uns stehen und gingen ins Haus.

»Wir verschwinden jetzt besser von hier«, meinte Isabel.

»Ja, du hast recht.«

Bruno López verließ das Haus und ging zu seinem Wagen.

»Was macht der Typ bloß hier?«, fragte ich erneut.

»Noch mal, Manuel? Sie haben uns angerufen. Die lokale Polizei!«

»Ach, diesmal rufen sie euch an? Und bei Sofía nicht?«

»Das hier ist ein offensichtliches Kapitalverbrechen. Ein Mord. Dann übernehmen wir.«

López stieg in seinen Wagen und fuhr davon.

»Und ein totes Mädchen am Strand? Ist das keinen Anruf wert?«

»Tja, du weißt, wie es gelaufen ist.«

»Eben. Und genau deswegen werden wir jetzt etwas unternehmen.«

»Was hast du vor?«

»Du fährst!«

7

Wir folgten López mit etwas Abstand.

Isabel fuhr. Ich hielt den Wagen vor uns im Blick.

»Wir müssen über Elena sprechen, Manuel. Wenn es stimmt, was du sagst, dann braucht das Mädchen Hilfe. Professionelle Hilfe.«

»Sie braucht jetzt erst einmal jemanden, der für sie da ist. Und der sie aus diesem ganzen Mist raushält.«

»Und das bist du?«

»Jetzt erst einmal, ja.«

»Und diese Vera?«

»Was?«

»Hältst du mich für dumm, Manuel?«

»Nein. Allerdings bin ich auch nicht verheiratet«, sagte ich.

Sie antwortete nicht.

»Warum taucht Darío vor meinem Haus auf?«, fragte ich Isabel.

Sie schwieg.

»Aha, jetzt gehen dir die klugen Antworten aus.«

»Wenigstens lass ich mich nicht mit jungen Mädchen ein.«

»Vielleicht sollte ich das wirklich einfach mal versuchen? Denn wenn ich dadurch die Finger von verheirateten Frauen lassen kann, geht es uns allen vielleicht besser?«

»Du bist ein Arsch!«

»Du hast nichts gesagt, Isabel. Nicht ein Wort.«

»Ach, bist du jetzt hier das Mädchen, oder was? Brauchst du Blumen und eine Karte nach einer gemeinsamen Nacht, um dich besser zu fühlen?«

»Red keinen Mist, Isabel. Das passt nicht zu dir.«

»Was war denn die ganzen Jahre? Das große Schweigen. Und jetzt heulst du mir auf einmal die Ohren voll? Komm schon, Manuel, das nimmst du dir doch selbst nicht ab.«

Ich schwieg.

Sie schwieg.

Warum war es nur so schwer?

»Es war eine Nacht, Manuel«, sagte Isabel. »Nur eine Nacht.«

Ich nickte. Dann schaute ich aus dem Fenster. Natürlich war es das. Nur das. Was auch sonst?

Wir folgten dem Polizeiwagen eine Weile.

Er hielt vor einem Haus. López ging hinein. Wir warteten. In einigem Abstand.

Etwa zehn Minuten vergingen, bis er wieder herauskam.

Er kaute auf einem belegten Brötchen herum und setzte sich wieder in seinen Wagen. Er fuhr davon.

»Warte hier«, sagte ich und stieg aus dem Wagen.

8

Es gibt Dinge, die verlernt man nicht. Und es gibt Dinge, die versteht man nicht. Auch nach Jahren nicht. Eine Sache, die man nie wirklich verlernt: wie leicht man eine Tür mit einem Stück Plastik öffnen kann. Was ich dagegen nie wirklich verstand: warum ausgerechnet Dorfpolizisten ihre Haustüren nie richtig abschlossen. Wahrscheinlich fühlten sie sich in ihrem eigenen Viertel zu sicher.

Gut für mich.

Innerhalb von Sekunden war ich in López' Haus und schlich über einen schmalen Flur ins Wohnzimmer. Ich schloss die Tür hinter mir. Nur für den Fall.

Vor einem der Fenster stand der Computer auf einem Schreibtisch. Genau, wie ich vermutet hatte. Fast alle Häuser waren um die Gewohnheiten ihrer Bewohner herumgewachsen. So auch dieses. Polizisten hatten fast immer einen PC im Wohnzimmer stehen. Und sei es, um nach der Arbeit ein paar Minuten Nachrichten zu lesen oder FIFA zu spielen. Ich schaltete den PC ein. Kein Passwort. Umso besser.

Ich stöberte in den Verzeichnissen des Computers. Nichts. Jedenfalls nichts Besonderes auf den ersten Blick. Also schaute ich jetzt zuerst einmal in die Schubladen neben mir. Und tatsächlich: Dort lag ein USB-Stick.

Es wirkte, als hätte López ihn eilig und unachtsam in die Schublade gelegt. Ich verband ihn mit dem PC. Er enthielt genau das, was ich suchte: die Fotos von der Nacht, in der man Sofía tot am Strand gefunden hatte.

Ich sah weitere Dokumente und Verzeichnisse auf dem USB-Stick. Es waren Kopien von Verfahren, von Urteilen, von Straferlassen, Strafzetteln. Ich wusste, was das war. Das alles war López' Versicherung. Für den Fall, dass mal etwas schiefging. Oder er keine Lust mehr hatte, Polizeiarbeit zu leisten, aber seine Rente aufbessern wollte. Es war Material für Erpressung.

Ein weiterer Ordner fiel mir ins Auge. »Ermittlungen: Fall Martínez Ferrer« und das Datum vor fünf Jahren. Ich erinnerte mich an den Vorfall.

Zur Sicherheit schaute ich jedoch zuerst in den Ordner, und tatsächlich: Ich hatte recht. Es ging um einen Brand auf einem Gelände, der eine gesamte Familie das Leben gekostet hatte. Eine Gasleitung im Schuppen neben dem Haus hatte nachts Feuer gefangen, und die Flammen waren auf das anliegende Gebäude übergesprungen. In der Trockenheit des Sommers brannte das alte Haus so schnell ab, während die Familie schlief, dass niemand von ihnen gerettet werden konnte. Alle acht Familienmitglieder starben in der Nacht. Die zwei Eltern, vier Kinder und die zwei Großeltern. Der Vorfall hatte große Trauer hier in der Region ausgelöst. Kamerateams aus dem ganzen Land waren zur Beerdigung gekommen. Sogar die Bürgermeister von Valencia, Denia, Calpe und Alicante waren damals anwesend.

Ich runzelte die Stirn. Warum hatte López diesen Fall in einem Ordner? Ich zappte durch die Dokumente: Es waren vor allem Fotos und Kopien von den Behörden, die den Vorfall untersucht hatten. Ich sah allerdings nichts Verdächtiges. Keine Unregelmäßigkeiten. Oder etwas, das ich zuvor noch nie gesehen hatte. Trotzdem war der Vorfall hier in seiner »Versicherung«.

Warum?

Ich nahm den USB-Stick an mich und wollte das Haus verlassen. Ich hatte alles, was ich brauchte, und musste mein Glück nicht überreizen.

Als ich die Tür des Wohnzimmers öffnete, starrte ich in das Gesicht eines Rottweilers.

Ich schlug die Tür zu.

Verdammt.

Jetzt wusste ich, warum López sein Haus nicht abschloss.

Ich war zu naiv gewesen.

Der Hund knurrte vor der Tür.

Mein Telefon klingelte.

»Was machst du da, verdammt?«, fragte Isabel.

»Ich glaube, ich habe ein Problem.«

Der Hund fing an zu bellen.

»Ja, das hast du. Eine Frau steht vor der Haustür und hantiert mit ihren Schlüsseln herum. Vermutlich López' Ehefrau!«

Ich schaute umher. Die Fenster waren vergittert, so wie es hier in Spanien oft üblich war. Also konnte ich nicht einfach zum Fenster hinaus.

Es gab eine zweite Tür im Wohnzimmer.

Sie führte in denselben Flur, allerdings zur Rückseite des Hauses.

Ich öffnete die Tür.

Der Rottweiler lief um die Ecke und erneut auf mich zu. Diesmal deutlich schlechter gelaunt als vorher.

Ich lehnte mich gegen die Tür. Der Hund knurrte.

Ich hörte die Vordertür aufgehen und eine Stimme. »Ronda. Ronda. Halt die Klappe, verdammt.«

Die Frau betrat das Haus.

»Was hast du denn? Ronda?«

Dann war die Frau an der Tür zum Wohnzimmer. Sie würde nachschauen, was der Hund hatte. Warum er vor der Tür stand und bellte. Jetzt war ich geliefert.

Es klingelte an der Haustür.

»Ronda, beruhige dich«, sagte die Frau und ging zur Haustür.

»Entschuldigen Sie, ich bin Isabel Durán, von der Polizei, Sonderstelle Altea. Wir haben Hinweise auf einen Herumtreiber und Einbrecher, der hier in der Gegend gesehen wurde.«

Der Hund bellte. Die Frau fuhr ihn wieder an. Dann sperrte sie ihn in die Küche, um Isabel besser verstehen zu können.

»Einen Herumtreiber, sagten Sie?«, murmelte die Frau vorne an der Haustür.

»Er ist hässlich und sehr ungepflegt«, hörte ich Isabel sagen.

Wenn das ihre Beschreibung von mir war, dann schien sie immer noch sauer auf mich zu sein. Doch im Moment war mir das egal. Sie hatte mir den Weg frei gemacht. Ich lief durch die zweite Tür, den Flur entlang und dann zur Hintertür hinaus.

Ich wartete am Wagen auf sie.

»Du schuldest mir was«, sagte Isabel, als sie vom Haus zurückkam.

»Wie immer.«

»Ich fahr dich jetzt nach Hause. Ich hab genug von dir für heute.«

»Nein. Zuerst fahren wir hierhin. Das ist die Adresse.«

Ich hielt ihr den Bildschirm meines Handys hin.

»Und was soll das sein?«

»Das werden wir dann sehen.«

9

Ich verließ den Wagen und wollte meinen Augen nicht trauen. Hier war eine Familie gestorben. Vor fünf Jahren.

Es war eine einfache Familie gewesen. Das Haus war kaum mehr als eine Baracke, bevor es abbrannte. Die Familie hatte nur ein paar Orangenbäume und ein Feld mit Oliven besessen. In der Nacht war das Feuer ausgebrochen, und sie waren alle gestorben. Acht Leben in Minuten ausgelöscht.

Nun stand ich an dem Ort, an dem es passiert war. Ich blinzelte gegen die Sonne.

Vor mir befand sich ein Hotel. Ein Luxusresort.

Von den kargen Orangenbäumen und dem Feld mit Oliven war nichts übrig geblieben. Die verkohlten Überreste des Hauses längst verschwunden. Stattdessen prangte vor mir in der Sonne ein Fünf-Sterne-Hotel.

Der Portier und zwei Wachmänner beäugten mich. Es gefiel ihnen nicht, dass ich auf das Gelände starrte.

Isabel verließ den Wagen.

Ich winkte ihr zu. »Komm mit!«

Die zwei Securitymänner kamen auf uns zu. »Können wir Ihnen helfen?«

Isabel zeigte ihren Ausweis, und die beiden Männer und der Portier fingen an, sich zu beratschlagen. Ich schritt auf den Eingang zu, an dem ein Schild befestigt war. Ein Blick auf den kleinen Schriftzug unter dem Namen des Hotels reichte mir.

»Verdammte Scheiße«, sagte ich.

Isabel kam zu mir.

Sie hatte die beiden Securityleute abgewimmelt, die sich weiter berieten, was sie jetzt tun konnten. Sollten sie sich doch den Kopf zerbrechen. Wir hatten ganz andere Probleme. Große Probleme.

Hatte ich zu lange die Augen verschlossen? War ich zu unbedarft, zu leichtgläubig gewesen?

Jetzt stand ich hier und konnte es nicht glauben.

»Was ist los, Manuel?«, fragte Isabel irritiert. »Was hast du?«

Ich deutete auf das Schild: »Hugo Carrasco Cabrera S. A.«.

Isabel entfuhr ein erschrockener Laut.

Ich nickte. »Das ist nicht gut. Das ist gar nicht gut!«

10

Wir verließen den Wagen, schauten uns um. Das Haus vor uns war eindrucksvoll. Es sah nach Geld aus. Nach viel Geld.

Auf dem Weg hierher hatten wir gestritten, diskutiert, nachgedacht.

Nun standen wir vor einem riesigen Tor. Dahinter lag eine Auffahrt. Und die Villa von Hugo Carrasco.

»Und du bist dir ganz sicher, dass ich jetzt über alles Bescheid weiß, richtig? Über absolut alles?«

Ich hatte Isabel auf dem Weg hierher sämtliche Einzelheiten erzählt. Auch das, was in dem verlassenen Hotel am Rande der Stadt vorgefallen war.

»Absolut alles.«

»Keine Geheimnisse mehr, Manuel.«

»Du weißt jetzt genau das, was ich auch weiß. Nicht mehr und nicht weniger.«

Ich drückte auf eine Klingel in der Mauer neben dem Tor.

»Was?«, meldete sich eine Stimme.

»Ich bin Manuel Rivera. Ich muss mit Hugo Carrasco sprechen.«

»Haben Sie einen Termin?«

»Sagen Sie ihm, Manuel Rivera will ihn sprechen, und er wird Zeit haben.«

Die Gegensprechanlage verstummte.

Wir warteten.

Wenig später öffnete sich das Tor. Wir gingen zum Wagen und folgten der Auffahrt. Es dauerte eine Weile, bis wir vor dem Haus angekommen war. Dort stiegen wir aus.

Niemand empfing uns. Wir schauten umher. Die Villa

hatte ein eigenes Gestüt, zwei Gästehäuser und eine beeindruckende Aussicht auf das Meer. Es leuchtete blau. Doch heute erfreute mich seine Farbe nicht. Die Menschen, die von hier aus jeden Tag auf dieses Blau herabschauten, gefielen mir nicht.

Die Tür ging auf.

Hugo Carrasco trat zu uns hinaus.

»Was wollen Sie, Rivera?«

Isabel beachtete er nicht.

»Was hatte Sofía mit der Familie Martínez Ferrer zu tun?«, fragte ich.

»Ich weiß nicht, was Sie meinen.«

»Doch, das glaube ich schon.«

»Entweder Sie kommen auf den Punkt, Rivera, oder Sie verschwinden jetzt besser.«

»Ihr Hotel steht auf dem Gelände, auf dem vor fünf Jahren eine Familie gestorben ist.«

»Ja und?«

»Ein junges Mädchen macht im Rathaus ein Praktikum. In der Abteilung für Baugewerbe. Und dann liegt es tot am Strand?«

»Ja, das tut mir sehr leid. Habe ich Ihnen bereits gesagt.«

»Die Polizei tut danach alles Mögliche, um die Umstände ihres Todes zu verschleiern. Denn offensichtlich hat ihr Tod irgendetwas mit dem Tod der Familie Ferrer vor fünf Jahren zu tun. Auf deren Gelände jetzt Ihr Hotel steht.«

»Und diese seltsame Verbindung ... die kennen Sie woher ...?« Er beugte sich mir entgegen, musterte mich.

»Sagen wir mal, ich kenne Beamte, die entweder sehr dumm oder sehr unvorsichtig sind. Oder beides.«

»Aha«, sagte Carrasco.

Er versuchte mich niederzustarren, aber ich wich seinem Blick nicht aus.

»Sie gehen zu weit, Rivera. Jetzt fangen Sie an, sich in Dinge einzumischen, von denen Sie nichts verstehen. Und Sie spielen gerade mit gefährlichen Behauptungen, für die Sie keinerlei Beweise haben.«

»Vielleicht hilft es, wenn ich mich einmische«, sagte Isabel und zeigte Carrasco ihren Ausweis.

Er ignorierte sie.

»Ich weiß, wer Sie sind. Und dass Sie Polizistin sind, interessiert mich nicht. Wenn Sie irgendetwas von mir wollen, dann gehen Sie den Dienstweg. Meine Anwälte freuen sich, von Ihnen zu hören.«

Er wandte sich um und ging zur Tür. Dort drehte er sich zu mir um. »Verschwinden Sie zurück in Ihr Sommerhaus, Rivera. Machen Sie es sich dort gemütlich und bleiben Sie so still wie vorher. Ansonsten könnte es sein, dass Ihnen wenig Zeit bleibt, die Aussicht zu genießen.«

Dann ging er ins Haus und verschloss die Tür.

»Komm, hier erreichen wir nichts. Nicht auf diese Weise«, sagte Isabel.

Sie hatte recht. Wir gingen zum Auto.

11

Ich hasste Motorräder. Ihren Klang. Die ETA kam mit Motorrädern. Jahrelang hatten wir Ausschau gehalten, jedes Mal, wenn sich das Geräusch eines Motors näherte. So ging es mir bis heute. Doch diesmal reagierte ich zu spät. Wir standen an einer Ampel. Das Motorrad beschleunigte, schloss zu uns auf. Dann die Schüsse. Ich sah nur den Schatten der Bewegung. Dutzende Male hatte ich sie zuvor in meinem Leben gesehen. Wenn der Beifahrer die Waffe auf den Wagen richtete.

Ich schrie. Blut spritzte. An die Frontscheibe, über die Armaturen, über mich.

Isabel sackte zusammen.

Durch endlose Wiederholungen hatte man mir beigebracht, blitzschnell den Gurt zu lösen und die Tür zu öffnen. Das war das Wichtigste: Ich musste raus aus dem Wagen.

Autos bieten keinerlei Schutz vor Kugeln. Nur der Motorblock, sonst nichts. Mein Ausbilder hatte immer wieder gesagt: »Raus aus dem Wagen. Autos sind Kugelmagneten. Bleibst du im Wagen, dann stirbst du.« Bis jetzt hallte seine Stimme in mir nach.

Ich verließ den Wagen. Geduckt. In der Bewegung nahm ich meine Waffe, zog mich hinter das Auto zurück. Gleichzeitig folgte ich dem Geräusch des Motorrads. Es fuhr einen Halbkreis vor mir um den Wagen herum. Es würde nun von vorne auf mich zukommen.

Ich hob die Waffe. Ich zielte an der offen stehenden Tür vorbei, während sich das Motorrad näherte. Der Beifahrer gestikulierte und zielte mit seiner Waffe auf mich.

Ich drückte ab. Zwei Schüsse.

Pause.

Noch ein Schuss.

Pause.

Schuss.

Der Fahrer verlor die Kontrolle. Ich hatte ihn in Brust und Bauch getroffen. Die beiden Männer stürzten mit dem Motorrad zu Boden. Der Schütze rappelte sich auf und schoss in meine Richtung. Der Fahrer blieb regungslos liegen.

Ich zog mich hinter den Wagen zurück.

Wartete.

Dann lugte ich um das Heck des Wagens. Der Schütze hatte sich das Motorrad gegriffen und schwang sich darauf.

Ich erhob mich. Schoss.

Der Schütze drehte das Motorrad herum und gab Gas. Er fuhr davon.

Ich zielte. Schoss. Blut spritzte aus seiner Kleidung.

Ich hatte ihn erwischt. Er gab Gas. Gewann an Geschwindigkeit. Und verschwand. Er war zu weit weg. Ich ließ ihn.

Ich hatte Wichtigeres zu tun. Um den Wagen herum und zur Fahrertür.

»Isabel, oh Gott, Isabel«, schrie ich, ihr Blut auf meiner Kleidung, auf meinen Händen, in meinem Gesicht.

12

Ich saß im Neonlicht des Krankenhauses. Polizeibeamte, Freunde von Isabel, standen um mich herum. Sie waren sofort gekommen. Alle. Ihre Kollegen. Freunde. Polizisten. Familie.

Ich war allein.

Niemand beachtete mich. Man hatte mich zuvor vernommen. Die Untersuchungen zu dem Vorfall würden dauern.

Nun saßen wir hier. Warteten. Es sah nicht gut aus.

Ich hatte Angst. Ich wollte Isabel nicht verlieren. Ich hatte sie schon einmal vor Jahren verloren. Als jeder von uns seinen Weg ging. Damals hatte es mir das Herz gebrochen. Würde sie jetzt auf diese Weise für immer von mir gehen, dann würde ich das nicht überleben.

All die Jahre des Trainings, der blutigen Einsätze, der Sekunden zwischen Leben und Tod, und am Ende traf es nicht mich, sondern die Frau, die ich liebte.

Ein Geräusch.

Die Tür ging auf.

Darío verließ den Raum.

Ich erhob mich. Wir alle schauten ihn an.

Er presste die Lippen zusammen, sagte nichts.

Dann kam er zu mir.

Er schlug zu. Faust ins Gesicht.

Es wäre ein Leichtes für mich gewesen, den Angriff abzuwehren. Er war Architekt. Ich hatte fast mein ganzes Leben in Spezialeinheiten verbracht. Er lief in Ralph-Lauren-Hemden herum und hielt PowerPoint-Präsentationen. Ich hatte Terroristen mit meinen eigenen Händen getötet. Was wusste er schon von Gewalt?

Trotzdem nahm ich den Schlag hin.

Ich nahm ihn einfach hin.

Ich hatte ihn verdient.

An seiner Stelle hätte ich nicht anders gehandelt.

»Halte dich fern von meiner Familie!«, schrie er mich an.

Und ich nickte.

Er ging. Er weinte.

Die Blicke der Polizisten lagen auf mir.

13

Keine Chance gegen die Männer. Sie hatten mir am Fahrstuhl aufgelauert. Sie packten mich und zerrten mich in einen Abstellraum. Umringt von vier Polizisten, wurde ich an die Wand gepresst. Sie schlossen die Tür. Einer von ihnen war Méndez.

»Wenn Isabel stirbt, dann bist du dran.«

»Seit wann interessiert dich das?«

Méndez schlug zu. Ich ließ es über mich ergehen. Allein war Méndez kein Gegner für mich, aber mit drei jungen Polizisten an seiner Seite, die in den letzten zwei Jahren mehr Zeit im Fitnessstudio verbracht hatten als ich in den letzten zwanzig Jahren, hatte ich keine Chance.

»Sie ist eine von uns.«

»Keiner ist einer von dir, solange er dich nicht bezahlt, Méndez. Und was Isabel angeht: Dir geht es doch jetzt nur um mich, hör auf, uns hier die Hucke vollzulügen.«

»Mir geht es darum, dass Polizisten auf der Strecke bleiben, wo du auftauchst, Rivera.«

»Und, was willst du jetzt tun? Mich hier erschießen?«

»Nein. Aber sei dir von nun an nicht mehr zu sicher. Wenn

du irgendeiner dunklen Straße den Rücken zudrehst, dann könnten wir da sein.«

»Mach dir mal keine Sorgen. Das letzte Mal, als du das versuchst hast, bist du auf deinen eigenen Eiern zurück nach Hause gerobbt, schon vergessen?«

Er schlug wieder zu.

Die Tür ging auf. Alonso.

Die Polizisten nickten ihm zu. Er schloss die Tür hinter sich. Es war so weit. Sie würden ihr Versprechen einlösen. Mir war es fast egal. Schlimmer als die Gedanken an Isabel konnten die Fäuste und vielleicht eine letzte Kugel in irgendeinem Steinbruch auch nicht sein.

Alonso blickte umher. »Was soll der Scheiß?«, fragte er dann.

»Wir bringen Rivera bei, wie man die Polizei respektiert«, sagte Méndez.

»Sag mal, bist du verrückt geworden, Méndez? Doch nicht hier. Nicht in einem öffentlichen Hospital.«

»Dann schaffen wir ihn weg und regeln das ein für alle Mal.«

»Nichts wirst du, Méndez. Hört auf mit dem Scheiß, lasst ihn los.«

Stille.

»Ihr habt mich gehört. Loslassen. Sofort.«

Sie schauten sich einen Moment lang ratlos an.

Dann ließen sie von mir ab.

»Rivera hat nichts damit zu tun. Das wisst ihr doch selbst.«

»Egal! Wo er auftaucht, gibt es Ärger. Ich hab genug davon«, sagte Méndez.

»Das interessiert mich nicht. Ich habe hier das Sagen, und ihr verschwindet jetzt. Alle.«

Die Polizisten standen da, wussten nicht, was sie machen sollten. Sie schwiegen, niemand bewegte sich.

»Habt ihr mich nicht gehört? Raus!«, schrie Alonso.

Die Polizisten verließen den Raum. Méndez fluchte, folgte ihnen. An der Tür drehte er sich zu mir um. »Irgendwann bekommen wir dich.« Dann ging er, schlug die Tür zu.

»Verdammt, Rivera. Ständig dieser Ärger mit dir.«

Ich war zu müde, um Alonso zu antworten, lehnte mich gegen die Wand und zuckte mit den Schultern. Was hätte ich schon sagen können?

»Ich weiß, was Isabel dir bedeutet. Also vergiss das von gerade. Das hier ist nie passiert, verstanden?«

»Okay.«

»Isabel hätte das nicht gewollt«, sagte Alonso. »Das ist dein Glück. Für heute.«

Ich wischte mir über das Gesicht. Müde. Ich antwortete ihm nicht.

»Sie ist die Beste von uns allen. Und das ist jetzt nicht der Zeitpunkt, um alte Rechnungen zu begleichen«, sagte Alonso.

Ich nickte.

Er ging, schloss die Tür.

Ich blieb zurück.

Für einen Moment hoffte ich, dieser kleine Abstellraum hier könnte meine ganze Welt sein und nichts von da draußen ginge mich noch etwas an. Doch dann rappelte ich mich auf und verließ den Raum.

14

Diesmal war die Überraschung angenehmer. Es war Rodríguez. Als ich das Krankenhaus verlassen wollte, kam er mir entgegen. Er nahm mich einfach in den Arm. Und ich kämpfte mit den Tränen.

»Wir finden sie«, sagte er.

»Das hoffe ich.«

»Der Fahrer ist tot. Du hast ihn erwischt.«

Ich nickte wieder.

»Es wird eine Untersuchung geben.«

»Natürlich.«

»Komm, ich fahr dich nach Hause.«

Wir verließen das Hospital.

Auf dem Gehweg lief mir Vera entgegen.

Sie fiel mir um den Hals, küsste mich.

»Oh Gott, Manuel, alles in Ordnung mit dir?«, fragte sie.

Eigentlich nicht. Aber was konnte ich ihr schon sagen? Ich lebte. Das war im Moment alles, was ich wusste.

Sie drückte sich an mich. »Paco hat es uns gesagt. Elena ist zu Hause, mit ihm und Enzo.«

Das beruhigte mich. Paco hatte eine Waffe und wusste damit umzugehen. Elena war also zumindest für den Moment in relativer Sicherheit.

»Wie konnte das denn nur passieren?« Vera streichelte mich, küsste mich.

Isabel war immer ein wichtiger Teil meines Lebens gewesen. Aber auch ein unerreichbarer. Vera war hier. Ich konnte sie greifen, an mich ziehen und behalten, für mich allein. Und das hatte ich in Isabel nie gefunden. Veras Berührung gab mir Frieden. Isabel gab mir nur Erinnerungen.

Antonio kam uns entgegen.

»Bist du in Ordnung, Manuel?«, fragte er.

»Es geht.«

»Komm, lass uns fahren«, sagte er.

Rodríguez schaute mich an.

»Danke, ist schon in Ordnung«, sagte ich zu ihm. »Ich fahre mit ihnen.«

»Dann bleibe ich hier. Ich rufe dich an, wenn ich mehr weiß.«

»Danke.«

Er klopfte mir auf die Schulter. Dann verschwand er im Eingang.

Antonio nickte mir zu. Wir gingen zum Wagen.

15

Das Geräusch von Wellen. Ich sah mein Haus durch die Palmen, die vor der Zufahrt standen. Der Anblick gab mir das Gefühl von Heimat. Zu wissen, dass Elena dort auf mich wartete, fühlte sich vertraut an. Und der Gedanke an Paco und Enzo, die in meinem Haus auf sie aufpassten, während ich nicht da war. Zwei Männer, auf die ich mich verlassen konnte. Die niemals fragten: »Warum?«, oder: »Wieso?«. Die einfach da waren, wenn ich sie brauchte.

»Lässt du uns einen Moment allein?«, fragte Antonio.

Vera nickte und ging zum Haus hinüber.

Antonio und ich standen einen Moment da, gegen den Wagen gelehnt. Das Rauschen des Meeres. Der Duft der Palmen.

»Wenn du meiner Schwester wehtust, bringe ich dich um«, sagte Antonio zu mir.

»Damit kann ich leben.«

»Gut. Dann will ich jetzt erst mal gar nicht so genau wissen, was da zwischen euch läuft.«

»Auch das ist okay für mich.«

Er schwieg.

Ich fragte ihn: »War das alles?«

Er schüttelte den Kopf.

Antonio ging um den Wagen, öffnete den Kofferraum und kam zurück. Er reichte mir eine Waffe. Eine Beretta. Ich überprüfte die Seriennummer. Sie war entfernt worden.

Antonio nahm eine zweite Waffe. »Ich weiß, wer das war. Ich weiß, wo er ist. Und ich denke, du möchtest ihm einen Besuch abstatten, richtig?«

Ich nickte.

»Das dachte ich mir«, sagte er.

Wir stiegen in den Wagen und fuhren davon.

16

Es war später Nachmittag. Die Sonne der letzten Stunden war sanfter. Ihre Wärme lag über den Blättern der Orangenbäume, die rings um die Finca standen.

Den Wagen hatten wir vor der Zufahrt abgestellt, und wir näherten uns von der Südseite aus dem Gebäude. Vor dem Eingang stand ein Motorrad. Ich erkannte es wieder. Es war das von heute Morgen. Antonio schaute mich an. Die Waffe in der Hand. Ich nickte.

Wir liefen gebückt zum Haus. Dort drückten wir uns an die Mauer der Südseite. Antonio nahm ein iPhone aus der Tasche und hielt die Kamera in eine Ecke des staubigen Fensters, ohne dabei seine Deckung aufzugeben. Er schwenkte das Gerät hin und her, blickte auf den Bildschirm. Eine kurze Geste: Jemand befand sich im Haus, in der Nähe des Fensters.

Wir liefen geduckt zur Tür. Nicht abgeschlossen. Wir sprachen uns für einen Moment mit Blicken und Gesten ab. Und dann riss er die Tür auf. Wir stürmten in den Raum. Antonio richtete die Waffe auf den Mann, der auf dem Sofa saß. Ich lief in die andere Richtung in den Raum hinein und sicherte eine zweite Tür. Dahinter befand sich niemand. Das Haus war leer.

Antonio hatte seine Waffe weiter auf den Mann gerichtet. Der war bleich, seine Kleidung und die Hände waren voller Blut. Er atmete schwer, rührte sich kaum. Meine Kugeln hatten ihn heute Morgen während seiner Flucht auf dem Motorrad also doch schwerer erwischt, als ich zuerst angenommen hatte. Der Mann war Mateo Vargas.

Er war apathisch. Röchelte etwas. Seine Augen wanderten umher, ohne uns wahrzunehmen.

»Wir nehmen ihn mit!«, sagte Antonio.

Er griff sich Vargas, zerrte ihn zu Boden und schleifte ihn in Richtung Tür. Dann nahm er sein Handy, wählte eine Nummer und sagte nur: »Okay!«

Wenig später hörte ich, wie sich ein Auto näherte.

Ich schaute Antonio fragend an.

»Glaubst du, ich mache so was ohne Rückversicherung?«, sagte er.

Der Mann verwunderte mich. Er verfügte über militärisches Denken. Und die Art und Weise, wie er sich im Sturm auf das Gebäude bewegt hatte, erinnerte mich an das, was wir im Training bei meiner früheren Spezialeinheit gelernt hatten.

Woher kannte er diese Dinge? Nach dieser ganzen Sache hier würden wir mal ein ernsthaftes Gespräch führen. Von Mann zu Mann.

Das Auto fuhr vor, und seine beiden Brüder, Pablo und Mario, stiegen aus. Sie griffen sich Vargas und warfen ihn in den Kofferraum. Dann stiegen sie ein. Antonio folgte ihnen.

Er warf mir die Schlüssel seines Wagens zu. »Wo der steht, weißt du ja.«

Sie wollten mich hier zurücklassen.

»Antonio«, sagte ich. »Was habt ihr vor?«

»Nichts, was dich etwas angehen würde«, antwortete er.

»Ich kann das nicht zulassen.«

»Was willst du tun? Uns erschießen?« Er drehte sich zu mir um.

»Er muss vor ein Gericht.«

»Bei dem Anwalt hat dich das nicht so sehr interessiert«, sagte Antonio.

Ich wusste nicht, was ich ihm antworten sollte.

»Dieser Mann hier hat fast deine Freundin umgebracht. Vielleicht stirbt sie gerade. Oder sie ist schon tot.«

»Er gehört der Polizei.«

»Er gehört einer Kugel und einem Steinbruch. Draußen, irgendwo zwischen uns und Alicante.«

»Das ist Mord.«

»Dieser Kerl hat deine Freundin auf dem Gewissen. Er hat in unserer Stadt viele Schweinereien angerichtet. Familien zerstört. Kleine Kinder auf den Strich geschickt. Und du willst mir jetzt eine Moralpredigt halten?«

»Was ihr vorhabt, ist nicht richtig.«

»Wer weiß, was du alles gemacht hast, Rivera? Früher. Glaubst du, wir wissen nicht, wer du bist? Jetzt schon.«

Ich sagte nichts.

»Also, wir sehen uns, Manuel. Pass auf dich auf«, sagte er und stieg in den Wagen.

Sie fuhren davon.

Ich schaute ihnen nach.

Die Waffe in der Hand. Hilflos.

17

Ich betrat mein Haus. Die Kleidung staubig, die Augen müde. Elena fiel mir um den Hals. Sie drückte sich an mich, als müsse sie sich davon überzeugen, dass ich noch da war.

Paco kam aus dem Wohnzimmer. Und Enzo.

Paco umarmte uns beide, Elena und mich. Enzo schaute umher, unsicher. Doch dann kam auch er und umarmte uns. Für einen Moment standen wir so da. Ein Bündel aus Verlierern, die nur sich hatten.

Dann sagte Paco: »Es tut mir wirklich leid, aber ich muss pupsen!«

Elena lachte, und wir ließen uns los. Es tat gut, dass sie da waren. Meine Freunde.

Wir gingen ins Wohnzimmer. Ich legte den USB-Stick, den ich seit heute Morgen bei mir trug, auf den Tisch. »Hier, damit ging heute alles los. Darauf sind die verschwundenen Fotos aus Sofías Akte.«

»Wir müssen sie ausdrucken«, sagte Elena.

»Ich muss sie ausdrucken. Du hältst dich davon fern.«

»Ich habe ein Recht, sie zu sehen.«

»Mach dich nicht lächerlich. Ich werde dich ganz bestimmt nicht die Fotos von deiner toten Freundin ansehen lassen.«

Paco nahm mich zur Seite, sodass Elena uns nicht hören konnte. »Ich muss dich sprechen.«

»Was ist los, Paco?«

»Das Mädchen da ist noch ein Kind. Und dir sind Männer auf den Fersen, die dich offensichtlich umbringen wollen.«

»Ich weiß.«

»Wir müssen sie wegbringen. Weg von hier.«

»Ich habe einen alten Kameraden aus meiner Einheit, dem ich vertrauen kann. Er lebt in Barcelona. Wenn ich ihn anrufe, stellt er keine Fragen. Dort kann Elena bleiben.«

»Was ist passiert?«

»Es ging zu schnell. Sie fuhren auf einem Motorrad vor und eröffneten das Feuer.«

»Isabel?«

»Es sieht nicht gut aus. Und ich habe einfach Glück gehabt.«

Er legte mir die Hand auf die Schulter. »Umso wichtiger, dass es dabei bleibt. Mit wem hast du dich angelegt?«

»Hugo Carrasco Cabrera.«

Paco verzog das Gesicht. »Nicht gut.«

Ich nickte.

»Ich habe noch meine Leute. Sie kommen vorbei, wenn ich sie anrufe«, sagte Paco.

Ich schüttelte den Kopf. »Jetzt erst mal so wenig Aufsehen wie möglich. Wir bringen Elena weg und ... verdammt, wo ist Elena?«

Ich schaute mich um. Sie war nicht mehr da. Der USB-Stick auf dem Tisch fehlte.

Ich lief in den kleinen Raum, den ich als Büro nutzte. Paco folgte mir. Dort saß Elena vor meinem Computer und starrte angestrengt auf den Monitor. Vor ihr die Bilder vom Tatort. Sie war bleich und wirkte verkrampft. Dennoch blickte sie konzentriert auf die Bilder.

»Elena ...«, rief ich.

»Reg dich nicht auf. Es ist nicht das erste Mal, dass ich eine Tote sehe.«

»Was?«

»Schon mal was vom Dark Web gehört? Und was glaubst du, was sich die Jungs heute gegenseitig über Messenger schicken? Nur Mord und Totschlag.«

»Schalte das aus, Elena. Das ist nicht für dich gedacht.«

»Jetzt bekomm dich halt mal ein. Ich habe etwas entdeckt. Schau mal hier …«

Sie deutete auf einen Abschnitt der Bilder.

»Und was soll das sein?«

»Du warst mal Polizist? Fällt mir schwer zu glauben.«

»Hör auf mit deinen Weisheiten. Sag mir lieber, was du meinst.«

»Hier … hier … und hier … fällt dir nichts auf?«

Ich schaute genauer hin. Schatten. Schatten von Personen, die im Licht der Aufnahmen standen.

»Schatten. Ja und?«

»Sag mal, Manuel … Siehst du das nicht? Das hier, das ist eine Frau!« Elena fuhr mit dem Mauspfeil die Konturen des Schattens entlang.

»Stimmt«, sagte Paco. »Das ist der Schatten einer Frau.«

»Ja und?«, fragte ich erneut.

»Bist du so schwer von Begriff? Am Tatort war keine Frau.«

»Woher weißt du das?«

»Weil ich die Akte gelesen habe, während du unterwegs warst. Die Polizisten am Tatort waren Männer. Die siehst du hier … hier … und hier … Alle in Uniform.« Sie deutete auf die Schatten. »Doch dieser Schatten hier, der ist von einer Frau. In Zivil. Kein Gürtel mit Waffe, keine Uniform, siehst du das?«

Ich schaute hin. Sie hatte recht. Das war nicht der Schatten eines Mannes oder der einer Person in Polizeiuniform. Dort stand eine Frau. In ganz normaler Kleidung. Doch das konnte nicht sein. Zivilisten hatten niemals Zugang zu einem Tatort. Erst recht nicht mitten in der Nacht. Doch der Schatten der

Frau in der Aufnahme war eindeutig: Sie stand direkt neben der Leiche von Sofía. Neben den Polizisten.

»Eine Zeugin?«, fragte ich.

»Nein. Der Nachbar, der sie gefunden hatte, war ein Mann. Die Polizisten waren Männer. Keinerlei Hinweis auf eine Frau am Tatort.« Elena drehte sich zu uns um. »Wer steht dort neben meiner toten Freundin?«

18

Sie tat es wieder. Und wieder überraschte sie mich. Sie fing an zu weinen, und der Mann vor uns erbarmte sich. »Okay, okay, was willst du wissen?«

Es war der Mann, der Sofía gefunden hatte. Seine Adresse stand im Polizeibericht, und wir waren zu ihm gefahren, um ihn zu fragen, wer in der Nacht am Tatort war.

Natürlich hatten wir uns zuvor gestritten. Ich wollte nicht, dass Elena mitkam. Sie fing an zu schimpfen, dass wir ihr die Entdeckung zu verdanken hätten und dass es um ihre Freundin ging.

Ich hatte keinen Nerv, mit ihr zu streiten, und Paco nickte mir zu. Er würde auf dem Rücksitz nach Verfolgern Ausschau halten und seine Waffe tragen.

Ich hatte noch die Beretta von Antonio bei mir. Mir gefiel die Sache nicht, aber solange Elena mit uns beiden zusammen war, hatte sie den besten Schutz, den wir ihr vorerst bieten konnten.

In meinem Haus war die Gefahr für sie nicht wesentlich geringer. Vor allem nicht, wenn nur Enzo dort blieb. Enzo war ein guter Kerl, aber kein Polizist.

Also fuhren wir zu dritt, Paco, Elena und ich. Zu dem Nachbarn, der Sofías Leiche gefunden hatte.

Als wir ihn dann vor uns im Hauseingang stehen hatten,

wollte er keine Auskunft geben. Das sei Sache der Polizei, und wir seien keine Polizei, meinte er.

Dann fing Elena an zu weinen und erzählte ihm von dem Kummer, ihre beste Freundin verloren zu haben. Sie müsse wissen, wie man sie gefunden hatte, um wirklich Abschied nehmen zu können, und so weiter. Sie machte es gut. Wie immer.

Der Mann zögerte zuerst, dann wurde er weich und fing an zu reden. »Ich konnte nicht schlafen. Es war so gegen vier Uhr nachts. Also ging ich hinaus in den Garten. Wenn ich nicht schlafen kann, dann beruhigt mich das Meer, Sie wissen schon.«

Wir nickten.

»Und ich sah vom Garten aus das seltsame Bündel. Es war zu groß für eine Plastiktüte oder so was. Erst dachte ich, es sei ein Delphin oder irgendein großer Fisch, der an eine Schiffsschraube geraten und dann an Land gespült worden war.«

»Verständlich«, sagte ich, während Elena weiterschluchzte. Doch ich sah ihr an, dass sie sehr genau zuhörte.

»Ich ging also hinüber. Von meinem Garten aus kann man direkt zum Strand. Ich gehe also hinunter und komme etwas näher, und dann sehe ich, dass das ein Mädchen ist. Ich laufe zu ihr hinüber, um Erste Hilfe zu leisten. Ich hab mal einen Kurs gemacht, wissen Sie? Aber es war nichts zu machen. Das arme Ding ... Sie ...« Er kämpfte mit sich.

»Und dann haben Sie die Polizei gerufen?«, fragte ich.

»Natürlich. Sofort.«

»Und die kam auch?«

»Die waren sofort hier.«

»Was haben die Polizisten dann getan?«

»Na ja, erst standen sie herum. Einer telefonierte ständig.«

»Wissen Sie, wie er aussah?«

»Ein Polizist mit Bart. Stämmig. Der Leiter der ganzen Gruppe.«

»Bruno López?«

»Ja, so hieß er. Daran erinnere ich mich. Die anderen Polizisten standen um das tote Mädchen herum und warteten. Dieser Bruno López telefonierte die ganze Zeit.«

»Und dann?«

»Dann passierte erst mal nichts.«

»Sie standen einfach so herum, die Polizisten?«

»Ja, mehr oder weniger. Sie schienen auf jemanden zu warten. Ich dachte mir, das sei normal. Immerhin kommt doch dann der Leichenwagen oder die Ambulanz oder so was, oder nicht?«

Ich nickte. »Und die kam dann auch?«

»Nein, das war komisch. Die kamen zuerst gar nicht. Zuerst kam eine Frau.«

»Eine Frau? Eine Polizistin?«

»Nein. Sie hatte normale Kleidung an.«

»Und was wollte sie hier?«

»Das weiß ich nicht. Ein Polizist ist dann mit mir zu meinem Haus gegangen, um dort den Bericht aufzunehmen.«

»Und mehr haben Sie nicht gesehen?«

»Nein, nur noch einen kurzen Blick nach drüben vom Garten aus. Als ich mit dem Polizisten ins Haus ging.«

»Und was haben Sie gesehen?«

»Sie standen alle zusammen. Die Frau und die Polizisten. Sie schienen zu diskutieren oder zu reden oder was weiß ich. Jedenfalls hatte ich irgendwie den Eindruck, dass die Frau das Kommando übernommen hatte.«

»Und die Frau? Wie sah sie aus?«

»Also ehrlich gesagt war sie sehr hübsch. Attraktiv. Etwa diese Größe.« Er machte eine Geste. »Ihr Alter war … Ich würde sagen, vielleicht so Mitte dreißig. Sie war sehr gut angezogen. Lange schwarze Haare und dunkle Augen.«

Wir schauten uns an.

»Vera!«

Fünf

1

»Ich fahre nicht. Ganz sicher nicht. Und ganz sicher nicht jetzt.«

»Du fährst. Ich weiß nicht, ob dir das klar ist, aber jemand hat deine Freundin umgebracht. Und meine Freundin gerade an den Rande des Todes geschossen. Die Familie von Sofía hängt da mit drin. Du musst hier weg.«

»Ich will nicht weg. Ich habe Angst«, sagte Elena.

»Ich habe auch Angst«, antwortete ich so ruhig wie möglich. »Vor allem Angst um dich. Ich habe einen Freund in Barcelona, bei dem du untertauchen kannst. Dort bist du sicher. Bis wir die Sache hier vor Ort geklärt haben.«

Paco legte den Arm um Elena. »Das ist besser so, Elena. Wir müssen wissen, dass du in Sicherheit bist.«

Sie lehnte sich an ihn, wirkte erschöpft. Wir standen auf einem Bahnsteig der regionalen Zugverbindung. Ich wollte, dass Paco Elena von hier aus zum Zentralbahnhof brachte und sie von dort aus nach Barcelona fahren konnte.

Ich reichte ihr ein Bündel Geldscheine. »Das sollte reichen.«

Sie nahm das Geld und nickte. »Okay, vielleicht hast du recht.«

Paco streichelte sie. »Du kannst uns vertrauen. Wir regeln das hier.«

Sie nickte wieder.

»Ich fahre mit dir zum Bahnhof. Und wir sprechen über alles, okay?«, sagte er.

Sie kaute missmutig auf ihrer Lippe.

»Danke, Paco«, sagte ich.

Er winkte ab. »Ich sage dir Bescheid.«

»Okay, danke!«

Der Zug kam, und die beiden stiegen ein. Ich winkte ihnen nach, und der Zug verschwand in der Nacht. Mein Wagen stand draußen vor dem kleinen Bahnhofsgebäude. Die Luft war angenehm warm. Ich ging zurück zu meinem Auto und fuhr nach Hause.

2

»Kannst du kommen?«

»Der Arzt ist noch hier. Vater hatte einen leichten Anfall. Aber es scheint alles unter Kontrolle.«

»Dann kommst du später noch vorbei?«

»Sobald mir der Arzt Bescheid gibt, bin ich bei dir«, sagte Vera.

»Okay. Das ist gut.«

»Du fehlst mir.«

»Du mir auch.«

»Alles in Ordnung mit dir?«

»Ich muss dich sehen.«

»Bin gleich bei dir. Pass auf dich auf.«

»Mach ich.«

Ich legte auf. Ich saß in meinem Wohnzimmer. Vor mir auf dem Tisch lag Sofías iPhone. Wenn ich doch nur dieses verdammte Smartphone öffnen könnte. Ich hatte erneut versucht, einen Code einzugeben, aber es war nichts zu machen.

Ich blickte frustriert zu der Pinnwand mit unseren Verdächtigen. Zwei davon waren jetzt tot. Isabel lag im Krankenhaus. Das Haus fühlte sich leer an.

Der Fernseher lief noch immer. Wir hatten ihn gar nicht erst ausgestellt, als wir das Haus verließen. Wir waren einfach gefahren.

Musik ertönte. Eine Konzertübertragung. Mir war nicht nach Musik. Oder einer kreischenden Menge. Doch ich war zu erschöpft, um aufzustehen und den Fernseher auszuschalten.

Ich saß da, dachte nach.

Warum war Vera zum Tatort gefahren, als man die Leiche ihrer Schwester gefunden hatte?

Warum hatte die Polizei sie überhaupt angerufen?

Das war ganz sicher nicht das offizielle Protokoll für den Fund von toten Mädchen an unserer Küste.

Der Anschlag auf unser Leben. Hugo Carrasco und sein Hotel. Eine tote Familie, verbrannt in ihrem Haus, unter Umständen, die bis heute nie vollständig geklärt worden waren.

Ich starrte auf das iPhone von Sofía.

Im Fernseher kreischte wieder die Menge und ging mir damit auf die Nerven.

Ich erhob mich, um den Fernseher auszuschalten.

»Pablo Alborán präsentiert heute exklusiv seinen neuen Song ...«, rief die Moderatorin im TV. Die Fans jubelten. Ich blieb stehen.

Der Sänger begann das Lied am Klavier vorzutragen. Ich hatte für ihn jetzt nicht mehr Sympathie als vorher, trotzdem hielt ich inne und hörte ihm zu.

Pablo Alborán?

... Pablo Alborán hat Sofía immer gehört ... Ich glaube, sie war sogar etwas verliebt in ihn ...

Ich erinnerte mich an die Sätze von Elena im Wagen. Als wir über das Radioprogramm stritten. Was hatte ich an der Wand von Sofías Zimmer gesehen? Poster von Pablo Alborán. Und was taten verliebte Teenager, wenn sie für jemanden schwärmten?

Ich ging zurück zu Sofías iPhone, nahm es auf.

Mit der anderen Hand tippte ich in mein eigenes Handy: »Pablo Alborán Wikipedia«.

Sein Eintrag erschien.

Ich scrollte durch die Daten.

Der Geburtstag des Sängers.

Natürlich, warum nicht?

Was würde sich ein verliebter Teenager ganz sicher merken? Den Geburtstag seines Schwarms natürlich.

Also tippte ich in Sofías iPhone ein: »31 5 19 89«.
Nichts.
Der Bildschirm blieb dunkel. Kein Zugang.
Frustriert warf ich das iPhone auf das Sofa und schlug mit der Faust auf den Tisch. Verdammt!
Pablo sang, und ich brodelte vor mich hin. Der junge Sänger fing an, mir auf die Nerven zu gehen mit seinen weinerlichen Texten.
»... Seine erste Single ›Solamente tú‹ ...« und wieder Kreischen.
Ich überlegte. Was hatte ich zu verlieren?
Ich scrollte in meinem Handy in Wikipedia weiter nach unten.
Pablo Alborán, Veröffentlichung seiner ersten Single: 14. September 2010.
Ich hob das iPhone vom Sofa auf und tippte die Nummern ein.
Der Bildschirm wurde hell und öffnete sich.
Sofías iPhone lag aktiviert und frei zugänglich in meiner Hand.
Ich musste mich setzen.
Das war doch Wahnsinn! Verdammt, die ganze Zeit über hatten wir wie blöde auf diesen Bildschirm gestarrt. Und jetzt lag er offen vor mir.
Ich zappte sofort durch die Apps. Der Messenger war frei zugänglich, und ich verschaffte mir einen Überblick über ihre Konversationen.
Ich entdeckte Nachrichten vom Anwalt: »Wo bist du? Melde dich!«
Nachrichten von Vargas: »Ruf mich an. Ich habe was für dich! Wir sehen uns später.«
Natürlich hatte Sofía nie mehr geantwortet.
Ich sah die Nachrichten von Elena: »Wo bist du?«, »Warum antwortest du nicht?«, »Ist alles okay?«, »Sofía, bitte melde dich!«.

Sie tat mir leid.

Dann sah ich die letzte Nachricht von Vera: »Keinen Cent bekommst du, du kleine Schlampe!«

Mir wurde schlecht. Ich scrollte durch die Konversation.

Sofía hatte Vera erpresst. Sie hatte Dokumente aus dem Rathaus abfotografiert. Über Transaktionen, die es der Familie Morell erlaubt hatten, das Grundstück, auf dem ihre Firma und das Haus standen, für einen geradezu lächerlichen Betrag zu kaufen. Und zwei Hypotheken auf einen Schlag zu tilgen.

Die Transaktionen waren sauber dokumentiert und schlüssig nachvollziehbar. Anscheinend hatte Hugo Carrasco zuerst einige Zeit ihre Hypotheken bezahlt, dann das Grundstück erworben und ihnen danach das Grundstück unter Wert verkauft. Warum?

»Ich packe aus. Ich werde alles erzählen«, hatte Sofía an Vera im Messenger geschrieben. »Ich weiß, was ihr getan habt. Damals.«

»Nichts weißt du«, lautete Veras Antwort.

»Alles roch nach Benzin. Und Rauch. Antonio, Pablo und Mario. Und Marios Brandwunden.«

»Ja und? Mach dich nicht lächerlich.«

»Ich wusste Bescheid. Die ganze Zeit wusste ich Bescheid. Dazu brauchte ich nicht einmal die Nachrichten. Ich wusste es sofort. Ich weiß, was ihr getan habt. Und mit den Dokumenten kann ich es belegen. Ihr seid Mörder.«

»Was willst du?«

Sofía hatte ihr daraufhin ein Bild von dem verkohlten Haus geschickt, in dem die Familie Martínez Ferrer gestorben war.

Darunter hatte sie geschrieben: »Was ist es dir wert?«

»Wie kannst du es wagen, deine eigene Familie zu erpressen?«

»Ihr geht alle in den Knast. Oder ihr bezahlt mich, und ich verschwinde hier endlich. So oder so, Hauptsache, ich bin euch los.«

Und dann Veras letzte Nachricht: »Keinen Cent bekommst du, du kleine Schlampe!«

Dann nichts mehr.

Ich lehnte mich zurück.

Mein Telefon summte. Paco.

Ich nahm ab.

»Bitte sei mir nicht böse, Manuel. Elena hat mich ausgetrickst. An der zweiten Station ist sie einfach aus der Tür rausgerannt und verschwunden. Sie war zu schnell für mich.«

Das kam mir bekannt vor. Ich konnte ihm keinen Vorwurf machen.

»Nicht deine Schuld«, sagte ich ihm. Aber er schien nicht überzeugt, ich konnte es ihm anhören.

»Ich bin auf dem Weg zu dir. Wir suchen sie«, sagte er.

»Okay, komm vorbei.«

»Bin unterwegs.« Er legte auf.

Mein Handy summte. Eine Nachricht von Elena: »Sei mir nicht böse. Bin mit Álvaro am Hafen. Er hat Sofías Tagebuch gefunden. Gleich wissen wir mehr.«

Mir wurde kalt. Panik.

Ich rief sie an.

Sie nahm nicht ab.

Fluchend trat ich gegen den Tisch.

Warum sollte Sofía ein Tagebuch führen, wenn sie alles in ihrem iPhone hatte? Das ergab keinen Sinn.

Wieder rief ich sie an.

Wieder ignorierte sie mich.

Ich sandte ihr eine Nachricht: »Geh da nicht hin! Du bist in Gefahr. Ihre Familie hat sie umgebracht! Wo bist du? Ich hole dich sofort ab!«

Keine Reaktion. Sie schaute ihre Nachrichten nicht mehr nach.

Ich lief aus dem Haus. Und zu meinem Wagen. Die Waffe trug ich bei mir. Ich fuhr sofort los.

Unterwegs rief ich Rodríguez an. Er meldete sich.

»Sind Einsatzkräfte in der Nähe von Baixa?«, fragte ich ihn.

»Lokale Polizei.«

»Denen können wir nicht vertrauen.«

»Was ist los?«

»Notfall. Ein Mädchen ist in Gefahr. Man wird sie umbringen. Bin unterwegs. Aber ich brauche Verstärkung.«

»Wo genau?«

»Der Hafen von Baixa.«

»Verstärkung kommt!«

Wir legten auf. Ich gab Gas.

3

Den Wagen ließ ich mitten auf der Zufahrtstraße zum Hafen stehen. Es war Nacht. Alles dunkel. Niemand unterwegs. Der Hafen am Stadtrand von Baixa war klein und unbedeutend. Es lagen nur einige Boote der Einheimischen im Dunkel der Nacht. Wenn die Morells hier auch eines hatten, dann war Elena jetzt in großer Gefahr. Wahrscheinlich hatten sie Sofía damals betäubt, waren mit ihr aufs Meer hinausgefahren und hatten das Mädchen einfach ins Wasser geworfen. Was sollte sie hindern, das Gleiche mit Elena wieder zu tun?

Ich lief umher.

Es gab nicht viele Boote, aber zu viele, um sie einzeln zu überprüfen. Ich musste mich auf meinen Instinkt verlassen.

Denk nach. Denk nach. Wo sind sie?

Es war dunkel. Ich sah drei Boote, die noch beleuchtet waren. Eines schloss ich aus. Von dort aus schallten Musik und Gelächter zu mir herüber. Das waren Jugendliche, die feierten und tranken. Ein anderes war zu weit weg und viel zu groß. So viel Geld hatten die Morells nicht. Es musste kleiner, durchschnittlich sein.

Ich sah ein Boot mittlerer Größe am anderen Ende des Hafens. Dort war Licht. Aber keine Bewegungen. Ich überlegte kurz. Das könnte es sein. Es war die beste Chance, die ich hatte.

Ich rannte los, erreichte mein Ziel.

Ein Sprung über die Reling. Die Waffe in meiner Hand.

Vor mir die Tür zum Bereich unter Deck. Ich riss sie auf.

Álvaro war im Innern.

Er stand vor Elena, die ohnmächtig auf einer Bank lag.

Sie hatte die Augen verdreht. Erbrochenes rann ihr aus dem Mundwinkel. Ein Glas lag am Boden.

Álvaro also. Er hatte damals Sofía getötet. Mit dem Boot und Betäubungsmitteln. Eigentlich sehr einfach.

Und jetzt wollte er Elena aus dem Weg schaffen. Er griff nach einem Messer. Und kam auf mich zu.

»Álvaro. Weg von ihr. Mach keinen Unsinn. Ich bin bewaffnet.«

Der Schlag traf mich ohne Vorbereitung.

Er kam von hinten. Mit voller Wucht.

Mir fiel die Waffe aus der Hand. Der Boden wankte unter mir. Dann fiel ich ihm entgegen. Es wurde dunkel.

4

Als ich erwachte, schaute ich in das Gesicht von Vera. Und in die Mündung meiner eigenen Pistole.

»Du rührst dich nicht, Manuel. Ein Toter mehr oder weniger, darauf kommt es mir jetzt auch nicht mehr an.«

Ich blickte auf die Waffe. Sie war entsichert. Also kein Bluff. Mir war schwindelig. Ein Blick zu Elena. Sie sah schlecht aus. Sie zitterte, hatte sich wieder erbrochen und atmete schwer.

Álvaro hatte ihr K.o.-Tropfen gegeben. Genau wie seiner Schwester. Und Vera hatte die ganze Sache gedeckt.

»Álvaro …?«, murmelte ich.

Vera nickte. »Ich wollte es nicht. Doch er kam zurück und sagte mir, dass er das Problem gelöst habe. Ich schrie ihn an, aber er schwieg. Dann rief ich die Polizei an, und Bruno López sicherte mir zu, falls wir sie finden, dann würde er mich als Erste benachrichtigen.«

»Und das haben sie auch gemacht?«, fragte ich.

»Natürlich. Wir haben dann das Ergebnis der Untersuchung etwas angepasst an die Gegebenheiten.«

»Wie …?«

Es drehte sich wieder alles. Ich versuchte mich zusammenzureißen, aber Vera hatte mir übel zugesetzt mit dem Schlag.

»Sex und Geld wirken sehr überzeugend auf Männer.«

Es tat weh. Vor allem die bittere Erkenntnis, dass Vera mich von Anfang an manipuliert hatte.

»Und wir …?«, fragte ich, doch es fiel mir schwer, zu sprechen.

»Seine Feinde hält man sich näher«, sagte sie.

Dann drehte sie sich zu ihrem Bruder um. »Álvaro, geh nach vorne ans Steuer und mach den Motor an.«

»Vera! Das reicht jetzt!« Eine Stimme schallte durch die Kabine.

Vera zuckte zusammen. Sie drehte sich um.

Antonio stand im Eingang.

»Was hast du getan, Vera?«, fragte er.

Sie hob die Waffe. Richtete sie auf ihren Bruder.

»Antonio. Du hältst dich da raus. Diesmal treffe ich die Entscheidungen.«

»So wie die Entscheidung, unsere Schwester zu töten?«

»Sie war eine Schlampe. Eine Hure. Sie wollte unsere Familie zerstören.«

»Sie war deine Schwester.«

»Halt's Maul, Antonio. Mit deiner Doppelmoral gehst du mir schon lange auf die Nerven.«

»Wir sind eine Familie, Vera.«

»Eine Familie, die ich schütze, weil ihr dazu nicht mehr imstande seid. Schon lange nicht mehr.«

»Vera. Die Waffe. Gib mir die Waffe. Und dann gehst du. Das hier regeln wir. Das ist mein letztes Wort.«

Sie schwieg. Bewegte sich nicht.

Antonio preschte vor, griff nach der Waffe.

Vera drückte ab.

Er zuckte, erreichte sie trotzdem, griff nach ihr, und sie stürzten gemeinsam zu Boden.

Pablo und Mario drängten in die Kabine. Mario entriss Vera die Waffe, Pablo drückte sie zu Boden. Antonio erhob sich. Er blutete aus einer Wunde an der Hüfte.

»Was hast du getan, Vera? Was hast du getan?«, fragte er.

»Fick dich, Antonio. Fick dich einfach. Du bist schuld an der ganzen Sache. Ihr habt Sofía auf dem Gewissen. Und unsere Familie«, schrie sie.

»Habt ihr die Familie Martínez Ferrer damals umgebracht?«, fragte ich.

»Es war ein Unfall«, sagte Antonio. Er war bleich. Seiner Stimme fehlte Kraft. »Wir sollten ihnen nur Angst machen. Um sie zum Verkauf des Grundstücks zu bewegen. Und dann ist das Feuer eskaliert.«

»Sofía wusste das?«

»Keine Ahnung. Wir kamen in der Nacht zurück. Mario hatte schwere Brandverletzungen. Wir konnten zu keinem Arzt. Wahrscheinlich ist es dann nicht so schwierig, eins und eins zusammenzuzählen. Sofía war damals zwölf. Aber nicht dumm.«

»Sie war eine Schlampe«, sagte Vera. »Das ist sie schon immer gewesen. Sie wollte Geld. Die kleine Schlampe wollte Geld. Ihre eigene Familie erpressen.«

Antonio wischte sich über das Gesicht. »Sei ruhig, Vera. Bitte. Sei einfach ruhig.«

»Woher kam der Auftrag?«

»Hugo Carrasco. Es war mitten in der Krise. Wir brauchten

das Geld. Und er kaufte unser Grundstück, überschrieb uns die Rechte daran. Keine Hypothek mehr. Schwierige Zeiten.«

»Schwierig genug, um eine ganze Familie umzubringen?«, fragte ich.

Er schwieg. Dann ging er an mir vorbei und auf Álvaro zu, der sich zitternd zusammenkauerte.

»Lass Álvaro in Ruhe«, kreischte Vera.

»Álvaro. Hast du es getan?«, fragte er.

Der Junge nickte.

Antonio legte die Hand über den Nacken seines Bruders und schaute ihn an.

»Komm, wir gehen jetzt!«, sagte er.

Álvaro nickte.

Vera kreischte und tobte. »Lass ihn in Ruhe, Antonio. Lass Álvaro in Ruhe.« Sie weinte und hatte sich die Lippen blutig gebissen.

Antonio sagte nichts und führte den Jungen aus der Kabine.

An der Tür drehte er sich um, wandte sich an Vera. »Ich will dich nie wieder sehen, Vera. Nie wieder. Du gehörst nicht mehr zur Familie. Lässt du dich auch nur einmal in unserer Nähe blicken, dann bringe ich dich um. Du bist verstoßen.«

Dann ging er. Den Arm um Álvaro gelegt.

Pablo und Mario ließen Vera los, und sie stürzte zu Boden. Weinend blieb sie liegen, ihre Hände krallten sich in den Boden, und sie schluchzte, bewegte sich nicht mehr.

Ihre Brüder verließen das Boot.

Sie verschwanden in der Nacht.

Ich erhob mich. Ich musste mich um Elena kümmern. Das war mein einziger Gedanke.

Schwindel durchfuhr mich, und mir wurde übel.

Ich wankte hinüber zu Elena. Sie atmete schwer, hatte Erbrochenes in den Mundwinkeln.

Sie brauchte Hilfe.

Ich streichelte ihr Gesicht. »Alles wird gut.«

Dann trafen mich die Schläge von hinten.

Vera stürzte sich auf mich, würgte mich, riss mir an den Haaren. »Ich bring dich um, ich bring dich um!«, kreischte sie.

Ich war noch zu benommen. Die Schläge hallten in meinem Kopf, und ich verlor durch den Schwindel wieder die Orientierung. Meine Beine gaben nach. Die wütende Frau schien überall zu sein. Sie kratzte, biss, schlug auf mich ein. Ich versuchte Distanz zwischen uns zu wahren, aber sie ließ nicht von mir ab.

Ihr Gewicht riss mich zu Boden.

Sie war über mir.

Ihre Augen dunkel und hasserfüllt.

Sie griff nach dem Messer. Ich drückte sie weg. Dachte an Elena. Ich musste hier raus. Sonst starb Elena. Das konnte ich nicht zulassen.

»Ich bring dich um!« Die Stimme schrill.

»Das wirst du ganz sicher nicht!«, sagte jemand. Und riss Vera von mir herunter.

»Deine Probleme mit Frauen eskalieren etwas«, sagte Rodríguez und zog die Frau von mir weg.

Er drückte sie gegen die Bank, um ihr Handfesseln anzulegen. Sie spuckte, geiferte und wehrte sich.

Ich rappelte mich auf und half ihm, drückte Vera nach unten. Rodríguez fixierte sie und zog die Handfessel zu.

»Das reicht, Vera«, sagte ich.

Wir ließen sie los, und sie trat nach uns, spuckte und fluchte, war jedoch keine Gefahr mehr. Die Handfessel nahm ihr den Bewegungsfreiraum. Es war vorbei.

»Elena braucht Hilfe!«, sagte ich.

Sie atmete kaum noch.

Rodríguez nickte. »Eine Ambulanz ist auf dem Weg!«

Ich wollte nicht warten. Ich nahm Elena in die Arme und trug sie hinaus. Mühsam wankte ich vom Boot auf den Steg, und mit ihr in den Armen lief ich los.

Ich sah das Licht des Krankenwagens in der Einfahrt des Hafens. Elena legte ihre Arme um mich.

»Manuel … Du lässt mich nicht allein, oder?«, flüsterte sie.

»Nein, niemals«, weinte ich.

»Versprochen?«

»Versprochen!«

Schluss

1

Álvaros Leiche fand man vier Tage später in einem Waldstück. Ein Genickschuss aus kurzer Distanz. Die Kugel stammte aus derselben Waffe, mit der auch der Nachbar der Morells erschossen worden war. Warum die Brüder den Mann getötet hatten, wurde nie vollständig geklärt. Vera schwieg zu diesem Mord. Sie gestand jedoch, dass Álvaro Sofía umgebracht hatte. Die Tat hatte sie gedeckt, die Polizei bestochen und dafür gesorgt, dass Akten und Beweise verschwanden oder verwässert wurden. Sie verschwieg nichts. Zeigte keine Reue.

Die drei ältesten Brüder der Familie Morell blieben auf der Flucht: Antonio, Mario und Pablo hatten die Region verlassen und waren untergetaucht.

Einige Tage später gerieten Mario und Pablo in Cádiz in eine Polizeikontrolle. Sie eröffneten das Feuer. Mario wurde erschossen. Pablo festgenommen.

Antonio fand man wenig später in einem Ferienhaus in der Nähe von Puerto Banús. Er hatte sich das Leben genommen.

Vera verblieb im Gefängnis und wartete dort auf ihre erste Anhörung vor Gericht. Gegen die übrigen Geschwister der Familie Morell lag nichts vor. Der Vater starb wenige Tage später.

Bruno López wurde suspendiert und wartete auf sein Verfahren. Die Rückversicherungen in seiner Schublade hatten ihm nicht geholfen. Sie verschwanden einfach.

Hugo Carrasco wurde nie befragt.

2

Der Mann tastete durch das Dunkel.

»Scheiße«, fluchte er. »Nichts funktioniert hier richtig.«

Er holte ein Feuerzeug hervor und machte sich etwas Licht.

Auf diese Weise stolperte er durch die Ankleide im Keller des Gebäudes. Er hatte hier seinen Schrank. Ein paar Sachen, etwas Marihuana. Das würde er sich jetzt holen und dann ab nach Hause. Er hantierte an seinem Schrank herum und fluchte, weil das Feuerzeug in seiner Hand heiß wurde. Zu mehr kam er nicht.

Hinter ihm aus dem Dunkel tauchte ich auf. Einen Sack über den Kopf, drei schwere Schläge gegen den Schrank, und er sackte zusammen. Ich sicherte seine Arme und Beine mit Plastikbändern, der Sack weiter über seinem Kopf. Dann zog ich ihn über den Boden, zur Kellertür hinaus und von dort auf den Hinterhof. Ich wuchtete ihn in den Kofferraum eines Wagens, den ich mir besorgt hatte. Ich schloss die Klappe und schaute mich kurz um.

Niemand hatte etwas bemerkt. Alles blieb still und dunkel. Ich setzte mich in das Auto und fuhr in die Nacht hinaus.

3

Wir waren auf dem Weg zu Rosabellas Bar. Elena und ich. Es war ein wundervoller Morgen. Das Blau des Himmels und die Strahlen der Sonne hatten uns aus dem Haus getrieben. Wir wollten draußen vor der Bar frühstücken und dort die Sonne genießen.

Elena ging es gut. Sie hatte einige Tage einen erheblichen Kater von der Droge gehabt. Auf dem Weg zum Krankenhaus kämpfte sie mit Atemnot, aber die Sanitäter hatten die Sache im Griff. Nach drei Tagen war sie entlassen worden. Seitdem war sie bei mir.

Viel gesprochen hatten wir nicht über das, was passiert war. Über Sofías Doppelleben schwieg ich. Elena sollte ihre Freundin so in Erinnerung behalten, dass es ihr guttat und Kraft gab. Das Mädchen hatte genug gelitten. Ein paar schmutzige

Geheimnisse mehr auf ihrer Seele würden ihr nicht helfen. Also behielt ich die Sache für mich.

Paco kam uns entgegen. Er hatte seinen besten Anzug an und trug einen Strauß Blumen.

»Olé, Paco! Willst du mich endlich fragen, ob ich dich heirate?«, rief Elena.

Paco lachte und drückte das Mädchen an sich.

»Nein, es tut mir leid. Aber heute frage ich eine andere. Endlich«, sagte er. Er wirkte wie ein Schuljunge, strahlte.

»Wie sehe ich aus?«, fragte er.

»So würde ich dich nicht einmal in tausend Jahren heiraten«, sagte ich. »Ich stehe mehr auf ruppige Männer in Lack und Leder!«

»Sei ruhig, Manuel«, rief Elena. »Du siehst toll aus, Paco! Der Mann meiner Träume! Wie schade, dass ich dich an eine andere verliere!«

»Ich frage sie jetzt. Lang genug hab ich ja gewartet!«, sagte er. »Wünscht mir Glück!«

Er drehte sich um.

»Wir lieben dich, Paco«, rief Elena und warf ihm eine Kusshand hinterher.

Er lächelte und verschwand in der Bar.

»Er ist so süß«, sagte Elena und klatschte in die Hände. »Er hat es verdient. Die beiden sind ein tolles Paar!«

Ich nickte. Mir lag doch tatsächlich ein Kloß der Rührung im Hals. Der arme Paco hatte so lange gewartet, so lange um Rosabella geworben und unendlich viel für sie ausgehalten. All die Jahre. Und jetzt endlich würde er sein Glück finden.

Es war ein wunderschöner Morgen. Der blaue Himmel. Der Duft des Meeres. Die Geräusche vom nahen Hafen. Der perfekte Tag für ein bisschen Glück. Elena hatte recht. Der alte Mann hatte es verdient.

Paco kam aus der Bar. Elena winkte. Doch er ging einfach an uns vorbei. Im Vorbeigehen warf er den Strauß Blumen in einen Mülleimer.

Elena lief ihm nach. »Was ist denn los, Paco? Was hat sie gesagt?«

»Ich denke, ich gehe heute fischen«, sagte er, allerdings mehr zu sich selbst. »Ja, ich fahr ein bisschen raus heute. Fischen. Wein. Und meine Ruhe.« Er ließ Elena einfach stehen.

Sie schaute sich zu mir um, völlig ratlos.

Mathieu trat aus der Bar.

Er trug wieder seine Kleidung als Kellner. Er schaute zu uns herüber, nickte uns zu und grinste. Dann ging er zurück in die Bar.

»Scheiße«, sagte ich.

»Das darf doch nicht wahr sein!«, rief Elena. Tränen der Wut standen ihr in den Augen.

»Liebe ist unfair«, sagte ich.

»Liebe ist scheiße«, sagte sie und kämpfte offensichtlich mit den Tränen.

Auch ich fühlte mich schlecht. Paco war mein Freund. Und ein guter Mann. Das hatte er nicht verdient.

Dann legte ich meinen Arm um Elena. »Komm, daran können wir nichts ändern. Leider.«

Sie nickte. Wir gingen zurück nach Hause. Die Lust auf ein Frühstück war uns vergangen. Von Weitem sahen wir Pacos Boot hinaus auf das Meer fahren.

4

Ich hatte eingekauft. Elena hatte sich verbittert vor den Fernseher gesetzt und wollte mich nicht begleiten. Sie war wütend auf Rosabella und traurig über Pacos Kummer. Wahrscheinlich war sie gerade die ganze Welt leid. Verdenken konnte ich es ihr nicht. Also ließ ich sie in Ruhe und erledigte die Besorgungen allein.

Als ich die Tüten mit den Einkäufen vor unserer Haustür

abstellte, sah ich den Schatten. Hinter mir. Der Angriff war roh und ungeschickt.

Ich drehte mich um, blockte den Schlag und schleuderte den Angreifer zu Boden. Ich schlug ihm mit der Unterseite der Faust gegen das Handgelenk, und er ließ das Messer los.

Ich presste ihm das Knie auf die Brust und zog meine Waffe. Ich trug sie jetzt immer bei mir. Für alle Fälle. Den Lauf drückte ich ihm direkt ins Gesicht.

Der Angreifer erstarrte.

Es war Jorge Morell, Veras jüngerer Bruder.

»Hör auf mit dem Scheiß, Jorge«, sagte ich. »Werd vernünftig und lass diesen Mist sein!«

»Du hast meine Familie umgebracht!«

»Ich habe deine Familie nicht umgebracht. Und das weißt du auch. Was passiert ist, war die Konsequenz ihrer eigenen Entscheidungen und Handlungen. Ich hoffe, das begreifst du irgendwann.«

»Ich muss sie rächen!«, geiferte er.

»Du musst jetzt aufstehen und von hier verschwinden. Ich lasse dich jetzt los, und du gehst einfach, hörst du? Mach was aus deinem Leben. Sei kein Idiot. Deine Familie kannst du nicht zurückholen, aber du kannst es besser machen!«

»Ich hasse dich.« Tränen der Wut liefen ihm über das Gesicht.

»Meinetwegen. Aber versuch das hier nie wieder. Meine Geduld geht langsam zu Ende. Das ist jetzt deine letzte Chance.«

Er murmelte etwas. Ich spürte, wie er nachgab.

»Jorge, ich lasse dich jetzt los. Und du verschwindest von hier. Für immer. Geh zur Schule. Studier was. Such dir eine Frau, Familie. Oder übernimm die Firma. Aber mach irgendwas aus deinem Leben. Behalte deine Fäuste bei dir, vor allem, wenn es um Frauen geht. Benimm dich wie ein Mann, verdammt!«

Ich ließ ihn los und trat zurück. Er sprang auf und zitterte vor Wut. So stand er einen Moment lang vor mir. Er weinte. Dann drehte er sich um und rannte davon.

5

Ich betrat mein Haus, stellte die Einkäufe in den Flur. Elena saß noch immer vor dem Fernseher.

Es liefen Nachrichten. »Der seit sechs Tagen vermisste Erzieher Ronaldo Morales wurde heute in einem Brunnenschacht in einem stillgelegten Steinbruch im Grenzgebiet von Benidorm gefunden.«

Es wurde ein Rettungsteam gezeigt, das den völlig erschöpften Ronaldo Morales aus einem Brunnen zog. Sein Blick war wirr und ohne Orientierung. Er hatte Angst.

»... unterkühlt und dehydriert. Davon abgesehen scheint er in einigermaßen angemessener Verfassung zu sein. Angehörige informierten die Behörden vor einigen Tagen, dass ...«

Elena drehte sich zu mir um. »Manuel, was hast du ...?«

»Ich denke, er hat verstanden«, sagte ich.

Mehr brauchte sie nicht zu wissen. Ich hatte diesen Widerling aus dem Keller des Kinderheims direkt in einen verlassenen Steinbruch gebracht und ihm dort einige Dinge darüber beigebracht, was man in dieser Welt tun kann und was nicht. In Zukunft würde er sich daran halten. Zusammen mit dem Beweismaterial, das nun in einem Umschlag auf dem Tisch von Rodríguez in der Polizeistation lag, würde ihm wenig anderes übrig bleiben. Seine Zeit war abgelaufen. Und einige schwere Jungs, die ich noch von früher kannte, warteten bereits im Gefängnis auf ihn. Sie würden meine Lektionen weiter fortsetzen. Auf ihre Weise.

»Komm bitte mit. Ich will dir etwas zeigen«, sagte ich zu Elena.

Sie schaute mich einen Moment lang an. Vielleicht wurde

sie gerade ebenso wenig schlau aus mir, wie ich so oft nicht schlau aus ihr wurde. Es fühlte sich gut an.

Ich winkte ihr. »Komm schon!«

Sie erhob sich vom Sofa und folgte mir. Wir gingen nach draußen in den Garten. Dort warteten mein Vater und Isabel. Zwischen ihnen stand ein kleines Mädchen.

»Zoé!«, rief Elena. Sie rannte los und lief auf das Mädchen zu. Sie fielen sich in die Arme, weinten. Es war Elenas Schwester.

Die Männer auf dem Foto mit Elenas Schwester hatten in der Nacht zuvor Besuch bekommen. Zwei meiner Freunde aus den Zeiten in der Spezialeinheit des spanischen Geheimdienstes – ohne jegliches Abzeichen, aber dafür sehr überzeugend – und ich. Die beiden Männer verstanden, was für sie auf dem Spiel stand und dass sie auf keinen Fall einen zweiten nächtlichen Besuch von uns riskieren sollten. Sie waren kooperativ, bereiteten noch in der Nacht alles vor.

Isabel und mein Vater fuhren am Morgen gemeinsam nach Alicante und holten das Mädchen ab. Alle notwendigen Dokumente und Akten lagen auf dem Tisch. Fragen wurden nicht gestellt. Isabel verließ mit dem Mädchen das Kinderheim, machte einen einzigen Anruf. Nur wenige Minuten später übernahm die Polizei das Gebäude. Und nun saßen eine Menge Leute verdient in Untersuchungshaft.

Kaum zwei Stunden waren seitdem vergangen, und wir standen hier gemeinsam in meinem Vorgarten, sehr zufrieden.

Elena weinte, bedeckte das Gesicht ihrer Schwester mit Küssen. Mein Vater schaute im Garten umher, als wollte er nicht zu sehr mitbekommen, was sich vor ihm abspielte. Ich sah Tränen in seinen Augen.

Isabel lächelte. Es ging ihr gut. Sie hatte sich während der letzten Tage schnell erholt. Die größte Komplikation war an jenem Tag der Blutverlust. Die Kugeln hatten keine Organe getroffen. Eine Wunde am Oberschenkel bereitete ihr etwas Schwierigkeiten beim Gehen. Doch sie war hart im Nehmen.

Jetzt kam sie zu mir und legte mir die Hand auf die Brust. »Gut gemacht«, sagte sie.

Ich zuckte mit den Schultern. Mein Blick lag auf den beiden Mädchen, die sich in den Armen lagen und weinten.

Isabel schaute mich an. »Manuel, ich muss dir noch etwas sagen.«

»Vera?«, fragte ich.

Sie nickte. »Gestern Nacht im Gefängnis. Sie haben sie zwar gefunden, aber … es war zu spät. Es tut mir leid.«

Ich winkte ab. Ich wollte es nicht wissen.

Isabel nahm mich in den Arm, gab mir einen Kuss. »Pass auf dich auf! Und viel Glück. Du wirst es brauchen.« Sie deutete auf die beiden Mädchen. Dann ging sie.

Mein Vater stand da, schaute mich an. Und zum ersten Mal schien er stolz auf mich zu sein. Jedenfalls für einen Moment. Er nickte mir zu. Immerhin.

Elena schaute zu mir auf, ihre Schwester an sich gedrückt. Sie lächelte.

Epilog

Sie waren alle da. Auf meiner Terrasse im Garten. In der Abenddämmerung erstrahlten die Palmen im Licht von Raúls Lampen. Er stand mit Nora an seiner Seite und erklärte ihr, wie er das gemacht hatte. Sie legte den Arm um ihren Mann.

Mama lief mit Geschirr zwischen Küche und Terrasse hin und her. Ángela, Roberto und ihre Kinder saßen dort am Tisch und aßen von meiner Paella. Ángela hatte heute nicht an mir herumgenörgelt. Zu meiner Paella gab es zwar einen Kommentar. Der Reis war ihr etwas zu weich geraten. Doch das war alles.

Enzo und Alba waren da. Und natürlich waren sie aneinandergeraten und hatten sich dann wieder versöhnt. Wie immer.

Mein Vater saß mit Paco am Tisch. Die beiden Männer stritten über Politik. Was sie nicht davon abhielt, sich gegenseitig in aller Freundschaft das Glas mit Wein neu aufzufüllen. Neben den beiden alten Männern saßen Elena und Zoé. Die kleine Zoé stopfte sich eine Handvoll gesalzener Mandeln in den Mund und Elena die Boquerones en Vinagre.

Rodríguez stand neben mir am Grill, und wir bereiteten den zweiten Gang zu: Chuletas a la brasa, Longanizas, Morcillas, Chorizos.

»Vielleicht finden wir ihre Eltern«, sagte Rodríguez und blickte zu Elena und Zoé.

»Ich weiß nicht, was ich Eltern sagen möchte, die ihre Kinder einfach so zurücklassen«, erwiderte ich.

»Wahrscheinlich hast du recht«, sagte er. »Deine Familie ist sehr nett.«

»Hast du eine Ahnung.«

»Familie ist vor allem Geduld und Vergebung, hat mir meine Großmutter immer gesagt.«

»Familie ist besser zu ertragen mit viel Wein. Und manchmal mit einem guten Schloss vor der Tür. Das habe ich von meiner Großmutter. Und die hat mir auch als Erwachsener noch den Hintern versohlt.«

Rodríguez lachte. »Ja, manchmal schon. Wahrscheinlich haben beide recht.« Er griff sich den Teller mit den Chorizos und ging zum Tisch.

Elena kam herüber, stellte sich neben mich. Wir schauten dem Feuer zu, sagten nichts. Sie legte den Kopf an meine Schulter.

»Wenn du mir jetzt irgendeinen klugen Spruch von deiner Großmutter erzählst, drehe ich durch!«, sagte ich.

»Hä? Was?«, fragte sie.

»Ach, nichts.«

Ich schaute hinaus aufs Meer. Das Blau war jetzt dunkler am Abend. Sanfter. Fast friedlich. Der Sommer kam.

Ich drückte Elena einen Teller Longanizas und Chuletas in die Hand.

»Komm, lass uns essen!«, sagte ich.

Sie nickte. Und wir gingen hinüber zu unserer Familie.